The rainy clouds live in my heart

小妮子 著

湖南少年儿童出版社

图书在版编目（CIP）数据

住在心里的积雨云 / 小妮子著. — 长沙：湖南少年儿童出版社，2015.6
ISBN 978-7-5562-1189-0

Ⅰ.①住… Ⅱ.①小… Ⅲ.①长篇小说－中国－当代 Ⅳ.①I247.5

中国版本图书馆CIP数据核字（2015）第092427号

Zhu Zai Xinli De Jiyuyun
住在心里的积雨云

责任编辑：钟小艳
品牌运营：Sean.L
特约编辑：李 黎 又 又
视觉监制：611
文字编辑：梁秋亚
原画监督：丹青show
装帧设计：小名鼎鼎 赖 婷
插画制作：索·比昂卡创作组（丹青show penn）
文字校对：后 鹏 曾乐文

出 版 人：	胡 坚
出版发行：	湖南少年儿童出版社
地　　址：	湖南省长沙市晚报大道89号 邮　编：410016
电　　话：	0731-82196340（销售部） 82196313（总编室）
传　　真：	0731-82199308（销售部） 82196330（综合管理部）

经　　销：新华书店
常年法律顾问：北京市长安律师事务所长沙分所 张晓军律师
印　　刷：长沙鸿发印务实业有限公司
开　　本：710 mm×1000 mm　1/16
印　　张：17　　　　　　　　　字　　数：252千字
版　　次：2015年6月第1版　　印　　次：2015年6月第2次印刷
定　　价：29.80元

版权所有 侵权必究
质量服务承诺：若发现缺页、错页、倒装等印装质量问题，可直接向本社或印刷厂调换。
服务电话：0731-82196362/84887200

目录 / Contents

prologue 序 — 001

chapter 01 / 第一章 【草履虫】 — 007

生物课上,老师说草履虫是趋光性的单细胞生物,会聚集在有光的地方。我周围好像也聚集了这样的草履虫,只会围着那些会发光、耀眼夺目的人,无视那些渺小暗淡的人。

chapter 02 / 第二章 【发光体】 — 019

微风吹起他黑色的短发,他单手插兜从一片白茫茫的光中走出,仿佛来自另一个时空。时间在此刻停止,整个世界也听不见一丝声音,只有他的发尾和衣角随着微风轻轻飘动。

chapter 03 / 第三章 【萤火虫】 — 043

有时候我觉得他离我好远好远,他就像是耀眼的太阳,光芒四射,而我只是像小小的萤火虫一样,拼命努力也只能发出那么一丁点儿光亮。

chapter 04 / 第四章 【海市蜃楼】 — 077

明明昨晚还在亲昵地拥抱,今晚却已经形同陌路。曾经他把我从冰冷孤寂的世界里拉出,给了我温暖和陪伴,可是如今,他却忽然松开了我的手,让我重新跌回原点。

chapter 05 / 第五章 【象限】 — 107

如果X轴代表优秀,Y轴代表人缘,那么安藤光、未里、金泽他们一定是第一象限的,而我则是与他们相对的第三象限的。

目录 CONTENTS

chapter 06 　第六章 【冥王星】　131

是不是对他来说，我就是像冥王星一般的存在，从重要的位置上被除名，成了一个普普通通、可有可无的存在？

chapter 07 　第七章 【牵引力】　159

是不是在爱情里，每个人都会变成一颗小行星，无论离那颗属于你的太阳多远，都会不受控制地受到对方的牵引？

chapter 08 　第八章 【我喜欢你】　183

原本就深藏在心底的情绪，在这一刻破土而出，瞬间长成了参天大树，再也无法隐藏，再也无法忽视，或许是时候告诉他了。

chapter 09 　第九章 【告白】　205

我在心底喊出这个名字，眼泪流得更加汹涌，可是发不出一丝哭声，哭泣声全哽咽在喉咙里，痛得像是插了一根针。

chapter 10 　第十章 【两个世界】　223

那是我再也无法进入的世界，或许从一开始我就不曾进入那个世界，如果不是当初他主动接近，我肯定连他们世界的一个边角都无法触及。

chapter 11 　第十一章 【分界线】　235

天色已经渐渐暗淡下来，可是路灯还没有亮起，光线在这个明暗交替的时刻显得浑浊不清，就像我们之间的关系。

chapter 12 　第十二章 【积雨云】　245

一直笼罩在我心头的那朵积雨云毫无预兆地下起了大雨，雨水填满了整颗心，从眼底溢了出来。

序
prologue

"丁零零——丁零零——"

连续两声短信提示音从裤兜里传出，我微微皱了皱眉头，脚步渐渐放慢下来。

头顶上方是沾染着露水的树叶，白茫茫的雾气弥漫在整座城市的上空。清晨的浅仓市像是有人刚洗完热水澡的浴室，充满令人讨厌的湿气。

我咬了咬唇，还是把手探进裤兜里拿出手机。

老款手机的屏幕上显示着发件人是爸爸和妈妈，我的手指停留在已经磨掉漆的键盘上，却迟迟没有按下阅读键，早上出门时他们的对话清晰地在我耳边回响。

"初星，比赛需要的东西都带了吗？加油啊，只要你这次能拿到名次，爸爸之前的辛苦都值了……"

"你辛苦？我每天照顾她吃饭睡觉没说辛苦，你好意思说辛苦？这个时候还给孩子压力，真不知道你是怎么想的！"

"我怎么了？我关心女儿有错吗？不像你，女儿参加这么重要的比赛，你也不管！"

"我不管？上个月冒着大雨接她放学，后来我感冒了一个星期。你呢？除了交学费，还做过什么？"

在他们的争吵声中，我默默地背着画袋独自走出家门。

我从上小学的时候就开始学习画画，学习画画是一件很花钱的事情。我们家的全部收入都来自在工厂上班的爸爸，妈妈是一个典型的家庭主妇。我记得自从我学画画之后，家里再也没有买过任何家电，那台21英寸的老式彩电还是爸妈结婚的时候买的，反复修了很多次之后变得经常没有声音，只能看哑剧。

可是，明知道家里其实没有多余的钱供我学画画，我也没有放弃。

爸妈从我记事起就经常吵架。

朋友们都不敢来找我玩，我唯一的娱乐就是画画。所以画画对我来说虽然奢侈，却是唯一能让我忘记害怕和孤单的事情。

"呼……"

我轻轻地吐出一口气，把手机放回裤兜，然后伸手把快滑下肩膀的画袋带子扯上来。

今天是很重要的一天，上午9点会在美术馆举行省级绘画比赛的决赛。

如果进入前三名，就会得到一笔丰厚的奖金，而且每年还会得到学习绘画的补助金，甚至毕业考试的时候还能够加分。

所以我必须进入前三名，这样才对得起爸妈，对得起自己。

"让一下，让一下。"

正当我出神的时候，身后传来一阵嘈杂声。我回过头，看见一个小贩推着推车已经来到我的身后，我急忙闪到旁边。

小贩推着推车从我面前经过，车上堆着的西瓜微微晃动着，我不由得又退了两步。

"砰！"

忽然，身后传来一声巨响，停在我身旁的一辆黑色摩托车轰然倒地——刚才我只

顾着让小贩过去，不小心碰倒了摩托车。

"啊，糟糕。"

看着倒在地上的摩托车，我暗暗低呼一声。

光看外形就知道这台摩托车应该价格不菲，而且摩托车的外壳被擦得很干净，看起来主人应该很爱惜它。

老天保佑，应该没事吧……

我吃力地把摩托车扶起来。

"咔咔——"

车身隐约发出细小的响声，不知道是什么东西摔坏了。

怎么办？

我用力咬住下嘴唇，要不要等摩托车的主人回来？

可是，如果摩托车真的有什么问题，我肯定也赔不起啊。家里本来就没有钱，这台摩托车看起来又很贵。

我紧紧地皱着眉头，看了一眼旁边的摩托车，最后一咬牙继续朝美术馆走去。

负罪感沉甸甸地压在心头，我只能默默祈祷着摩托车没有事。摩托车的主人，对不起，我真的不能再给家里增加负担了。

有时候，我甚至觉得自己的存在本身就是一种负担。

我低着头，手紧紧地抓住裤缝，想起爸妈对我的期盼，我强迫自己把注意力转移到比赛上面。

历经初赛和复赛之后，全省进入决赛的人只有20名，按照目前的情况看，我一定会进入前三。

如果进入了前三，爸爸妈妈一定会很开心吧，也许……就不会像今天早上这样吵架了。

我犹豫了一下，决定看看爸妈给我发的短信。

我一边放慢了步子，一边低头点开短信——

"初星，不要担心，就算考试不理想，爸爸也会一直供你学画画的。对了，爸爸今天休息，等你比赛结束，爸爸来接你回家，你要加油！"

"初星，妈妈今天会做你最喜欢吃的糖醋鱼等你回来，好好比赛，其他的都不要管，那些都是大人的事情。"

我抬头看了一眼天空，阳光正一寸一寸地从云层里透出来，雾气也一点点消散，天空蓝得就像化学实验课上见到的蓝矾，不含一丝杂质。

城市恢复了清爽。

这次的比赛，我会拼尽全力，一定要进入前三。我想要让爸妈开心，更想没有顾虑地继续画下去。

收起手机，我的心也变得坚定起来。

"嘀嘀——"

忽然，一阵急促的鸣笛声从我身后传来。

"轰轰——"

身后传来的引擎声越来越大、越来越近，如雷鸣般冲击着我的耳膜。

我本能地回过头，惊恐地睁大眼睛，努力张开嘴巴，却发不出任何声音。

"砰砰砰——砰砰——砰！"

我的心跳仿佛在这一刻停止了。

我的大脑一片空白，身体好像被打上了石膏，移动不了分毫。

不……

不要……

我浑身颤抖着，好像有无数个画面从脑海中闪过，却什么都抓不住。

周围行走的人停下脚步，树枝保持着被风吹得弯下的姿势，飞舞的塑料袋停在半空，一切都在此刻定格了。

"不——"

一个尖锐的声音响起……

第一章 > 01
chapter

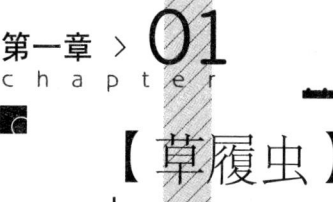

【草履虫】

生物课上,老师说草履虫是趋光性的单细胞生物,会聚集在有光的地方。

我周围好像也聚集了这样的草履虫,只会围着那些会发光、耀眼夺目的人,无视那些渺小暗淡的人。

一年后。

"沙沙沙……"

铅笔和画纸摩擦发出的声音充斥着整个画室,夏末的空气闷热黏稠得好像融化在手心的奶糖。角落里的空调拼命运行着,却丝毫不能驱散炎热的暑气。

画室的最中间,一个木质台子上铺着一块灰色的布,布上面摆放着几个水果,以台子为中心围绕着很多架着画板在画画的学生。

在一个偏僻的角落里,我左手拿着调色盘,右手拿着画笔,在脚边的小水桶里清洗了一下,然后擦干水渍,蘸上颜料在纸上涂抹。

"你看她在画什么啊?"不远处传来季然压低的声音,我本想不在意,却鬼使神差般看过去。她正神秘兮兮地凑到旁边的女生耳边,眼睛盯着我的画纸,脸上露出惊讶的神情。

"怎么了?今天的作业不是静物色彩吗?"她旁边的女生停下手里的画笔,朝我的画看了一眼,语气转成惊讶,压低声音对季然说道,"啊,怎么画得好像幼稚园的小朋友一样……"

"或许人家是抽象派的呢……"坐在季然另一侧的女生画完最后一笔,嘿嘿地笑起来。

安静的画室里,她们的对话每一个字都显得异常清晰,我抿了抿嘴唇,胸口一阵

第一章

郁结。

我面前的水粉纸上画着一堆完全看不出是什么东西的色块，我咬着唇不停地在上面涂抹着颜料。明明我用力地握笔，想把颜料抹在纸上画出的橘子上，可是手腕传来的疼痛让这一笔颤抖地落在了旁边。

我努力想控制右手，但落笔处总是在预想之外的地方。疼痛让我的脸颊上不停地滑过一颗颗汗珠，鬓角的发丝被汗液打湿，贴在肌肤上一阵发痒。

很快，我拿着调色盘的左手也微微颤抖起来。我咬紧牙关，忍受着剧烈的疼痛，用力稳住颤抖的双手。

"还需要注意一下构图，构图应该要有空间感……"教画画的西老师一边巡视，一边耐心地给大家指导。

周围同学的画漂亮得像是拍出的照片，而我连基本的轮廓都无法画好。我紧紧地握住画笔，赌气般一次比一次加重力道。

我从来没有想过有一天自己会变得这么糟糕。

西老师走到我旁边，看了看我的画，发出一阵轻微的叹息声。

西老师想给我一点儿建议，却不知道该从哪里说起，动了动嘴唇，迟迟没有吐出一个字。

"唉……"过了好一会儿，西老师叹了口气，才继续说道，"老师知道这不是你的真实水平……"

"老师，没关系的。"我抬起头，低声打断西老师的话，努力露出一个释然的笑容，可是心里仿佛被什么堵住似的，有一种尖锐的疼痛。

"可惜了……"西老师看着我，摇摇头，语气里带着十足的惋惜。说完，西老师又走到其他地方巡视。

我吐了口气，看向窗外，被夕阳染成暗红色的云堆在天边，泛出一片红色。那片红色染红了我的眼眶，又落进眼底，慢慢融化成水。

我吸了吸鼻子，趁视线还没有模糊，急忙站起身，去外面透气。

"啪——哗——"

起身的时候,我不小心踢倒了旁边女生洗笔的小水桶,污水一下子洒向地面,还溅起了几滴落在女生的画上。

"对不起,我……"

道歉的话还没说完,女生就大叫着跳起来:"你干什么?"

"我……"我想道歉,可是才吐出一个字,就被她接下来的话堵住了。

"是不是因为我刚才说你的画难看,你就故意报复我?"

"扑哧——"

她的话音刚落,周围便响起一阵窃笑声,如同一场冰雹,密密麻麻地砸在我的身上,又疼又冷。

我不知道该怎么办,只能拼命控制自己不哭出声来。

"喂,傻站着干什么?"她抬起下巴,趾高气扬地看着我,说道,"马上把地拖干净,再好好跟我道歉!"

"可是我已经道歉了!"我抬起头看着她,嘴唇倔强地紧抿着。明明我不是故意的,她为什么这么过分?太不可理喻了!

"你以为随便说句'对不起'就算道歉了?"因为我的反抗,她更加不耐烦地瞪着我,语气恶狠狠地说道,"夏初星,你再啰唆,我就告诉西老师,你把我的画弄成这样了!"

我张了张嘴,却没有继续反驳,不是害怕被西老师责骂,而是不想给西老师添麻烦。

看到我哑口无言的样子,她马上露出扬扬得意的神情,看了看地面,用眼神示意我赶紧拖干净。

看着她挑衅的表情,僵持几秒之后,我还是无奈地垂下头,拿起放在墙角的拖把拖干水渍。

听着他们的起哄声,我苦涩地笑了笑。或许是我不会跟人打交道,又或许是他们

觉得我的画真的太差劲，反正不知道从什么时候开始，几乎整个画室的人都很讨厌我。

本来应该要习惯这样的处境，可是倔强的脾气让我一次次地反抗，但最后也只是让情况变得更加糟糕而已。

我去外面的水池边清洗拖把，一打开门，热气就迎面而来。

树叶没有精神地耷拉着，我疲惫地握着拖把一下一下地在水池里清洗着。

每个人的脑海里是否都曾经闪过"如果可以从这个世界消失就好了"的想法？比如，本来准备充足的考试却考砸了，鼓起勇气去表白却被毫不留情地拒绝了，又或是被别人冤枉，却连自己的爸妈都不相信自己。

我的脑海里闪过这个想法时，是我一直引以为傲、觉得幸福的事情离我远去。

"呼……"

我长长地吐出一口气，手腕因为刚才清洗拖把的动作变得更加疼痛。

我将拖把挂在外面的护栏上晾着，走到画室门口的时候停下了脚步。画室里的人都在等着看我的笑话吧，我都能够想象出他们嘲讽的表情。

犹豫了几秒钟，我用力吸了一口气，反正也躲不过，不如勇敢面对。

我低着头推开门，走了进去。

"我一直都很喜欢你的画，把你当作我的偶像呢！"

"你还记得石华老师吗？我后来也在他那里学过画画，他老是在我们面前夸你！"

"没想到能够见到你本人，好开心，能帮我签个名吗？"

……

我走进画室，却意外地发现原本安静的画室变得热闹起来。

我诧异地朝画室中央望去，看到了一个陌生男生的身影。他的四周正围着全画室的学生，大家一脸兴奋地叽叽喳喳说着话，根本没有人注意到我，或者说就算看见

我,也没有工夫搭理我。

所有人的注意力都被站在人群中的那个身影吸引了。

他背对着门口,很高,从众多围观的人当中露出大半个头,短短的头发在阳光下泛着柔和的光泽,整个人被阳光勾勒出明亮的光圈。

明明是夕阳的余晖,可是照在他身上变得像朝阳一般灿烂,让人不由自主地被吸引。就连平时不怎么爱凑热闹的我,也忍不住朝他的方向多看了几眼。

我看了看墙上的挂钟,还有10分钟,今天的课程就结束了。

我朝自己的座位匆匆走去,趁大家的注意力都在那个男生身上,我正好收拾东西回去,这样就可以逃掉麻烦。

我迅速溜到自己的座位旁,弯下腰准备把自己的东西收拾好就回家,可是画板上空荡荡的,我的画竟然不见了!我明明用工字钉固定在画板上,怎么会不见了?

被人拿走了吗?谁会拿的我画呢?

我一边想着,一边站起来张望,可是刚站起来,我就愣住了。

"你看看这幅画,它还有救吗?"伴随着一个幸灾乐祸的声音,季然拿着我的习作走到那个男生面前,然后展开。

我想走过去抢回我的画,可是身体动弹不得,只能眼睁睁地看着自己的画在众人鄙夷的目光中被一双修长的手接过。

"季然,我的偶像这么厉害,只要他动动小拇指就能改好!"

"就是,他获得过好几次省级绘画比赛的冠军!"

……

议论声在画室里回荡。

我垂下头,看着满是铅笔灰和颜料的手,忽然觉得好陌生。

以前只是随意几笔就可以勾勒出的物体,现在即使拼尽全力也画不出一半的样子。

"哇,初星,你好厉害!"

第一章 01

【草履虫】

"对啊,你是天才吧,为什么画得这么好?"

"初星,你教我画画好不好?"

"听说这次比赛夏初星又拿到了全市绘画比赛前三名!"

"真的,她好厉害,果然画画是需要天赋的!"

"对啊,像我们这种没有天赋的怎么都赶不上她。"

……

我闭上眼睛,曾经那些夸赞的话语似乎还停留在耳边,可是睁开眼睛,看见的却是自己那幅糟糕透顶、被人肆意嘲笑的画。

生物课上,老师说草履虫是趋光性的单细胞生物,会聚集在有光的地方。我周围好像也聚集了这样的草履虫,只会围着那些会发光、耀眼夺目的人,无视那些渺小暗淡的人。

阳光透过打开的窗户倾泻进来,画板被渲染上一层暗橘色,被阳光笼罩住的他们就像舞台上聚光灯下的主角。我自嘲地扬了扬嘴角,转身朝门口走去。站在阴影中的我,只是一个可有可无的龙套角色。

我朝门口迈出第一步……

从记事开始,爸妈就一直在吵架,一吵架就会忽视我的存在,就算我在旁边再怎么哭喊,他们也根本不管不顾。

我朝门口迈出第二步……

小学三年级的儿童节,学校举办了绘画比赛,被老师抽中去参加比赛的我,没想到竟然拿了全校第一,爸妈这才开始留意到我的画画天赋。从那之后,连老师都会格外照顾我。

我朝门口迈出第三步……

因为长时间独自画画加上性格内向,直到上初中我也没有交到一个朋友。有一次学校举行郊游,大家自由分组,本来以为没有人会选我,可是没想到班上超过一半的同学都很热情地邀请我,还告诉我很喜欢我的画。

被爸妈忽视，被老师忽略，没有朋友，我却因为画画改变了命运，可是现在一切都被打回了原形。其实，拥有过再失去比从来没有拥有过更让人难受。

我紧紧地抿着嘴唇，地上的影子被夕阳拉得好长好长。

"我觉得……"

一个略显低哑的声音轻轻飘进我的耳中。

"这幅画画得很好。"

咔——

仿佛播放电影时突然出现了几秒钟的停滞，所有人都因为他的话反应不过来，一脸的错愕，喧闹的画室出现了短暂的安静。

几秒钟之后，大家都露出恍然大悟的表情。

"在开玩笑吧？"

"是安慰人的话吗？"

"我都吓了一大跳呢！"

……

画室又恢复了刚才的喧哗，我在心里对自己露出一个嘲讽的笑容。也对，怎么可能会有人认同我的画呢？这样想着，我准备继续往前走，可是那个男生说的话让我不由自主地停下来。

"虽然在技巧方面确实很糟糕，可是她画出的水果很鲜活。"

"什么意思？"

马上就有人追问。

"这个苹果虽然形状很怪，可是你们不觉得会让人有想吃的感觉吗？"

随着男生的话音落下，画室陷入了一阵沉默。

"我……我一开始就这样觉得，看起来好像很新鲜的样子……"忽然，从人群中传出一个怯怯的女声，紧接着又传出几声议论。

"虽然是很丑的苹果，但是看起来会好吃呢。"

第一章 01 【草履虫】

"我也这么想。只是大家都说不好，我就没好意思说出来。"

……

我抓住衣角，咬了咬嘴唇，想回头看看那个男生，可是又担心一做动作会漏掉他接下来说的话。

"她的画能够向人们传达出好吃的意思……"

男生淡淡的声音继续传进我的耳朵里，我本来灰暗的心情也渐渐明亮起来。一年来，这是我第一次听见夸奖我的声音。

他的话音落下，我转过头朝他看去。

他正侧着头和旁边的人说话，微风吹起他柔软的头发，轻轻地飘动着。

他的侧脸恰好被夕阳的余晖完全笼罩住，只看见线条完美的轮廓，简单的黑色T恤被阳光渲染出温暖的橘色。

我忽然想起小时候在乡下的外婆家过暑假时，晚上看见的大片大片的萤火虫，那些光点虽然很小，却点亮了夜幕，光芒柔和得让人觉得暖到心底，就像此时映照在他身上的光。

我愣了愣神，最终还是走出了画室。

即使他认可我又有什么用？我的画技仍然那么差，所谓的称赞只是什么也改变不了的小小安慰罢了，毕竟我已经不是一年前那个可以随心所欲地控制画笔的人了……

夕阳已经完全从地平面沉下去，只剩下一片片色彩暗淡的红霞，光线变得灰蒙蒙的。在整个城市逐渐被黑暗笼罩时，路边的灯忽然一盏盏亮起，远处一幢幢大楼的窗户里也透出明亮的光芒，驱散了浓重的黑暗。

温暖的灯光落在眼底，留下一个个璀璨的光点，照亮了我灰暗的心情。

我快到家时，天已经完全黑了下来，但抬起头，就可以看到空中那圆圆的月亮。

红墙围成的小巷子里，路灯已经坏了，可明亮的月光把路面照得很清楚，驱走了浓重的黑暗。

巷子口坐着几位老人,他们一边摇着蒲扇一边聊天。老街老巷里住的大多都是老人,年轻人受不了这里单调的夜生活,大部分都已经搬走了。

我和巷子口的爷爷奶奶打了个招呼,走到1栋2单元的一楼,打开门,对着主卧的方向喊了一句:"爸,妈,我回来了。"

没有回应,是不在家吗?可是他们的鞋子明明摆在鞋柜旁边,应该在家啊……

我一边换鞋一边伸长脖子朝他们的房间看去,房门"吱"的一声打开了,爸爸从里面走了出来,脸色阴沉得可怕。

"不就是买了一条45块钱的裙子吗,有必要一直臭着一张脸吗?我去年一个夏天都没有买过衣服,今年就只买了这一件。明明是自己赚不到钱,还好意思摆脸色给我看!"妈妈跟在爸爸身后走出来,平时梳得整齐的头发此时凌乱地垂在耳边。

"我没用,难道你有用吗?成天除了打麻将就是和一群长舌妇搬弄是非,你又不是缺胳膊少腿,嫌我赚钱少,自己去赚啊!"爸爸的脸瞬间涨得通红。

两人由最近的事情吵到陈年往事,从大事吵到鸡毛蒜皮的小事。

已经习惯这一切的我默默地换好拖鞋,走到客厅。

"爸,妈。"我努力扬起嘴角,努力让自己看起来轻松自然,"我回来了。"

我的话刚从嘴里冒出,就淹没在他们的争吵声中。

我吸了吸鼻子,默默地从他们身边走过,走到已经掉漆的木制沙发上坐下,桌子上摆着几道炒好的菜。

爸妈争吵的声音越来越大,我低下头安静地吃饭,一动不动地盯着脚下那永远都拖不干净的旧瓷砖地板。

即使过了这么多年,我还是会因为他们吵架而感到害怕。

我默默地吃完晚饭,默默地回到房间准备写作业。

即使关上了门,我还是能清晰地听见他们的争吵内容,争吵持续了一个小时才渐渐平息。

写完作业,我拿着铅笔在稿纸上练习素描。

第一章 01
【草履虫】

泛黄的墙面上有很多白色的方块痕迹，那些地方以前贴着很多我的画。可是自从我不能再像以前一样画画之后，我就把它们都撕下来了，因为那些画成了对我的讽刺，给了我压力。

不知道过了多久，房门被人轻轻叩了叩。

"初星，我进来了。"紧接着传来爸爸的声音，他打开门走到我身边，低声问道："作业写完了吗？"

"写完了。"我停下手里的画笔，抬起头看着爸爸。

视线落在我的稿纸上时，他皱起了眉头，眼神复杂地看着我，可是还没等我仔细分辨，他的神态又恢复了正常。

"嗯，最近钱够不够花啊？没有钱跟爸爸说，虽然爸爸赚的钱不多，可是也不能委屈你。"他的眼里含着愧疚与心疼，"唉，都是爸爸没用。"

"爸爸，我的钱够花，您别担心了。"我安慰着爸爸，努力露出笑容，可是胸口一阵发疼。

其实我要的不是有多少钱花，我的愿望只是希望爸爸妈妈不要吵架，一家人开开心心在一起，其他的东西都不重要。

"那就好。"爸爸点点头，嘴角浮现出浅浅的笑容，声音慈祥而柔和，"文化课都听得懂吗？"

"您放心，我会好好读书的。"眼睛弯成月牙状，我笑着看着他。

"嗯，乖。"他轻轻应了一声，柔和的光落进他的眼底，泛起温暖的光泽，"又要念书又要学画画，肯定很辛苦吧？"

"还好，也不会很辛苦。"我仰着头看着爸爸，昏暗的灯光下，他的身影显得有些单薄。

"初星，学习固然重要……"他伸手抚摸了一下我的脑袋，"但你还是要多注意身体啊，不是说要劳逸结合吗？"

我的心里忽然一暖，最近爸妈吵架的次数比以前多了，已经很久没有像今天这样

过问我的事情了。那些关心的话语仿佛变成了一股暖流,温暖着我的整个身体。

"爸爸,没关系的,我……"

"初星啊——"爸爸忽然打断我的话,尾音拖得很长,舔了舔嘴唇说道,"有件事爸爸想问问你的意见。"

清凉的风从打开的窗户涌进来,吹得我手上的稿纸"哗啦啦"地响。

"嗯?"我笑着把被风吹动的稿纸压住,头发也被风吹得飞扬起来。

"要不我们别学画画了?"

"啪——"

窗户重重地拍打了一下窗框,就像是法庭上法官宣布结果的最后一锤,带着不可抗拒的威严。

还来不及收回的笑容凝固在我的嘴角。

那句话的意思其实是——

"你不要再学画画了!"

第二章 > 02
chapter

【发光体】

微风吹起他黑色的短发，他单手插兜从一片白茫茫的光中走出，仿佛来自另一个时空。时间在此刻停止，整个世界也听不见一丝声音，只有他的发梢和衣角随着微风轻轻飘动。

  洗得泛白的劣质窗帘被风吹得扬起,如海面上汹涌的波涛,而我此时的心情就如同在风暴中漂浮的独木舟,随时会被掀翻,葬身于漆黑的海底。

  我垂着头,咬紧嘴唇不说话,手里的稿纸被我用力捏成一团,尖锐的棱角刺痛着肌肤,像是握着一把碎玻璃。

  "初星,爸爸在问你的意见,不要不说话啊。"爸爸的声音听起来有些着急。

  可我还是低着头,用力咬住下嘴唇,什么话都说不出。

  "爸爸知道你很喜欢画画,可是……"说着,他停顿了一下,声音也低沉了许多,"医生说你的手就算能够恢复,也没办法画好画了……"

  他说的每一个字都像一把铁锤重重地敲打着我的心脏。

  "学画画是很花钱的,家里的情况你是知道的……"

  听着爸爸的话,我的眼里蒙上一层潮湿的雾气,雾气又凝结成水珠,在眼眶里转啊转。

  "是爸爸没用,没钱供你学画画。"爸爸的声音透着浓浓的歉意,他忽然愤怒地握拳砸向桌子,咬牙切齿地低吼道:"也没有钱让你在出车祸以后好好治疗!"

  我低下头,沉默地看着右手,从手腕到手肘,一条丑陋的伤疤蜿蜒着,就像一条巨大的毛毛虫,吞噬了一切,包括所谓的画画技巧。

  我的鼻尖一点点地泛酸,眼睛慢慢变得湿润起来,就像那个充满着潮湿雾气和水

渍的早上……

"嘀嘀——"身后传来尖锐的鸣笛声,我本能地回过头,瞳孔骤然紧缩。

视线里,一台摩托车直直地朝我的方向撞来,还没有反应过来,我已经被它狠狠地撞飞到空中,画了一道弧线之后又重重地摔下。

冰冷的地面,车轮从耳边擦过的声音,行人朝我围过来的脚步声……

刺眼的太阳,飞速逃逸的摩托车,大片猩红的血液,被甩到一边的画袋……

最后,全部被黑暗吞噬……

"如果不是那场车祸,我们家现在也不会变成这个样子。我只要想起撞你的浑蛋,就气不过!"爸爸激动的声音把我的思绪从回忆中拉回来,我抬头看着他因为愤怒而涨红的脸,像是要渗出血来。

事故结果是我错过了比赛,没有拿到奖金,反而因为车祸住院花费了很大一笔钱。

"爸爸。"这两个字刚吐出口,我的鼻尖就一阵泛酸。

"如果不是那个浑蛋,你也不会画不了画,我们家也不会白白浪费你这么多年学画画的钱……"爸爸没有听见我的声音,自顾自地抱怨着,"撞了你就逃跑,还有没有人性!附近的监控设备又坏掉,完全找不到人,白白把你毁了!"

我垂着头,静默地听着他越发激烈的抱怨。

曾经让我引以为傲、觉得幸福的事情就是这样失去的。

"你的手以后就算能够完全恢复,也做不了很精细的事情,比如手工缝纫啊,演奏乐器啊,画画啊……"

当医生确诊之后告诉我这个结论的时候,我就像是走在昏暗的小巷子里,忽然唯一的路灯熄灭了,整个世界再也没有一点儿光亮。

"那个浑蛋就应该出门被车撞死!"爸爸压低了声音,可是怒火更加旺盛。

是的，我真的很恨他——我的心底有一个声音在轻声说。

恨是什么？

是让你无数个夜晚睁着眼睛看着外面从天黑到天亮，是让你觉得本来很可口的食物味同嚼蜡，是让你无师自通学会那些从未说过的恶毒话语，一遍遍地诅咒着。

"初星啊。"爸爸终于停止了咒骂，试探着说道，"你的手还没有完全恢复，好好休息一下，不要再画画了，好吗？"

我低头看着手臂，无言以对。

"现在你的功课也紧张，刚好利用时间来学习，成绩好，说不定以后还能帮到你，是吧？"

我继续沉默着。

无论爸爸和我说什么，我都是以沉默应对，因为我不知道该说什么。

画画是我最重要、最幸福的事情，如果放弃了它，我不知道以后自己要怎么度过每一天。可是我也不能任性地和爸爸说我不同意，因为我知道家里已经没有钱了，而且我现在画下去也只是浪费家里的钱。

"唉……"面对我的沉默，爸爸重重地叹了一口气，想到什么似的从口袋里掏出一沓钱，从里面抽出两张面值最大的10元钞票放在我的桌子上，低声说道："想吃什么就自己买吧。"

说完，他站起来转身朝门口走去。

昏暗的灯光下，几缕显眼的白发从他灰黑的头发里跳出来，刺痛着我的眼睛。

桌子上那平躺着的两张10元钞票平平整整，没有一个角是折起来的。

我紧紧地捂住嘴，心像是被浸泡在柠檬汁里，酸到发涩。

窗外，树叶被风吹得"沙沙"作响，好像哭泣的声音。

就像走路、说话、吃饭一样，画画对我来说就是这样自然而然的事情。

即使已经到了教室门口，昨晚爸爸和我说的话还一直在我的脑海中盘旋。

第二章 【发光体】

"听说了吗？今天会有转学生来呢！"充满活力的声音从教室里传出来，一走进教室，我便看见班上"八卦小组"的同学在进行每天的"例会"。

我低着头从他们身边走过，来到自己的座位上。不善于交际的我，永远都没办法融进他们的圈子。

把书包收好后，我默默地拿出课本准备预习，他们兴奋的讨论声在教室里回荡，我有些羡慕地朝他们看去。

"转学生啊，希望是女神！"有男生双手合十地祈祷着。

"哼，满脑子只有漂亮女生，要我说一定是男生！"

"什么呀，你和我有什么区别？万一是长得难看的男生呢？"

"呸呸呸，不要乱说好不好，乌鸦嘴！"

……

大家依旧在欢快地讨论，而我打开了英语书开始记单词。阳光落在课本上，光线明亮得让我睁不开眼睛，我背着单词，眼皮却越来越重，一不小心就睡着了。

"嘀嘀——"

"嗡嗡——"

"吱——"

鸣笛声、引擎声、刹车声，各种声音夹杂在一起，像是要穿透我的耳膜，可是我什么都看不见，眼前一片白茫茫的。

忽然，画面急速变化，我发现自己站在了当初的那个路口，回到了一年前的那个早上，一切都和那天一模一样。我迷惘地看着四周，不知道为什么会来到这里，可是还没等我反应过来，画面就迅速蒙上了一层血红色，莫名的恐惧感瞬间从我的心底溢出。

我用力地眨眨眼睛，可视线里依然是一片血红色，大树、店铺、车辆，所有的东西都被笼罩在这片血红色中。

我缓慢地低下头，抬起双手，上面湿漉漉的，染上了一片血红色，浓烈的血腥味

忽然铺天盖地地涌来。

恐惧感从心底一瞬间涌上我的头顶,我惊恐地看到手臂上涌出的鲜血越来越多,整个世界越来越红,红到发黑。

"不——"我忍不住歇斯底里地尖叫起来。

"啪——"

随着肩上传来一阵疼痛,我眼前的画面瞬间消失。我猛地睁开双眼,映入眼帘的是同桌小野的脸。

"上课了。"身为班长的小野语气严肃,可脸上的神情就像是目睹了什么惊悚事件一样。

难道刚才做噩梦时我做了什么奇怪的事情?

没等我说什么,小野推了推鼻梁上的黑框眼镜,又低下头看书。我揉了揉惺忪的睡眼,下意识地朝周围看去,自己也吓了一跳。

本来整洁的课桌变得乱七八糟,文具盒被推开,里面的笔零乱地滚落在桌面上,课本的边角都被压得皱起来。看来刚才做噩梦时我一定挣扎得很厉害,所以小野才会用那副表情看着我。

刚才的梦真的让我心有余悸,现在想想心里还有些发毛。

"来了,转学生来了!"不知道是谁大叫了一声,全班同学都条件反射地抬起头朝教室门口看去。

平时对这些事情没有丝毫兴趣的我,像是被某种力量牵引着一般,不由自主地抬起头跟随着大家的视线看去。

从教室门口照射进来的阳光让人不由得眯起眼睛。

首先进来的是班主任——一位才大学毕业两年的年轻老师,因为长相帅气,所以很受大家的欢迎,每次进教室都会得到班上女生的热烈掌声。

可这次众人的目光只是从他的身上飞快地扫过,所有人都目不转睛地盯着他的身后。

【发光体】

在众人的期待中，一个挺拔的身影出现在门口，他一步一步走了进来，匡威蓝色经典款帆布鞋，藏蓝色制服裤和白色制服衬衣，单肩背着蓝色背包。

他的五官隐藏在阳光中，还没有完全看清，淡漠深沉的气质便通过身上的蓝色先一步涌现出来。

我的心跳不自觉地慢了半拍，我从来没有见过一个男生拥有这样深沉的气质。他的身上没有这个年纪该有的张扬和浮躁，有的是与年纪不相符的沉着和稳重。

当大家看清楚他的长相时，都忍不住倒吸了一口凉气，那张脸的每一处都仿佛是经过上帝的精心雕琢，有一种说不出的独特魅力，让人移不开视线。

对于大家的注视，他仿佛没有任何感觉。他的视线落在教室后面的黑板上，一双好看的眼睛里仿佛弥漫起了浓浓的大雾，让人看不清楚。

他的身上散发着淡淡的疏离感，好像若有所思，又好像什么都不在意，把所有人拒于千里之外。

微风吹起他黑色的短发，他单手插兜从一片白茫茫的光中走出，仿佛来自另一个时空。时间在此刻停止，整个世界也听不见一丝声音，只有他的发尾和衣角随着微风轻轻飘动。

看着他，我刚才因为梦境而紧张恐慌的心情神奇地平复下来，内心一片安宁。这是为什么？

"好帅啊！"

不知道是谁发出一声感叹，终于打破了安静的气氛。

"是啊，他把学院的制服穿得真好看，我以前一直觉得我们的制服很难看……"

"为什么他不笑呢？看起来好难接近的样子。"

……

教室里变得喧闹起来，我不由自主地拿起铅笔在稿纸上描绘他的样子。每次只要看见美好的事物，我都忍不住想画下来。他真的很适合当素描模特，面对这样的男生，谁都会觉得愉快吧。

"大家安静一下!"班主任右手握拳放在嘴边轻咳几声,但大家都没有给他面子,继续兴奋地讨论着。

"你们还想不想知道他的名字啊?"

班主任使出了他的杀手锏,教室里瞬间安静下来,即使还有男生想说话,也被女生强行阻止了。

班主任满意地看着安静下来的同学们,朝依然面无表情的男生努努嘴,说道:"你自己来吧。"

男生眉头微皱,可无奈对方是班主任,只好自我介绍道:"我叫安藤光。"

是清凉而低沉的声音。

本来低着头在细细涂抹阴影部分的我,瞬间停止笔下的动作,惊讶地抬起头看着他。

"啊!他就是安藤光!"连坐在我身边一直沉默的小野也不由得发出惊叹声。

"是不是就是上周的画刊上重点推荐的那个天才画手安藤光?"

"废话,除了他还能是谁?"

"老天太不公平了!有才就算了,还长得这么帅!"

……

议论声一波未平一波又起,讲台上的班主任头疼地揉了揉额头。

我咬了咬唇,原来他就是安藤光。我低下头看着手上的稿纸,上面依然是歪歪扭扭难看得像幼稚园小朋友画的画。

就算是不喜欢画画的人都知道,我们浅仓市有一个天才画手叫安藤光,他连续几年获得省级绘画比赛一等奖,就算是在全国的绘画比赛中,他也名列前茅。

我曾经花了很长的时间临摹他的画,无论绘画技巧还是画中蕴含的情感,都是让人叹服的,的确是当之无愧的天才画手。

"偶像,我每次画素描总是处理不好物体和影子明暗交界处的过渡,有什么技巧吗?"班上有学画画的同学开始向安藤光请教。

"我也是,我处理不好影子的黑白灰。"

"我想知道上色的时候应该注意什么。"

……

班上学画画的同学纷纷开始提问,我也紧握着笔等待着他的回答。

可是……

不知道是不是我的错觉,我好像看见他本来毫无表情的脸上闪过一丝厌烦。他的嘴唇紧抿着,一言不发,在众人期待的目光中,他忽然把视线移向班主任,问道:"老师,我坐哪里?"

"啊?"班主任愣了一下,随即说道:"呃,夏初星同学后面的座位刚好空着,你就坐那里吧!"

说着,他指了指我的方向。

安藤光微微点头,径直朝我的方向走来。这个状况让班上的同学都没有反应过来,大家都惊讶地看着他,教室里一下子就安静下来了。

我握着笔,看着他面无表情地朝我的方向走来。他本来星光四溢的眼眸一片漆黑,如同暴风雨来临的晚上,饱含着狂躁的因子。

好像有点儿不对劲,他从我的身边经过,眉头微微皱起来。刚才他脸上浮现出的是厌恶的神情吗?大家提到了什么让他不高兴的事情吗?

在众人诧异的目光和细碎的议论声中,他面不改色地拿出课本预习功课,脸上依然是万年不变的表情。

阳光从旁边的窗户落到他的脸上,在他的鼻翼旁留下一片阴影。他垂头看书,身上的白衬衣在阳光下泛着明亮的光泽。

好像所有的物体都静止了,只有他偶尔眨动的眼睛构成一处动态景象。

"丁零零——"

上课铃声准时响起,直到老师走上讲台宣布上课,众人才把目光从他的身上移开。有些人天生就有着引人注目的资本,即使什么都不做,也会吸引大家的眼球。

一个上午,安藤光的课桌旁都围满了同学,连我的座位也被迫让出。众人叽叽喳喳地询问着他与画画相关的事情,佩服赞扬的语句接连不断,只是被众星捧月般的他眉头越皱越紧。

"你们挡着我的光了!"

"别在我眼前晃,谢谢。"

"能不能不要这么八卦?"

……

或许没有人想过,这个天才画手除了面瘫之外,毒舌这个特点也让人难以置信,渐渐地,大家都只敢保持着一定的距离围观他。

我见过他的色彩画,他的用色明亮而大胆,会让人觉得作画的是个热情洋溢的男生,可为什么他看上去这么冷漠呢?

"反应热,是指一定条件下,一定物质的量的反应物之间完全反应所放出或吸收的热量……"讲台上,化学老师正在讲课。我抓着笔飞快地记着笔记,可是一不小心踢到桌脚,桌上的笔帽骨碌碌地滚到了地上。

"笨手笨脚。"我嘀咕了一句,懊恼地敲敲自己的脑袋,弯下腰去捡笔帽,忽然,我的视线落在笔帽旁的一张白纸上。

"这是什么?"我捡起笔帽之后,顺手把白纸捡起来看了一眼,上面用黑色水笔画了一栋房屋的设计图,看起来很精致。只是这幅图没有完成,画到最后的时候被人用力画上了几条横线,用力到纸都破了。

这是谁的呢?我拿着纸,眉头微皱,不由得看向身后,安藤光正低着头在写着什么。

"安……安同学……"我咽了咽口水,低声朝他喊道,内心一阵忐忑,因为他散发出来的气息实在是太冷淡了。

第二章 【发光体】

"嗯?"他应声抬起头,那双如星空般璀璨的眼眸直直地撞进我的眼里,我忐忑的心情瞬间消失不见,可随之而来的是从未有过的紧张感。

"我……我……"不知道是不是因为面前的男生太过美好,和他说话的时候,我涨红着脸,结巴到差点儿咬到舌头,"这……这是你的吗?"

听到我的话,他的目光落到我手里的纸上,眼睛忽然微微眯起。

"为什么来问我?"他的声音就像海风,而且仿佛还夹杂着细细的沙子,在耳边轻轻地摩挲着。

"因为掉在了你的课桌下面啊。"我涨红着脸,努力让自己的嘴角向上扬起,我想我现在的表情一定很滑稽。

"哦。"他淡淡地回应了一声。

"那个……"我眨了眨眼睛,把纸递到他面前,小心翼翼地说道,"这房子设计得真好看,原来你不光喜欢画画,还喜欢设计房子啊。"

我的话音刚落,他的眉头便紧皱起来,眼神变冷,他反问道:"谁说我喜欢了?"

"啊?"我莫名其妙地被他的话呛到了。

"哗——"

还没等我彻底回过神,他就扯过我手里的纸,在我目瞪口呆的表情下,把那张纸撕成了碎屑。

"呼——"

一阵风吹了进来,吹动纸屑扬起又落下,就像旋转的雪花,洋洋洒洒地飞舞着,最后全部落到了地上。

他为什么会有这么大的反应?刚刚他的话是什么意思?他是不喜欢画画,还是不喜欢设计房子?

无数个问题在我的脑海里闪过,可是和他并不熟的我只能低着头小声说道:"对不起。"

"为什么要说对不起?"他的声音从我的头顶传来。

"因为我好像说错话让你不高兴了。不过,画画也好,设计房子也罢,只要能做自己喜欢的事情,就是一件幸福的事。"我抬起头,微笑地看着他。

就像现在的我,画画的技巧很烂,可因为是自己喜欢的事情,就算辛苦也觉得很开心。

"嗯……"他的声音变得很低,视线没有焦点地落在地上,"刚才的事和你没有关系。"

"那……你到底怎么了?"不知道为什么,我越发觉得是自己说错了什么惹他不开心了。

安藤光的情绪变得和刚才不太一样,好像滴进水里的几滴墨水,虽然瞬间就消失不见,却改变了水原本的颜色。

"做自己喜欢的事情就好了吗……"他像是在自言自语,忽然把视线投向我,仿佛有雾气在他的眼里弥漫开来。

"当然啊。"

我不知道他为什么会这样问我,但这是我一直以来都相信的事情。

他没有再说话,只是在我给出答案之后,眼里的雾气渐渐散开,露出如星空般璀璨的眼眸。他僵硬的脸也渐渐发生变化,他的嘴角轻轻扬起,好看的眉眼微微弯下,露出一个笑容。

那种笑容是我从来没有见过的,好像阴沉许久忽然放晴的天空,觉得整个人都变得清爽起来,整个世界都亮了。

他会笑啊!这是他来到这里后第一次笑,对所有人都无比淡漠的他竟然对我笑了!

我的心就好像装在透明罐子里的蜂蜜,软软的,甜甜的,亮亮的,还散发出淡淡的清香。

"夏初星、安藤光,你们在干什么?我注意你们很久了!"正当我准备和他继续

说些什么的时候，讲台上传来一声怒吼。

糟糕，忘记正在上课了，而且是在上最严厉的化学老师的课！

我看了安藤光一眼，然后灰溜溜地回过头站起来，身后传来桌椅碰撞的声音，应该是安藤光也站起来了。

"你们两个在说什么？"化学老师走过来，不满地朝我们问道。

"对不起……"我垂下头乖乖认错，已经做好到外面罚站的准备，可是——

"算了，下不为例，知道吗？"化学老师的语气竟然缓和了许多，而且没有给我任何惩罚。

我诧异地抬起头，终于发现化学老师今天反常的原因，她根本没在意我的话，而是一直盯着安藤光。

"嗯。"安藤光顶着一张面瘫脸，闷闷地应了一声。

"好了，你们坐下吧。"化学老师满意地点点头，转身走回讲台。

重新坐回座位上，我托着腮看着化学老师飘逸的蓝色长裙，梳得整整齐齐的发髻，以及额头的皱纹、眼角的鱼尾纹……

看来，长得帅就是好，在老师面前都有优待。

不过，他确实有这样的资本呢，只是……想起之前他奇怪的反应，我微微皱眉，他到底是怎么了？总觉得他身上藏着很多不为人知的秘密。

"人的正常心率是75次/分钟，如果超过100次/分钟就被视为心率过速，引起心率加快的原因有生理性、病理性，以及某些药物的作用。"

默背了一遍生物课本上的知识点，我把手放在左胸口上，感受着它明显不同于平时的频率，那么我现在是情绪紧张吗？

想到这里，我低头看着从身后投射过来的影子，第七次用余光打量身后的人。

漫天橘红色的云层深深浅浅堆积着，好像橘子味的芬达饮料。他就在这一片云层的背景下朝前走着，黑色的发尾被夕阳渲染出红棕色的光泽，脸刚好藏在阴影中，看

不清表情。

从放学到现在,他就一直跟在我身后不急不缓地走着。

他为什么会一直跟着我走呢?

假设1:他想熟悉一下新的校园环境,所以四处逛逛。

证明:如果只是四处逛逛,不会这么巧合地跟在我身后啊。

假设不成立!

假设2:他放学无聊,又不想回去,所以跟着我走。

证明:夏初星,你以为你是谁啊,学校这么多人,他干吗非要跟着你走?

假设不成立!

假设3:可能他……难道他喜欢我?

证明:夏初星,你既不漂亮,也没有才华,无论内在和外在都没有让人喜欢的可能性,不要做梦了!

假设完全不成立!

想到这里,我狠狠地敲了敲自己的脑袋,完全是在异想天开啊!难道是因为最近班上的同学经常讨论韩剧,所以自己不小心受到"毒害"?天啊!

我狠狠地批斗自己一番之后,又假设了9种可能,但都被自己一一推翻,直到最后想到一种可能——

他应该是迷路了,找不到校门出去。

虽然我们浅仓学院不是特别大,可是如果碰上那种极品路痴,迷路也是有可能的。而且像安藤光这种有名气的男生,肯定不会放下架子去问路,所以就默默跟在我身后想跟着我出去。嗯,应该是这样的!

想到这里,我转过身,大步走到他的面前,因为紧张而一脸严肃地看着他,说道:"安同学,借用一下你的手机。"

"嗯?"他诧异地看着我,似乎吓了一跳,缓了缓神才问道,"你手机没电了?"

"你先借给我吧。"我摇摇头,看着他近在咫尺的脸,那双眼眸亮得让人忍不住深陷其中。

他没有说话,眉头不自觉地皱了皱,最后还是把手机递给了我。

我接过手机朝他微微一笑,然后打开上面的浏览器,在百度地图里输入"浅仓学院平面图"。当学校的平面图出来后,我把屏幕对着他,心情愉快地说道:"这就是我们学校的地图了,你按照上面的指示走吧。"

说完,我把手机塞到他手里,转身准备继续朝前走。

"夏同学。"他忽然叫住了我,声音听起来好像带着不满。

"怎么了?"我回过头。

"你不是想要我的手机号码……"他微微眯起眼睛,"而是觉得我迷路了?"

"放心,我不会和同学说你是路痴的。"我扬起嘴角向他保证道,"而且我也没有朋友可以去说……"

"我是路痴?"他一个字一个字地说出这四个字,脸上一瞬间出现了很丰富的表情。

感觉到一丝危险气息的我本能地和他保持了一定的距离,然后小心翼翼地对他说:"如果你觉得地图太复杂的话,那么我带你出去吧……"

我的话音落下,他的脸色一僵。

"你……怎么了?"我忽然觉得很紧张,就像小时候做错了事被发现以后那种害怕又不知所措的感觉。

"夏初星。"他恢复一贯的面无表情。

"在。"

"你至少听说过我吧?"

"啊?"

"至少应该知道我是学画画的吧?"

"嗯。"

对话进行到这里，我的脑细胞有点儿不够用了，不知道他到底要跟我说什么，只能小心翼翼地应付他。不知道为什么，惹他不高兴会让我觉得自己做了一件天理难容的大错事。

这是我第一次这么害怕一个人不高兴。

"你应该也是学画画的吧？"他虽然恢复了懒洋洋的语气，可是怎么听着都有一种鄙视我的意思。

"你怎么知道？"我眨了眨眼，疑惑地看着他。我没有跟他说过我学画画的事，也没有向他请教过这方面的问题啊。

"衣服上有颜料。"他淡淡地说道，然后转变成询问的语气，"你懂了吗？"

"啊？"我错愕地睁大双眼，完全跟不上他的节奏。

"女生的逻辑思维怎么这么差？"他的眉头又一次皱起来，我忽然发现每次他在我面前好像都无法保持面瘫脸。

"明明是你没有说清楚……"也许是因为刚刚的发现让我有些得意，我竟然不满地小声抗议道。

"你说什么？"他的音量提高，眉毛也不自觉地挑起。

"呃……我什么都没说！"我冲他露出一个灿烂的笑容，急忙摇头否定。开玩笑，他的毒舌我可是知道的，我才不要去惹他。

他看着我，没有说话，但是眼神中流露出一种深深的鄙视，好像是在说我太笨了。正当我想抗议的时候，他忽然大步从我旁边走过，同时留下了一句话——

"这样就换成你跟着我了吧。"

看着他的背影，我有些不解，什么叫换成我跟着他了？

最后我只能将他刚才的话像数学题一样把每一个已知条件列出，于是就成了：

刚转学来的安藤光在放学后一直跟在夏初星的后面，已知：安藤光和夏初星都学画画，且夏初星是朝画室的方向走，问：安藤光为什么要跟在夏初星后面？

……

第二章
【发光体】

一串省略号从我的脑海中飞过，难道他也是去画室练习的吗？

想到自己竟然以为他是迷路才跟着自己，我就恨不得狠狠拧住自己的脸颊，质问自己为什么白痴到这个地步！

"喂。"忽然，他转过身朝我招呼道。

"啊？"

"你还不走吗？"他面无表情地看着我，"你有自虐的倾向吗？"

"啊？"反应过来时，我才发现自己的右手正狠狠地拧着脸颊，原来自己的行动是与想象同时进行的。

"呃……"我只得讪笑着跑到他旁边，"我们走吧。"

夕阳渐渐下沉，只能从高低相错的大楼间隙看到还停留在天边久久不肯散去的暗橘色余晖，是因为不想离开云朵吧？那些不肯散去的余晖是担心没有自己的温暖，云朵会变得冰冷吧。

他没有提前走，也是因为担心我吗？

我轻轻扬起嘴角，走在他的身边，莫名地觉得安心。虽然马上就要进入曾经让我感到快乐，如今却让我加倍痛苦的画室，但是我有一种心甘情愿的感觉。

因为一场闹剧的耽搁，到画室的时候大多数人都已经到了。

走到门口的时候，我停住了脚步，里面的同学正在认真地画画，右手握着铅笔熟练地画出一根根线条，时不时用铅笔量一下物体比例，接着又继续完成手里的画。

看着安静画画的大家，我嘴角的笑容渐渐消失。

安藤光这么受大家欢迎，如果跟着他一起进去的话，一定会惹人注目，说不定又会招来大家的攻击。

虽然我不害怕他们的攻击，可是……我不想让他也听到那些恶毒的话语。

"嗯？怎么不走了？"正当我想悄悄溜到自己的位子时，安藤光忽然回过头诧异地问道。

他的声音很轻,可因为是他的声音,所以每一个字都顺利地传到所有人的耳朵里。

"啊,是安藤光!"随着第一个人的话音落下,大家纷纷抬起头看过来。

"啊,以后他就和我们在一个画室画画了吗?想想都觉得好兴奋啊!"

"为什么他会跟夏初星一起走进来?"

"一定是碰巧在门口遇见的吧?我也好想跟他一起走进来啊!"

"你别幻想了!你们刚才听见他对夏初星说话了吗?"

"我听见了,我听见了,听起来是认识的……"

"天啊,不可能吧!"

……

到最后所有人都停下手里的画笔,齐刷刷地朝我们的方向看来。看向安藤光的时候,他们的目光是敬畏的,看向我时却包含着浓浓的不屑。

那种毫不避讳的目光就像是盛夏中午的阳光,让人觉得皮肤都要被烫伤一般。

"阿光,你来了啊!"坐在远处的季然看见安藤光,迅速走过来热情地打招呼,就像是老熟人一样。

只是面对大家的议论和季然的招呼,安藤光从始至终脸上都没有表情,也没有任何回应。

"夏初星,你也来了啊,今天来这么晚,不像你的作风啊!"因为没有得到回应而显得尴尬的季然自然地把话题转移到我身上,而且难得地对我露出笑容。

"嗯。"我低下头轻轻应了一声,赶紧走向自己的位子。

"你今天怎么会和阿光一起来啊?"可是她丝毫没有让我走的意思,继续笑着朝我发问。

"我们……"

"嗯,让我猜猜,难道是因为昨天阿光夸了你的画,所以你去找他道谢了?"季然微微歪着头笑着,看起来可爱又甜美。

昨天来画室的那个男生原来是安藤光啊。我心里某个隐秘的地方因为这个意外的发现而变得温暖，原来那个认同我的画的人竟然是他。

"没关系，你不用太当真……"不等我解释，季然继续说道，脸上依然保持着甜美的笑容，"他只是人好，不想让你难堪，所以随便说说的。"

随着季然的话音落下，众人都小声笑了起来。我低着头站在原地，死死地咬住下唇。

只是人好吗？刚才温暖的地方一点点变凉，或许真相就是季然说的那样，他只是随便说的，并没有真心要称赞我……

我懒得去解释，我知道当别人讨厌你的时候，无论你说什么做什么，对方只会按照自己的主观想法去看待你。

我的视线不自觉地转向安藤光的方向，即使和他隔了一段距离，我还是能够感受到从他身上散发出的淡漠气息。

画室里混合了所有人的声音，可是唯独没有他的声音，他从进门到现在什么都没有说过，所以真相果然是那样吧——他只是人好，不想让我太难堪，所以随便称赞了几句。

夏季炎热的天气里，我忽然感到一阵阵凉意袭来。

"你们都在干什么？隔老远就听见这里在吵！"我正尴尬的时候，西老师从走廊尽头走了过来，对大家低声训斥。

同学们瞬间安静下来，我松了一口气，准备走向自己的位子。

"不是随便说的。"走过安藤光身边的时候，他忽然开口，安静的画室里，他的声音格外清楚而坚定。

"安藤光，你说什么？"西老师皱眉看着他。

"我昨天不是随便说的，夏初星的画是真的很好，虽然她的画线条画得不好，可是整体比你们任何人的画都要好……"

我停下脚步看着他，其他人也都看着他。明亮的光线中，他依然是一副冷淡的表

情,可是说话的语气格外认真。

"很多人问我技巧方面的问题,却忘了最本质的东西。好的画是具有灵魂的,画出来的水果会让你想吃,画出来的花朵会让你闻到芬芳,画出来的鸟儿让你觉得它在飞翔。如果只是单纯地画得像,用相机拍下来就可以了,何必画画……"

他的声音不大,可是每一个字都准确地敲在每个人的心上。

"夏初星的画虽然技巧不好,但是她昨天画出来的水果让人有想吃的感觉,这是你们都做不到的……"

我拼命咬着嘴唇,明明想笑,可是眼眶不争气地红了起来。

你以为没有人会懂自己,你以为他不会帮你说话,你以为自己永远都不会被人在意……当你已经习惯了这样的生活,已经不再奢望改变的时候,忽然有这么一个人出现,三言两语就颠覆了所有的"你以为"。

我把垂着的头一点点抬起来,视线像是放慢了几倍的镜头——粘了许多铅笔灰的地面,蓝色匡威鞋,藏蓝色制服裤,白色衬衣,他浑身散发着淡漠疏离的气场。

可是当镜头一点一点朝上,最后定格在男生的脸上时,我的心仿佛被一股热气包裹着,热气差点儿就要凝聚成水珠涌上眼眶。虽然他的脸上依然没有表情,可是我觉得比世界上任何一张脸都要让人觉得温暖。

"怎么了?"他的脸上有了细微的表情变化,看向我的眼神带着一丝询问,整张脸的轮廓都变得柔和起来。

"没事。"我轻轻摇头。

我们离得很近,近到我可以看清他一根一根的长睫毛、冒出汗珠的鼻尖,还能闻到从他身上散发出来的洗衣粉清香。明明是夕阳落下的傍晚,我却感到阳光明媚,仿佛时间的齿轮意外地卡住,定格在此刻。

整个画室彻底安静下来,没有人再说话,大家都沉默地低下头看着自己的画。

"好了好了,大家快回到自己的位子好好画画,今天要交一幅色彩画上来。"西老师出声打破了画室的宁静。

大家听了他的话,纷纷回到座位上继续练习。

"安藤光,平时要你好好指导一下大家,你推三阻四的,今天倒是说得挺爽快啊。"西老师走过来,调侃着安藤光,两人好像早就认识了。

"想说就说了。"安藤光又恢复面无表情的模样。

"你啊……"西老师无奈地摇摇头,然后看向我,"夏初星,好好加油吧!"

"嗯,我知道。"我点点头,浑身充满了力量。

"知道就好。"西老师满意地笑了笑,又对安藤光说道,"臭小子,我可是给你安排了一个最好的位子,绝对让你自由自在的,你看……"

"不用了。"还没等西老师说完,安藤光就果断地拒绝了,然后淡淡地说道,"我坐在夏初星旁边就可以了。"

他低头看着一脸错愕的我,说道:"走吧,带我去你的座位。"

为什么要为我说话?为什么要肯定我?为什么要和我坐在一起?难道不知道这样会让我完全不能控制地……

靠近你。

习惯有你在。

第一次出现的陌生情绪在我心里蔓延,一点一点占据了整颗心,最后顺着血液流遍全身,每一个细胞都被这样的情绪包裹着,异常温暖。

"西老师,您别乱想。我和夏初星在班上就是前后桌,我只是觉得在画室也这样坐会比较习惯。"安藤光向西老师解释道。

原来是这样啊。

不知道为什么,名为"失望"的情绪莫名地从我心底冒出,一点点吞噬着我的心。

一天是由86400秒组成的,那么,距离第一次他来到画室已经过去了777679秒。每次画画被人嘲笑的时候,他都会站出来为我说话,指出我画中的优点,并且鼓励我。

今天要练习石膏头像素描。

晴朗了一个星期的天空终于下起了大雨,窗外的天色阴沉得可怕,大雨用力拍打着窗户,留下一条条水痕。

室外"哗哗"的雨声和室内"沙沙"的作画声和谐地组成一曲奇妙的乐章。

我一直在绘画的手臂隐隐传来疼痛的感觉,这种疼痛随着时间的流逝而成倍地增加着。

我咬着下唇继续画画,鼻尖却因为疼痛冒出汗珠。

"夏初星,你最近是不是身体不舒服?"旁边的安藤光停下画笔,低声询问道。

"没事。"我抿了抿嘴唇,勉强朝他露出一个笑容。

"可你总是画着画着脸色就变得很差。"他的眉头紧紧皱在一起,视线落在了我的手臂上,"以前也是这样吗?"

我马上把制服的袖口往下拉,遮住露出的伤疤,故作轻松地说道:"真的没事。"

自从出车祸后,我就再也没有穿过短袖,因为不想看到别人在看见我手臂上的伤疤时露出惊讶和同情的神色。

"你休息一下吧。"他重新看向我。

"我还不累。"我不再看他,继续完成自己的画。他没有再说话,只是轻轻地叹了一口气。

时间一分一秒地过去,画室里安静得只听见画笔与纸摩擦的声音。所有人都在全神贯注地画画,而我的手臂越来越痛,手也颤抖起来。

不知道过了多久,门口传来西老师的声音:"好了,大家休息一下吧!"

西老师一边说着一边从外面走进来,身上的衣服有大片的水渍,他笑着招呼大家:"我可是冒着狂风暴雨买了炸鸡来慰劳你们,快来旁边的办公室吃吧!"

"太好了!"他的话音刚落,大家齐齐欢呼一声,迅速站起来蜂拥出去。

我咬了咬嘴唇,看着白色素描纸上那幅连基本轮廓都变形了的图,毫不停顿地继

续挥动着手里的画笔。

不可以！

我不允许自己失败！

空荡荡的画室里，我落在素描纸上的每一笔都发出清晰的声音。

"沙——沙沙——沙沙沙——"

"夏初星，我们也去吃点儿东西吧！"我的耳边传来安藤光的声音。

"我不去了，你自己去吧。"我回答道。

"你也要休息一下啊，毕竟你都画一个下午了。"他继续劝说。

"我不累，你快去休息吧。"我专注地画着，可是因为疼痛，声音微微有些颤抖。

"大家都休息了，你是想一个人悄悄用功吗？"

"可是大家都比我画得好啊。"我的眉头微微皱起，"我希望更努力一点儿，能够画得和你一样好，能够得到大家的认同……"

"可是也不能拿自己的身体开玩笑啊！"他的声音变得严肃起来，"你就不能听我一次劝，停下来休息一下？"

"对不起，我真的……啊……"话没说完，手腕处传来的剧烈疼痛让我忍不住低呼出声。

"你给我停下来！"他的声音十分冷硬，一边说着一边伸手想要抢走我手中的笔。

"不要！"我躲开他的手，转过头看向他。

"夏初星，你的身体明明就不能承受这么高强度的练习，你怎么这么倔强！"他的脸色很差，就像窗外的天空，乌云密布。

我没有说话，紧紧地咬住嘴唇，仍固执地握着笔不愿放开。

"画画就这么重要吗？重要到能够让你什么都不顾，什么都不在意吗？"他强硬地握住我的手腕，让我无法动弹，眼眸漆黑得没有一丝光亮，他朝我低声怒吼，"你

到底想要证明什么?为什么一定要把自己逼得这么惨?你就那么想要别人的认同吗?你的虚荣心就这么强?"

  他的质问声重重地撞击着我的耳膜,我看到他眼底隐忍的狂风暴雨,鼻尖一阵泛酸,心脏像是铅笔头一样,被人一刀一刀地用力削着,疼得厉害。

  所有的委屈和难过聚集在胸口,越聚越多,我像火山爆发一样愤怒地朝他吼道:"安藤光,你根本什么都不知道!"

第三章 > 03
chapter

【萤火虫】

有时候我觉得他离我好远好远，他就像是耀眼的太阳，光芒四射，而我只是像小小的萤火虫一样，拼命努力也只能发出那么一丁点儿光亮。

  没想到我的反应会这么激烈,安藤光微微眯起眼睛,里面积蓄着很多我看不懂的情绪。

  "你什么都不知道,凭什么这么说我?"我的喉咙很疼,好像被无数细小的玻璃碴卡住了,"这就是你心里面的我吗?"

  肤浅、虚荣,原来在他的心目中,我就是这样一个人。曾经我以为就算全世界的人误解我、中伤我,但是他会不一样。

  现在我才明白,这种盲目的自以为是有多可笑。

  安藤光,原来你和其他人一样,一样这样看我!

  我的双手紧紧地攥着衣角,眼里即将流下泪来。我微微低下头,悄悄把眼泪逼回去,视线不经意地从地上的一张习作上扫过。

  那是他第一次来这个画室时我画的那幅画,当所有人都在嘲笑我的时候,唯有他认同了那幅画,可是现在,他却这样说我。

  所有的一切,连最初的那些认同,是不是都是假的?

  "你觉得我是一个爱慕虚荣的人?"我猛地抬起头,直勾勾地看着他,一字一句地说,"你是不是认为我的那些努力都很可笑?"

  "可是你知道什么呢?你知道,如果再不努力,我就永远都不能画画了吗?你知

道从天堂掉到地狱的感受吗？"我越说越难过，眼泪像是潮水一样迅速涌上来。

他什么都没有说，只是深深地看着我，漆黑的眼眸中忽然闪过一丝光芒。

感觉到眼泪涌出眼眶，我死死地咬住嘴唇别过脸，再次把眼泪逼回去。

画室里变得很安静，安静得可以听见我们的呼吸声、雨水拍打窗户的声音以及从旁边办公室传来的嬉闹声。

苍白的节能灯光打在石膏像上，让我想起充满消毒水味道的医院，还有手臂上冷硬的石膏。

"夏初星……"他的声音忽然软了下来，轻飘飘地落进我的心底，一瞬间就扑灭了我心中的怒火。

我忽然想起上生物课时老师说起的生物链。每种生物都有天敌，一物降一物，环环相扣，或许他就是我的天敌吧，总能轻易左右我的情绪。

"夏初星……"他再次喊出我的名字，低沉的声音轻易地在我心里激起一圈圈涟漪。

我忍不住看向他。

他的眉头微微皱起，眼眸如夜空般浩瀚无垠，让人向往。

"其实，我一直想问你……"

他再次开口，声音又压低几分，带着一丝犹豫。

窗外的暴雨已经转变成小雨，原本急促的雨声变得缓和了许多。

"你的手……"他小心地挑选着字词问道，"为什么会跟不上你画画的节奏？"

我猛地睁大眼睛，他是什么时候发现的？

看到他探询的眼神，我缓缓地垂下了眼帘，手不自觉地扯了扯袖子，把丑陋的疤痕都隐藏在衣袖里。

那是一场噩梦，即使到现在，我也很难装作若无其事地提及。

他没有等到我的回答，正准备继续追问时，从门口传来一阵脚步声以及兴高采烈

的说话声。

"真好吃啊！"

"如果配上啤酒，不就是之前那部很火的韩剧里的情节吗？"

"小子，你还想喝酒啊！"这句话是西老师说的。

……

听到大家的声音，我如释重负地低下头，准备继续画画。

我并不想对安藤光说谎，可是也无法轻松地说起那件事，幸好他们回来了，我可以趁机逃过他的追问。

我的指尖刚碰到铅笔，安藤光忽然握住了我的手腕，我诧异地抬起头看向他。

门口的脚步声和谈笑声越来越近，可是他握着我的手没有松开的意思。当第一个人的身影出现在门口时，我心里一惊，慌张地催促他："快松开！"

可是他依然没有任何反应，纹丝不动地握着我的手。

不行！如果被人看见，一定会传出奇怪的流言。

想到这里，我一咬牙，猛地使劲，终于在门口的人进来前成功从他的手里挣脱出来，然后装作若无其事地拿起铅笔继续画画。

失去禁锢的手腕感到一阵不适，像是缺少了从他手上传来的温度。

他怔了一会儿，才转过身拿起铅笔也画了起来，我的耳边隐约传来一声微弱的叹息。

"沙沙沙"的声音伴随着移动的画笔重新响起，虽然我在画画，可是脑海里一直浮现出他刚才看我的眼神，像是放慢的镜头，缓缓地从脑海里滑过。

还有被他握过的手腕，仿佛被施了一个魔法印记，持续地散发出暖意。这些暖意来自于他的每一句话，来自于他每一句话里隐含的关心，来自于他。

"你们一直在画室吗？"

众人有说有笑，走进画室看到我们时，满脸惊讶。

"嗯,正好画到重要的地方,走不开。"他抬起头,声音是一贯的冷淡。

"这样啊?你们俩不是故意留下来享受'二人世界'的吧?"西老师一边开着玩笑一边朝我们抛媚眼。虽然他年纪不是很大,可是顶着满脸的络腮胡抛媚眼,还是无比滑稽。

"咔——"

我听见安藤光那边传来折断铅笔的声音,果然再冷静的人也受不了啊!

"你饿不饿啊?我去给你买点儿东西吃吧……"季然跑到安藤光面前,笑容甜美地献殷勤,说着她又皱起眉头,嘴巴微微噘起,"早知道应该给你留一点儿炸鸡的!"

季然本来就长得甜美可爱,配上这样的神情,真的很讨人喜欢。不像我,长相普普通通,还一年四季都穿着宽大的制服……想到这里,我的情绪变得低落起来。

"不用了。"我忽略了安藤光那家伙"百毒不侵"的体质,尽管周围的男生都用欣赏的目光看着季然,可是唯独他斩钉截铁地拒绝了季然的示好。

多让女生难堪啊!

我抬头看向季然,她甜美的笑容却没有一丝变化,弯着眼睛笑着看向我,自然地转换了话题:"夏初星,你呢?饿不饿?"

我愣了一下。以前她要么针对我,要么无视我,没想到今天她竟然会关心我饿不饿。

"算了,既然阿光都不饿,你一个女生肯定也不会饿了。"还没等到我的回答,她就自顾自地说着,懊恼地皱起眉头来,"下次你们如果有事去不了,要告诉我哦,我给你们带过来。"

"呃……好。"季然忽然对我这么热情,让我觉得莫名其妙。我不知道该说什么,只好顺着她的意思点点头。

听到我的回答,她的笑容更灿烂了,显然很满意。

我疑惑地看了她一眼就收回了视线,估计她也是一时兴起,于是懒得再去想,握着铅笔准备继续画画。

"咦?"我刚画了几笔,季然忽然发出疑惑的声音,微微歪着头,眨了眨眼睛,无辜地看着我手中的笔,好奇地问道,"夏初星,你的笔这么短了怎么还在用啊?"

"嘶——"铅笔尖狠狠地划过素描纸。

我手中的铅笔被削得很短,大概5厘米的样子,只能小心翼翼地用食指和拇指夹在中间。

感觉到旁边的安藤光也停下笔,转过头朝我这里看来,我脸上不由得微微发烫,然后抬起头看着季然,装作若无其事地回答道:"因为环保啊!"

"啊?"这回轮到季然惊讶了。

"因为笔和纸都需要用木材制造啊,节约一点儿就能减少对森林的砍伐。"我轻轻地笑着对她解释,内心却觉得难受。

我变成了自己讨厌的那种人。

明明是因为没有钱买不起,却还找了一个冠冕堂皇的借口,不想被人知道自己的拮据,可笑地维护自己那点儿自尊,成为了一个虚伪的人。

"是吗?可是会不好画呀。"季然挑眉疑惑地看着我。

"但是只有一个地球嘛。"我一边若无其事地笑着,一边却在心里鄙视自己——为什么会让自己成为这样的人呢?

可是我宁愿说谎,也不想给家里增添任何负担了。

我无法忘记那个晚上,因为家里没钱,爸爸和我商量放弃学画画时的无奈,更加无法忘记他离开时那斑白的头发和佝偻的背影。

所以我只能努力地节约每一分钱,不能有任何浪费。

"好了,季然,回你自己的位子去画画,不要影响其他同学!"西老师的声音传来,让我躲过了这次难堪的询问。

第三章 03

　　季然没有再去深究我的话，不情愿地点点头后，向安藤光依依不舍地道别："阿光，你好好画，我走了。"

　　"嗯。"安藤光头也不抬地回答。

　　看见季然走了，我暗暗松了口气，终于可以安心地画画了。可是画了没多久，我又被迫停下了笔，看着眼前的画，不由得叹了口气。

　　为了节约钱，我一直都把画纸两面一起用，但是画过水彩的画纸早被颜料浸成了五彩斑斓的彩纸，纸面上也如同有无数道沟壑般皱巴巴的。

　　算了，反正就算用好的画纸，我也画不好，只是做练习的话也没什么关系。这样想着，我笑了笑，心里却有着淡淡的苦涩。

　　安藤光那边一直没有动静，我不经意地朝他那里看了一眼，却发现他的视线落在我的一堆习作上。那是我刚刚找画纸的时候拿出来放在地上的，都是我最近画的画，依然是一堆难看的见不得人的作品。

　　他的视线让我的脸颊发烫，我用最快的速度把画收进画袋里，不敢再去看他的眼睛。

　　尽管我知道自己的画很糟糕，可是不知道为什么，我不想让他看见我这么糟糕的一面。我希望在他面前表现得稍微优秀一点儿，哪怕……哪怕只是一点点。

　　我紧紧地握住手里的画袋，再次为自己的行为感到羞愧——无法坦然地说出自己的贫穷，无法坦然地把自己的画展示出来。

　　他的目光让我觉得，我就像是手掌上沾了颜料、衣服上沾着铅笔屑一样不自在，恨不得马上躲起来。

　　我的存在渐渐让自己都感到讨厌了。

　　窗外的雨已经停了，玻璃上的雨水痕迹让外面的世界变得朦胧又扭曲。

　　我常常在想，每一天的生活好像都是重复的，就像是有人在电脑前操作"复

制——粘贴——复制——粘贴",而时间就在这样的重复中消耗殆尽。

"丁零零——"

下课铃声响起,天边的云彩就像点燃的烟火,而安静多时的校园也在这片烟火的映衬下迅速喧闹起来。

老师宣布放学之后,同学们迅速走出了教室,只有我握着笔冥思苦想,计算着眼前的函数题。

暖橘色的阳光从教室后面的窗户照进来,笼罩着我全身。突然我眼前一暗,一个影子从桌面蔓延到地上,我握着笔的手不由得用力起来。

"喂,走啊。"站在我身后的人说道。

我抿了抿嘴唇,笔尖停顿下来,语气淡淡地说:"你先去吧,我想把这道题算出来。"

其实我是不想和他一起去才找的借口。昨天的事情让我更加清楚地明白,我和他不是一个世界的人。一个连5毛钱一支的铅笔都舍不得买的人和一个顶着"天才"光环高高在上的人,怎么能够站在一起?

"我等你。"虽然没有看见他的脸,可是我也知道他说这句话时不动声色的样子。他就像戴了一张面具,把所有的情绪都隐藏在面具下面,让人很难知道他的心里在想什么。

因为无法获知他的想法,所以我心里的猜测似乎永远都无法停止。

我紧紧地握住手里的笔。

墙上的时钟指针走动发出"嗒嗒"的声音,一下一下地打乱了我心跳的节拍。我暗暗叹了一口气,无奈地放下手里的笔,收拾好书包站起来,低声说道:"那走吧。"

他什么也没有说,只是微微点点头,跟着我一起出了教室。

学校里的学生已经走得差不多了,只有几个值日的学生在扫地。

天空中时不时有几只鸽子飞过,扇动翅膀发出"哗啦啦"的声音,天边更远的地方,深浅不一的暗红色云团在浮动着。

放学前后的校园总是让人有一种措手不及的感觉。

原本安静的校园在放学铃响起的一瞬间吵闹到了极致,可是不用多久,这些喧嚣就会慢慢变弱,直至消失,直到整个校园都沉寂下来,在光线晦暗的薄暮,只剩下树叶晃动的声音在清晰地回响着。

"沙沙沙——沙沙沙——"

从安静到喧嚣,再到恢复宁静,整个过程只是经历短短的时间,就像在半空中燃放的烟火,灿烂之后便是化成灰烬的孤寂。

一路上,我们都没有说话,每次我想鼓起勇气说点儿什么,可是最后都不知道怎么开口。我们只是沉默地走着,到小卖部门口的时候,他忽然对我说:"你等等。"

还没等我反应过来,他就跑了进去。

我站在原地看着他的身影消失在门口,没多久,他手里拿着什么东西站在门口准备结账。

阳光给他的脸镀上了耀眼的金边,他微微低着头,额前柔软的黑发被风吹起,露出眼神沉稳的眼睛,长长的睫毛在眼睑下方投下一小块阴影。

同样是穿着学校的制服,可是他看上去比同龄的男生要沉稳许多。

只是这样看着他,就让我觉得很安心。

看见他转身走出小卖部,我赶紧把视线移到其他地方,脸却不争气地红了起来。

"喂,你要哪一支?"他走到我身边,一边说一边把手里的东西递到我面前,是两支"可爱多"甜筒。

"谢谢。"我红着脸道了谢,拿了一支芒果味的。

"不用谢我。"他摇了摇头,语调忽然变得有点儿低,"应该是我和你说对不起。"

"啊?"我诧异地看着他。

"这是和解礼物,为昨天的事情。"他的声音闷闷的。

"昨天的事?我没有生气啦。"我急忙摆手澄清。

"那为什么不想和我一起去画室,而且一路上也不说话?"他的声音依然闷闷的。

呃……仔细想想,好像真是这样。和他单独相处的时候,我就会变得话很多,这是连我自己都没有注意到的改变。

"我不知道怎么哄女生。"此时面无表情的他看起来有些可爱,"有个朋友告诉我买零食就好了。"

第一次看见他略带孩子气的样子,第一次听见他一口气说那么多话,我忍不住抿着嘴笑了起来。

这个样子的安藤光可不是那个高高在上、冷漠疏离的天才少年画手,而像是一个害羞的邻家男生。

"你笑什么?"他不解地看着我。

"没有啦。"我笑着摇摇头,咬了一口甜筒,"就是觉得很好吃。"

他看见我笑了,眼底出现愉悦的神色,声音也带着一丝狡黠:"等一下你就知道甜筒不能白吃了。"

"什么意思啊?"我疑惑地看向他。

"没什么。"

他摇摇头,没有解释。

这时,我发现他拿着另一支甜筒却一直没有吃,就好奇地问他:"你怎么不吃啊?要化掉了。"

他愣了一下,面色尴尬地说道:"我不喜欢吃甜食。"

"那你为什么要买两支啊?"我没有细想,发出了疑问。

　　他的眉头纠结地皱在一起，视线飘忽不定，在我的眼神追问下，才语气别扭地说道："特意给你买一支，我怕你不肯要，所以……买了两支。"

　　简单的一句话，却在我的心里激起了巨浪。

　　我从来没有想过，在外人面前是"天才"般高高在上的他，竟然为了维护我的自尊，选择了一种最笨拙的方法。

　　光线渐渐暗淡的傍晚，夕阳染红了一大片云彩，层层叠叠堆积的红霞如同一大片橘子味的奶油，散发出香甜的味道，就像手中的甜筒。

　　从味蕾绽放的香甜，一点一点地蔓延到每一个细胞，最后直达心脏。

　　我想，即使很多年之后，我也会记得这一支甜筒的味道，还有给我买甜筒的人。

　　即使已经到了画室坐下，我嘴里的香甜却依然没有消失，仿佛已经渗入了灵魂深处。

　　带着愉悦的心情，我把画板上的画取下来，从旁边的画袋里拿出一张画过色彩画的纸准备画画。

　　把纸用工字钉固定在画板上之后，我开始发愁。这张纸被背面的颜料浸透得很厉害，原本洁白的纸面变得花花绿绿的，而且凹凸不平。

　　今天要练习的是石膏头像素描，画起来应该会有影响吧。

　　可是……

　　我咬了咬唇，还是拿出短短的铅笔准备构图，将就着用吧，能节约一点儿是一点儿。

　　画到画纸上皱起的位置时，铅笔被纸卡了一下，一条直线被画成了弧线，最后整个物体的轮廓都被我画得更加奇怪。

　　没关系，只是在练习，用差一点儿的纸也没关系。我在心里默默地告诉自己，虽然鼻头泛酸，却努力不让自己被难过的情绪掌控。

"夏初星。"我的耳边忽然传来一个声音。

我暗暗调整好情绪,然后微笑着转过头,看向旁边的安藤光,问道:"怎么了?"

"给你。"他的手上拿着一沓画纸还有几盒铅笔,脸上依然没有表情,眼里却泛着星辰般的光芒,"这里有一些素描纸和水粉纸,铅笔有HB到6B的,你先拿着,之后我再给你其他画画用具。"

"给我这些干吗?"看着面前的画具,我诧异地问道。

"给你用。"

他的语气像平时一样淡淡的,却让我觉得不太舒服。

"我为什么要用你的纸和笔?"我脸上的微笑已经消失,语气也变得冷硬起来。

"你的画纸和铅笔不是都快用完了吗?"他似乎没有察觉到我的不悦,继续说道,"我……"

"安藤光!"我冷冷地打断他的话,心里好像塞了一些碎冰块,冷到整颗心脏都在发疼,"你在可怜我吗?"

我宁可面对全世界的白眼,也不要他给我的半分施舍。因为他是安藤光啊!这会让我更加深刻地明白,我和他之间的距离有多远;这像是在残忍地暗示我,我和他不是一个世界的人。

我知道自己的自尊心很可笑,明明就买不起这些东西,却还不愿意接受别人的同情。

"先听我说。"面对我的怒火,他的表情依然不变,"我只是想请你帮个忙。"

"啊,帮忙?"

"我妈希望我在全国美术比赛上拿到好成绩,要求我从今天起每天交三张练习画。"他的语速比平时稍快,也许是怕我误会,"所以我想让你帮我画几张。"

"你这样应付你妈不太好吧?"我不解地看着他,"而且以你的速度,完成三张

练习画又不会很难。"

"一天画三张就没有时间去做其他事情了，我不想让这种事占据我全部的时间，想留出时间去学习房屋设计……"他的视线落在画室里认真画画的同学身上，声音变得很轻，"他们总是告诉我应该怎么做，可是从来不问我喜欢做什么……"

他长长的睫毛挡住了眼眸，让我看不清他眼底的神色，只看见在他脸上投下的小块阴影。

"你怎么了？"不知道为什么，虽然他的脸上没有表情，可是我隐约感觉到他好像不是很开心。

"没事。"他出神地看着其他人，语气还是很轻缓，显得很缥缈，"你说画画是一件很幸福的事情，对吗？"

"嗯！"我毫不犹豫地点头，"画画当然是一件很幸福的事情！"

"是吗……"他的声音轻得仿佛随时会被风吹散，他忽然把视线移到我身上，眯了眯眼睛，轻声说道，"那我把我的幸福分给你一点点！"

"啊？"我一时没有反应过来，愣了一下，然后抿抿嘴。因为他的话，我心里忽然一暖，那份由他带来的温暖停留在胸口，久久无法消散。

从来没有一个人跟我说要把他的幸福分给我。

画室里原本冰凉的光线，在碰上他的脸之后却变得温暖了。我的眼眶不争气地微微泛红，我别过脸躲开他的视线，却刚好看见画板上自己那幅糟糕的画，语气瞬间变得低沉起来："可是我的画比你的差很多，你妈肯定一眼就看出来了……"

即使已经过了一年，我还是会因为自己糟糕的画技而感到难过。

"你的色彩画画得很好啊，最近进步又很明显。"他的嘴角微微勾起，像是想摆出微笑的表情，可是像不习惯一样显得有点儿生硬，"而且我爸妈很忙，不会常常检查，只是闲的时候数一下数量而已。"

"这……"我还是有些犹豫。

　　如果接受他的建议,就可以得到免费的画画用具,虽然说是给他画画,但也同样是在练习。可是……他真的是想要我帮忙,还是在同情我?我不太确定。

　　"我刚才请你吃甜筒,一是道歉,二是想请你帮忙。"我还在犹豫的时候,他的眼底闪过一抹狡黠的光,"你已经吃了,所以必须要帮忙。"

　　"啊?"我睁大眼睛看着他,心里觉得又好气又好笑,没想到他还会说出这种耍赖的话。可是我感动不已,他从请我吃甜筒开始就打算好了,一定要我接受他的画具。

　　"拿着吧。"

　　他虽然还是故意板着一张脸,可是眼底浮现出一丝笑意。

　　夕阳的余晖从旁边的窗户斜斜地照进来,仿佛给他的脸蒙上了一层薄薄的纱,泛着温暖的光芒。他的眼中落进许多光,如繁星般闪烁。

　　看着他,我不由得扬起了嘴角。

　　某种情愫像藤蔓一样从心底冒出,迅速填满了整个心房,把我和他的情绪巧妙地牵连起来。

　　从此以后,我的心会跟随着他的喜怒哀乐而喜怒哀乐。

　　喜欢是什么?如果你喜欢一个人,吃到美味的食物你会想要带给他尝尝,看见喜欢的电影你会想要分享给他,听到好笑的笑话你会想要说给他听,但是,你不一定会告诉他你的心意。

　　所以即便我喜欢你,也不会告诉你。

　　因为我想努力一点儿,再努力一点儿,让自己变得更好,才有资格站在你的身边。

　　抱着这样的想法,我更加勤奋地练习画画,而时间有时候像蜗牛一样缓慢,有时候却又像火箭一样飞快地朝前推进着,不知不觉已经过去了一个月。

第三章 03

【萤火虫】

当夕阳从地平线落下时，整个世界变得朦胧昏暗起来。

透过打开的窗户，可以看见被交错的电线分割成很多块的天空。时不时有不知名的鸟儿飞过，张开的翅膀像是一把尖锐的匕首，一下一下地从天空划过，留下一道道看不见的伤口。

天空由灰色变成暗黑色，虫鸣声也随着夜幕降临变得更加响亮，聒噪地打破夜的宁静。

画室里，我眼睛一眨不眨地看着这样的景象。

我的脊背挺得笔直，放在腿上的双手手心都是黏黏的汗液，连呼吸都变得不自然了。

在我的面前，是一群围着我、架着画板画画的同学。

画室有一个惯例，每周三，人像素描练习的模特是由画室里的学生轮流担当的，这次刚好轮到了我。

被大家围着的我不知道眼睛该看哪里，只能一直盯着窗外，铅笔和素描纸摩擦发出的"沙沙"声在我的耳边回响。

"看我画的。"

季然忽然停下笔，笑嘻嘻地和她身边的女生咬耳朵。

"大小姐，又怎么了啊？"旁边的女生被迫停下笔，朝季然的画板看了过去，下一秒就掩住嘴巴"扑哧"一声笑出来。

看着她们的举动，我的手不自觉地紧紧抓住裙子，嘴唇不自觉地用力抿起来。即使没有看见，我也知道她画出来的我肯定很难看。

或者说，她们本来就把我当成一个笑话来看。

"喂，夏初星，你不要动啊！"斜对面的男生皱着眉头冲我大喊，"动来动去的，让我怎么画！"

"就是，你有多动症啊？"

"你学学我的晴妹妹,她当模特的时候哪像你这么差劲!"

"喂,陈晨,谁是你晴妹妹,别乱叫!"

女生说着,娇嗔地推了一下男生,男生没站稳,退后几步,碰倒了几块画板。

"砰砰"几声响起,画板上的画呈现在众人的眼前。

凌乱的头发披散在肩上,女生有一双大却没有神采的眼睛,仿佛失明了一般;脸上永远是一副忧愁的神情,眉头紧紧皱着,嘴唇也紧紧地抿在一起,整张脸的肌肉线条也很僵硬,看起来就让人不想接近……

原来,在大家眼里我是这个样子吗?总是显得气压很低,总是一副苦恼的样子,怪不得大家都这么不欢迎我,换成是我自己,恐怕也无法喜欢这样的人。

"哈哈,季然,你们几个画的是什么啊?"

忽然传来的声音打断了我的思绪,我顺着大家的视线朝季然的画看去。原来季然她们有的给我画上一副墨镜,有的在我的脸上加上了一道霸气的伤疤,还有一幅画竟然给我画上了两撇胡子。

"我们是在美化她!"季然笑嘻嘻地给大家解释,"你们不觉得我们画的漫画比她本人可爱吗?"

"好像是,夏初星整天板着脸的样子实在是让人不爽。"

"是啊,有时候想跟她打个招呼,看见那副表情就不想说话了。"

……

画室里,大家开始议论起来。

听着大家的对话内容,我紧紧地握着拳头。其实我不是这样的啊,只要熟悉之后,我也是很好说话的,为什么没有一个人愿意试着接近我?

我心里懊悔的同时又感到无比难过。

莫名的情绪如涨潮般一点点浸透我的心脏,灌满整个胸腔,咸咸的液体不断涌出,最后打湿了整个眼眶。我垂下眼帘,把一切隔绝在朦胧的视线之外,仿佛这样就

可以忽视那些刺耳的话语。

"你们在吵什么？我在办公室都听见你们的声音了。"在大家说得最热闹的时候，西老师出现在门口，他板着一张脸，不悦地说道，"如果你们觉得精力太旺盛没地方发泄，那就多交几幅画！"

西老师说完，大家都不敢再出声，画室又安静下来。

"我画完了。"在所有人都安静下来的时候，人群之中传来一个低沉的声音，所有人都循声看去。

他如墨般的头发在灯光下泛着光泽，从窗外吹进来的风轻轻地吹动着他白色衬衣的衣角。他好像有一种天生的魔力，让所有人的目光都不由自主地追随着他。

有时候我觉得他离我好远好远，他就像是耀眼的太阳，光芒四射，而我只是像小小的萤火虫一样，拼命努力也只能发出那么一丁点儿光亮。

"我还在铺第一遍大调，他就画完了，会是什么样子啊？"

"应该和我们差不多吧，夏初星当模特，不管怎么画也就那样啦！"

"说不定他也放弃了，随便应付一下，嘿嘿。"

"早知道连安藤光都画不好，我就不浪费精力了！"

随着他朝西老师越走越近，大家的议论声也越来越大。应该是这样的吧，就像大家说的一样，即使是他笔下的我，也只能是那个样子。

一股失望的情绪如雾霭般笼罩着我的心。

"咦？"西老师在接过他的画时，发出一声感叹，就没有了下文，只是目不转睛地看着画。

大家都诧异地看着西老师，好奇到底发生了什么事。

整整过了三分钟，西老师才重新抬起头，一脸严肃地看着安藤光。这让大家更好奇安藤光的画到底是什么样子，难道是和平时的水平相差太大，所以西老师才这么震

惊吗？

而身为当事人的安藤光完全不关心似的看着窗外，好像在思考着自己的事情。

"你们好好看看。"西老师面向大家，把手里的画转过来给大家看，"画画是一件严肃的事情，不是拿来开玩笑的。"

当那张画出现在众人的视线中时，整个画室就像是按下了静音键，所有的声音都停止了，就连我也不由得张大了嘴巴。

那是我吗？

同样的发型，同样的脸，同样的衣服，可是和所有人的画都不一样。

我看起来是这样的吗？小巧的脸上，嘴角微微扬起，眼睛好像看见了什么好玩的东西，正好奇地睁着，眼眸发亮，好像盛满了碎钻般的光。

刚好有风吹过，头发微微扬起，有一缕头发恰好贴在鼻头上，显得俏皮又可爱。

那是……我刚好看见窗外的天空上飞过一只鸟的时候。我在想，自己是不是有一天也可以飞起来远离所有的苦恼。那一刻我的心情是愉快的。

他画出来的我是这个样子吗？嘴角浅浅的笑容让人看了都有一种忍不住想微笑的冲动。

湿润的液体慢慢变热，像是温泉的水一样，治愈着所有伤痛。

"这是夏初星吗？为什么和我看到的一点儿都不像？"

人群中传出一声赞叹。

"我从来没见过她这个样子，顺眼多了，好像还有那么一点儿可爱！"

"大伟，这不是你喜欢的那类女生吗？清纯又可爱。"

"喂，你说什么呢！不过，这幅画里面的夏初星是挺好看的。"

"一看就是心动了，还装模作样！"

……

画室里再次响起大家的议论声，气氛却完全不一样了。

我原本潮湿的心情在这些话语中慢慢干爽起来，像是有人用魔法驱散了心中的积雨云。

"你们懂了吗？什么是画画？并不是把看见的东西像相机一样分毫不差地照出来，而是要带着情绪去画，要有一双善于捕捉美的眼睛……"西老师看到大家的反应，满意地点点头，开始讲解起来，"要让你的画具有灵魂……"

大家都认真地听着西老师的讲解。我把视线从画上收回，不自觉地朝站在门口的安藤光看去，正好对上了他的视线，不知道这是巧合，还是他一直在看着我。

即使是隔着太阳到月亮的遥远距离，他的目光也能穿越时间和空间，从遥远的星球朝我看过来。他的目光温柔得像是轻柔的羽毛，包裹着我，驱赶了所有寒冷。

你一直都在吗？

练习结束的时候已经晚上8点了，大家都抓紧时间清洗着画具。

"今天的练习稿。"等到安藤光清洗完，回座位整理东西时，我把几张练习稿放在他面前。

"哦，好。"他空出一只手接过练习稿，看也不看就和一堆习作放在一起，接着又继续整理东西。

在他整理的时候，我忽然发现那一堆习作里面有我熟悉的画。我抽出来一看，竟然是我上周的练习稿，于是疑惑地问道："这些练习稿还没交给你妈妈吗？"

他迟疑了一下，抬起头看向我，淡淡地解释："我妈上周出差还没回来，等她回来了再给她。"

"哦。"

我点点头，没有再深究，因为之前他也说过他爸妈比较忙。

今天值日的同学开始打扫画室，为了方便他们打扫，我指了指门外，对安藤光说："我去走廊等你吧。"

"好。"他看了我一眼,回答道。

天已经彻底黑了,整个世界变得安静下来。不远处是高楼住宅区,温暖的灯光一层层亮起,汇聚在一起好像一条星光点点的银河。几束巨大的光束从远处的大厦顶端射出,朝四周缓慢地移动着,仿佛在给黑夜里迷路的人指引方向。

"走吧。"正当我看着光束发呆的时候,安藤光的声音从我身后传来。

在黑夜里,他眼里的光显得更加闪亮,让人禁不住迷失其中。

俊朗的外表,超高的画画天赋,可是最让我心动不已的不是大家迷恋的外表,而是他看似冷漠的外表下有一颗比任何人都要柔软的心。

在众人的注视下,我若无其事地跟着他从走廊的人群中穿过,坦然地面对所有酸溜溜的目光。反正我没有做错什么事,只要这样想就觉得没什么了。

"你今天的话很少。"走到学校操场的时候,他略微低沉的声音从旁边传来。

"啊?我在想事情。"我回过神看着他,又慌张地把视线移到其他地方。

其实是在想他。

"在想什么事情?"他随口问道。

"在想……"一时没找到借口,我只好笑嘻嘻地随口胡诌,"在想你今天的画画得真好,可以把我画得那么好看,都不太像我了。"

"你觉得不像吗?"他的语气变得怪怪的。

"嗯,今天我才知道,原来在大家眼中,我是那副样子。"说着,我忽然有些失落了,"怪不得没有人喜欢我,是我自己的原因,我却还一直在怨大家……"

但是,我的话还没有说完,就被头顶突如其来的触感打断了。

安藤光的手放在我的头顶上,我疑惑地抬起头想看他在做什么。

他的掌心慢慢地抚过我的头发,一阵从未有过的触感让我的心脏忽然加速跳动。当他的手掌接触到我的额头时,他忽然加大了力气,又把我的头压了回去。

被他的手掌触碰过的地方变得灼热起来,就像原野上的火花,迅速引起了火苗燃

烧起来。

从耳朵到脸颊都被这突如其来的温度烫得通红,我乖乖地低着头,不敢再动。

夜风微凉,我刚好能看见他的衣角被风吹得翻飞,从他身上传来的淡淡的洗衣粉清香占满了整个鼻腔。他手心里的温度从我的头顶传到血液里,温暖地包裹了我整颗心。

灼热的气息在微凉的空气里弥漫开来,逐渐融为一体。

"谢谢你。"他的声音从我的头顶上传来。

我诧异地抬起头想看他,却被他的手掌压住,只能静静地感受无穷无尽的温暖从头顶传下来。

"为什么要说谢谢啊?"我一头雾水。

他没有说话,又陷入了沉默。

周围的树叶被风吹动,发出"沙沙"的声音,不知名的虫子躲在某个角落低声鸣叫着。

不知道过了多久,他的声音重新响起:"其实我很讨厌画画,讨厌到一说起画画就觉得厌烦。"

什么?我睁大眼睛。

他……他说他讨厌画画?怎么可能!

"没想到吧,呵呵,我竟然会讨厌画画。"他苦笑着,声音显得很失落。

我压住内心的震撼,问出心中的疑惑:"为什么会讨厌画画?我不相信你真的讨厌画画,如果你不喜欢画画,怎么会画出那些好看的画?"

"你啊……"他的语气有些无奈却夹杂着一丝温柔,只是忽然一转,又变得低沉起来,"一开始我的确很喜欢画画,也很认真地画每一幅画,但是后来我发现了比画画更让我喜欢的事情。"

"但你还是喜欢画画的,对吧?"我不敢相信地追问他。

"你还记得我第一天转学来的时候,你捡到的那张房屋设计图吧?"他没有直接回答,而是转移了话题。

"那张图是我画的,但是我不敢承认……"他的声音越来越低,让我忍不住心疼起来。

这是我从来没有见过的安藤光,一直以来他都是高高在上、闪闪发光的,我从来没有想到有一天他会变得这么暗淡。

"因为我的爸妈只想让我继承他们的事业,成为一名出色的画家。"他的声音里有掩饰不住的失望与无奈,"可我的梦想是成为一名优秀的建筑设计师。"

原来是这样,听到这里,我大概知道了他为什么会讨厌画画。

"我努力反抗过,可是都没有用。慢慢地,我越来越不喜欢画画,有时候甚至会觉得画画是一种折磨,每次都是敷衍着去画……"

我能够明白他这种感觉,被剥夺了梦想,带着压力被迫去做一件事情时,任何人都会产生这样的抵触情绪。

"后来遇见了你,我感到很好奇。"他接着把话题转向了我,"明明右手受伤画不出好看的画,还要忍受周围人的嘲笑和讽刺,可是你仍咬牙拼命地画着。"

"你知道吗?"他的声音透着一丝暖意,"看见你为梦想努力,我忽然觉得自己很幼稚、很可笑。你那么珍惜每一次画画的机会,我却把自己的怒气和怨气发泄在画画上面。"

我不知道该说什么,只能静静地聆听着他卸去冷漠伪装之后变得温暖的声音。

我从来没想过,有一天他会在我的面前跟我说出他的秘密,原来那个看似光芒万丈的天才少年也和很多人一样,在父母安排的人生中挣扎着。在为他感到无比心疼的同时,我忽然觉得我们之间原本遥远的距离在此刻拉近了。

我仿佛跨越了一亿光年的距离,来到了他的身边。

"今天,我终于重新找回了当初对画画的热爱,我已经很久没有用心画一幅画

了。"他的手慢慢地从我的头顶滑落,细微的摩擦声慢慢漾开,干扰了我心跳的频率,"而让我发生改变的人是你。"

是你。

我的耳边一遍遍地回响着他的声音,血液忽然沸腾起来。

头顶的触感完全消失后,我终于可以抬起头看他。他正看着我,眼里闪烁着无比闪亮的光芒,好像白天所有的疏离、冷漠都在此刻纷纷瓦解。

"谢谢你让我重新找回对画画的热爱。"他的嘴角上扬,声音温柔得像是三月的微风。

"我也没有做什么……"

我的话还没有说完,就被一个突如其来的拥抱打断。我还没反应过来,环在我腰上的双手就渐渐加大了力气,把我搂进他的怀里。

我的心脏某一块塌陷下去,被泛滥的异样情愫填满。

我的脸紧紧地贴在他的衣服上,透过布料传来的体温迅速染红了我的脸颊,蔓延至耳朵。

淡淡的月光下,我因为紧张,全身如画室里的石膏像一般僵硬,大脑一片空白。他的下巴搁在我的肩上,呼出的热气让我感觉既温暖又酥痒。

"是你告诉了我画画是一件幸福的事情。"他轻柔的声音让我的身体慢慢地恢复自然。

从他身上传来的温度是我从未感受过的,慢慢地,我放松了僵硬的身体,接受着来自他的拥抱——人生中除了父母之外的第一个拥抱。

月光透过树叶的间隙落下一地光斑,微风吹来,树叶轻轻摆动,地上的光斑忽明忽暗。

我想起来了,这种温暖像是来自遥远的太阳。

　　太阳高高悬挂在湛蓝的天空中，秋天的天空相比其他季节，总是让人觉得更远，可是因为有了这样的阳光，便让人依然觉得无限温暖。

　　讲台上，老师在认真地讲解着例题，我一边听课，一边握着笔飞快地记着笔记。

　　铅笔和纸摩擦的声音从身后传来，他应该又在画他最爱的设计图了吧。即使他上课经常拿着铅笔涂涂画画，但上次的小考他竟然是我们班的第一名。

　　想到这里，我叹了口气，不愧是天才。

　　阳光透过窗户落在我的身上，暖暖的，这样的温度让我不由自主地回想起昨天晚上的拥抱。

　　只要闭上眼睛，似乎还能感受到他留在我身上的气息。

　　"唰——"我的脸又红了。

　　镇定！我甩甩头，努力镇定下来。

　　"喂！"正当我在调整情绪的时候，背上被人用笔戳了一下，"你在干吗？"

　　"啊！"我差点儿尖叫起来，幸好及时捂住了嘴巴，不然我就惨了。

　　我看了一眼没有注意这边的老师，转过头看着拿笔戳我的安藤光，皱眉说道："吓死我了，干吗啊？"

　　"我还想问你干吗呢，一直在拼命摇头。"他面无表情地看着我，一贯的毒舌，"落枕了？"

　　"我……我……"想起自己刚刚胡思乱想的原因，我瞬间底气不足，只好说道，"你管我！"

　　听了我的话，他无奈地翻了一个白眼，脸上却漾起一丝笑意，然后从课桌上拿起一张折好的字条递到我面前："给。"

　　我一时没反应过来，愣了几秒才伸手接过。他见我接了字条，就低下头继续画他的设计图，没有再理我。

第三章 03

我回过头看着手里的字条，不解地皱起眉头。

"明明坐得这么近，干吗还要写字条？"我一边嘀咕着一边展开了字条，只见上面写着一行字——

中午12点半在新叶公园见。

新叶公园？

新叶公园是我们学校附近的一个公园，平时就有很多情侣偷偷跑去那里约会，所以私底下也被同学们叫作"情人公园"。

安藤光为什么会约我去那里见面？

我咬着嘴唇思考着，一个让我脸红心跳的念头忽然冒出来。

我小心翼翼地把脑海里冒出的想法梳理了一遍，生怕是自己会错了意。

难道……是要和我约会吗？

当这个想法在脑海里浮现的时候，我的胸口像是装上了扩音器，心跳声变得无比响亮。

我回头悄悄地朝后面看去。明媚的阳光下，他正垂着头认真地画着设计图，黑发泛起一圈淡淡的光泽，白色的衬衫敞开领口，露出好看的锁骨，黑色的领带松松地系着。在喧闹的教室里，他细细地描着一根根线条，完全不受外界的影响。

就像是自带背景一样，他的身上总是有着一圈耀眼的光芒，让人无法移开视线。

我就这样静静地看着他，那些强烈的情绪渐渐平复，他好像有一种神奇的力量，会让人安静下来，让人觉得无比安定。

应该不是吧……

我看了他一眼，回过头把字条小心地握在手里。

他怎么可能会和我约会？我自嘲地勾起嘴角，夏初星，你最近真的有点儿认不清自己的斤两了！别人稍微给你一点儿颜色，你就忘记了自己姓什么！

我把字条一点点地折小，然后小心翼翼地放在课桌上的文具盒里。

应该是约我一起练习画画吧,昨晚他也说了他重新找回了对画画的热爱,所以今天是想约我一起画画吧。

是什么时候开始我有了不该存在的期待?

那些期待就像海市蜃楼,无论看起来多么绚丽夺目,可始终触不可及,你无法知晓它是在咫尺之间,还是万里之外。

当墙上的时钟指针指向12点时,代替下课铃声的《狮子王》纯音乐响起,宣布上午的课程结束了。

同学们都在悦耳的旋律中迅速离开了教室,我却坐在椅子上不知所措。

字条上写的时间是12点半,那么现在应该干什么呢?以前这个时候我们都是一起去食堂吃饭,那么现在也要邀他一起去食堂吗?

虽然告诉自己这不是约会,但心里还是隐隐有某种期待,让我无法表现得和平时一样冷静。

怎么办呢?我不知所措地握着笔。

在我左右为难的时候,身后传来椅子和桌子相撞的声音,他的声音随即响起:"夏初星,等下见。"

我稳住心神,微微回过头,装作若无其事地朝他笑着点头。

他看了我一眼,然后朝教室后门走去,很快消失在一片耀眼的光芒之中。我的心里竟然生出一种酸酸的感觉,就像吃了一个还没有成熟的橘子,酸到发涩。

是什么时候习惯依赖他,习惯他在身边?

我不知道。

是他的身影第一次映入我的眼帘时?还是他肯定我那张被所有人嘲笑的画时?或者是在他小心却笨拙地维护我的自尊时?我已经分辨不出到底是什么时候,只知道当自己意识到的时候,一切都已经成为了习惯。就像惯性一样,在没有外力改变的情况

下，会一直保持原有的状态——

保持着有他在的状态。

"呼——"我深深地呼出一口气，把心里郁闷的情绪驱散，然后拿出速写本和铅笔站起来，走了出去。

到达公园的时候，手机显示的时间是12点15分。

我本来想站在门口等他，但是担心被同学看见，所以找了一个比较隐蔽的地方，坐在石凳上练习速写。

不远处的小凉亭里，有一对年轻的父母正带着孩子在玩闹，时不时传来一阵愉悦的笑声。

我握着笔，想把这个画面画下来。一家人快快乐乐地玩闹，这是我一直以来的愿望。

我的愿望从来不是希望家里多有钱，自己有多受人欢迎，我一直希望的只是爸爸妈妈能够相亲相爱，我们可以像普通的家庭一样，即使不富裕，也依然开心地生活着。

明明那么渺小的愿望，那么简单的幸福，对我来说却遥不可及……

"画得不错，你最近进步得很快。"忽然，我的耳边响起了安藤光的声音，我微微侧过头，看见他的手里拿着一个白色画卷。

"你怎么知道我在这里？"我停下手里的笔，惊讶地看着他。

他没有马上回答，而是看了我一眼，才说道："找了大半个公园之后就知道了。"

"呃……"我无辜地眨眨眼，本来就是他没说清楚见面的地点嘛，可是他的眼神让我没骨气地堆起笑容，讨好道，"对不起嘛。"

看到我这滑稽的样子，他的眼底浮起一丝笑意，亮晶晶的，像是铺了一层碎钻。

"喂,你笑什么?"我恼羞成怒地瞪着他。

"笑你啊。"他脸部的轮廓因为笑容而变得柔和起来。

"笑笑笑,让你笑个够!"我不满地看了他一眼,转身拿起速写本继续画。其实我心里一点儿都不生气,反而觉得很愉快。

"我刚刚就想问你了。"他大步绕到我的面前,指着我的速写本,不满地说道,"谁约会还带着速写本啊?看来你一点儿都不在乎!"

"咔——"他的话音刚落,我手里的铅笔笔尖便折断了。

他刚才说什么?

我有点儿不敢相信自己的耳朵。

过了好一会儿,我才反应过来,犹豫地问道:"你……你刚才说,我们……我们是在约会?"

"难道不是?"他脸上的笑容忽然消失,毫无预兆地抬起手,用画卷敲了一下我的头,"约会的时候带着速写本,是不是担心太无聊啊?"

"不是不是!我以为你找我来公园是练习速写的。"我着急地朝他摇头解释,说到最后几个字时,声音已经微弱得听不见了。

"不是说了在公园见面吗?"他的声音明显带着不满,眉头微微皱起,冷着脸补充道,"我没约过女生……"

我诧异地看着他,不明白他为什么忽然说到没约过女生的事情。

他眯起眼睛,像是在极力保持平静的表情,可是脸上浮现出可疑的红晕,他说:"也许是我没有表达清楚。"

他是在解释?为我刚才的抱怨而解释?这还不是最重要的,最重要的是他透露了一个信息,他说他从来没有约过女生。

那我就是他第一个约的女生了?

想到这里,我的心情好得就像盛满了盛夏的阳光。我调皮地回答他:"很公平

第三章 【萤火虫】

啊,我也从来没有跟男生约过会。"

"嗯。"听到我这句话,他满意地应了一声,像小朋友一样露出一副得意扬扬的表情。

明明想逗逗他,可是看到他的反应,我不好意思地涨红了脸。

"我们先去前面的小亭子坐坐吧。"他的语调比平时略微轻快,心情好像不错。

"嗯。"

我红着脸低着头,跟在他的身后朝亭子走去。

干净的石子小路泛着淡淡的光泽,旁边落着一些枯叶。他的影子刚好把我笼罩住,待在他的影子里有一种特别的安全感。

"给你。"刚走到亭子里,他忽然把手里的画卷递到我面前,嘴角浮现出一丝笑意。

我惊讶地看着他,把速写本放在石桌上,慢慢展开画卷。

洁白的素描纸上画着我的头像,这是我做模特的时候他画的,只是和当时相比,这幅画显得精致许多,并且加了以花草为主题的背景。

不过,这幅画他不是已经交给西老师了吗?

"送给你啊。"他的眼里泛着温柔的光,"我刚才去找西老师要来了这幅画,顺便修改了一下。"

原来他把时间定在12点半,是为了修改这幅画。短短半个小时,改到这样的程度,一定很累吧……

他凝视着我,眼里星光四溢,声音如羽绒般轻柔:"我希望你能够一直像画里的你一样,脸上常常有笑容。"

感动如涨潮般迅速升起、漫出,覆盖了我整颗心。

在他的视线中,我的脸不争气地发烫,我慌张地低下头,不敢再看他,只是低声说道:"谢谢。"

"夏初星。"他忽然喊出我的名字。

"嗯？"我应了一声，心里莫名地紧张起来。

"你呀！"我的反应让他觉得无奈，他说着，伸手握住我的手腕，提醒道，"你再用力，画就要被抓坏了。"

"啊！"我这才反应过来，原来我刚才紧张的时候，手上不自觉地用力，却忘记了手里还握着一幅画。

安藤光握着我手腕的手渐渐收拢，直到我的手腕被他紧紧抓住，不留一丝空隙。

熟悉的温度顺着手腕温暖了我的全身。

他怎么了？

我心生疑惑，可是慌乱的心情让我不敢抬头。

"夏初星，你能不能抬起头看着我，接下来的话对我来说很重要。"不是疑问句，而是没有任何商量余地的陈述语气。

像是被蛊惑般，我缓缓地抬起头，映入眼帘的是那张比任何时候都要温柔的脸。

"夏初星。"他好看的唇瓣张合着，语速缓慢地说道，"和你在一起很开心，我想一直这么开心，你能不能给我一个机会，让我……"

他每说一个字，我的心就猛地跳一下，我眼中的画面只剩下他的嘴唇，好像有人给他的嘴唇加了一个特写镜头。

他是……是要跟我表白吗？

这个念头一冒出，血液便猛地涌上我的大脑，仿佛有烟火在我们的周围绽放。

不知道这一刻的安藤光是不是也很紧张，他握着我的手腕，手上的力气逐渐加大。

"嘶——"手腕传来一阵疼痛，让我忍不住低呼出声。

他反应过来，急忙松开了我的手，自责地说道："对不起。"

我朝他笑了笑，表示没关系。

第三章 03

【萤火虫】

刚才的小插曲虽然打断了他的话，却让暧昧的气氛更加浓郁起来。

好几次我抬起头想说什么，可是当彼此的视线交接在一起时，却总是张了张嘴就匆匆移开视线。明明有很多话想要说，可是我们都不知道该怎么开口。

彼此的呼吸声在这突如其来的安静气氛中变得清晰可闻，可是偏偏谁都不知道如何打破此时的宁静，只得任由暧昧的气息越来越浓。

"我……"我终于下定决心出声，可是在吐出一个字之后，脑子又变得一片空白。

快说点儿什么！我的大脑飞速运转着，视线从手腕上扫过。

"其实我有段时间也想过放弃画画。"我慌乱地寻找着话题，大脑处于死机状态。

他听了我的话，眯起眼睛，没有直接询问，而是等着我说下去。

话一说出口，我就后悔了，懊悔自己怎么会说到这个。可是既然开了头，就不好再隐瞒下去，我只得把右边的袖子卷起，露出那条狰狞的伤疤。

"我见过的。"他眉头紧皱，眼底是掩饰不住的心疼，"但是一直不敢问你。"

我看着那条狰狞的伤疤，心情渐渐低落下来，苦笑着说道："你以前问过我，为什么我的手跟不上我画画的节奏，这就是原因。"

"到底是怎么受的伤？"他一只手握住我的手腕，另一只手小心翼翼地从疤痕上拂过，像是怕弄疼我一样。

感受到他的温柔，我积压许久的委屈一下子爆发出来。

"一年前我出了一场车祸，那天我本来是要参加省级绘画比赛的决赛，可是没想到被一台摩托车撞伤，摩托车司机还不负责任地逃了……"我缓缓地跟他说着那场车祸，心里一阵阵抽痛着，"附近的监控设备也刚好坏掉，没人知道到底是谁干的……"

听了我的话，他的动作忽然一僵，猛地抬起头看向我。

"没想到吧?一场车祸改变了我的人生。"我苦笑着,眼眶却红了起来,喉咙干涩,像是被什么卡住了,"你知道吗?如果没有这场车祸,我就可以拿到奖金,我的生活会变得完全不一样。可就是因为这场车祸,一切都毁了,就连我的手也毁了。当医生说,我的手就算能够完全恢复,也没有办法再画画时,我真的很难过,甚至绝望了。"

他没有再说话,视线一直落在那道疤痕上,长长的睫毛盖住了他的眼眸,让我看不到里面的神色。

"我的世界因为这场车祸完全变了样。"我继续诉说着,"以前喜欢围着我的同学忽然都变了,经常对我冷嘲热讽。为了给我治疗,爸妈几乎花光了家里所有的积蓄。所有人都不再对我抱有期望,就连支持我画画的爸爸妈妈也希望我放弃画画,总之,一切都变了。"

不知道为什么,我忽然不想在他面前继续伪装下去。虽然很难过,但是我想把一直埋在心里的秘密告诉他。

我想在他面前做真实的自己,不想伪装,不想逞强。

"夏初星。"他终于开口,声音变得和平时不太一样,"你在哪里发生的车祸?"

"美术馆附近的十字路口。"我没有多想,直接回答他。

他的眼眸忽然暗了几分,他继续问道:"是什么颜色的摩托车?"

"摩托车的颜色?"我疑惑地看着他,为什么要问这个?

"也许我能帮你调查一下。"他淡淡地说道,同时低下头,看向我手上那条又长又狰狞的疤痕。

"都过去这么久了,应该查不到了吧?"虽然这样说,但我还是回答了他的问题,"撞我的摩托车是黑色的。"

他没有再说话,嘴唇紧紧地抿着,手指轻轻地抚摸着我手臂上的那条疤痕,比刚

才更加小心翼翼，指尖却变得冰凉起来。

"你的手怎么这么冷？"我握住他的手，想用自己的体温温暖他。

"夏初星……"他缓缓地抬起头，脸色比平时苍白了几分，睫毛轻轻颤了颤，轻声问道，"你恨那个司机吗？"

"当然！"我毫不犹豫地回答，脸因为愤怒而涨红起来，"我当然恨他，如果不是他，我就可以拿到比赛的奖金，我们家也不会因为我住院而花这么多钱，生活肯定比现在好……"

"他让我失去了画画的能力……"我的声音哽咽起来，带着浓浓的鼻音，我看向桌子上的速写本，纸张被风吹起，每一页都是糟糕的画，"我真的很恨他，他为什么要破坏掉我仅有的幸福？"

"夏初星……"他像是呢喃般喊出我的名字，眼中没有光亮，就像寒冬时的夜空，看不见任何光，只剩下无尽的黑暗。

同时，被我握在掌心的手也一点点地抽离，垂落在身体一侧。

他的举动让我莫名地不安起来。

暧昧的气息早已消失得无影无踪，冰凉的风不停地吹来，把残留的温度毫不留情地带走。

"安藤光。"我着急地喊出他的名字，不知道为什么，虽然他没有移动分毫，却让我有种无比遥远的感觉。

是不是我刚才说起车祸时露出了狰狞的表情，吓到他了？让他觉得我是一个很恐怖的女生？

"算了，不说了，都过去了。"我努力扬起嘴角，不让自己再去想刚才的事情，故作轻松地扬扬右手，"反正不管怎么样，我都不会放弃画画。"

"嗯。"他勾起嘴角，笑容很淡很淡。

风忽然变得猛烈起来，被吹落的树叶在我们头顶飞舞盘旋，又缓缓地落在地上。

"对了,你刚才想要跟我说什么?"为了缓解突然变得尴尬的气氛,我刻意转移了话题。

"我……"他看着我,眼里浮现出难过的神色,却又迅速消失不见,"我是想跟你说……"

他的语气很缓慢,像是在边想边说。渐渐地,他舒展开眉头,嘴角浮现出一个我看不懂的笑容:"你能不能给我一个机会,让我给你介绍一个男朋友?"

第四章 >
chapter

【海市蜃楼】

明明昨晚还在亲昵地拥抱，今晚却已经形同陌路。曾经他把我从冰冷孤寂的世界里拉出，给了我温暖和陪伴，可是如今，他却忽然松开了我的手，让我重新跌回原点。

像是失聪一般，有几秒钟，我只看见他的嘴唇在我面前一张一合，却听不见任何声音，耳朵像是拒绝了那些声音的进入。好几秒的缓冲之后，那些声音终于通过耳膜传达到听觉中枢。

明明是阳光普照，我却感觉到寒入骨髓的凉意像是潮水一般涌来，转眼就把我吞没。

他说什么？他只是想要给我介绍男朋友？他特地约我出来，说这是一场约会，送了我一幅画，说和我在一起很开心，说希望我给他一个机会……这一切并不是要和我告白，而是想要给我介绍男朋友？

风吹起我的头发，抽打着我的脸颊，我不敢相信地看着他。

面对我的目光，他的嘴唇动了动，像是想说什么，但最后还是紧紧地抿着，没有任何解释。

我不死心地看着他，期待着下一秒他会说只是在跟我开玩笑。可是他避开了我的目光，把视线停留在别的地方。

原来真的……真的只是想要给我介绍男朋友……

今天的约会原来就是为了给我介绍男朋友吗？

我紧紧地咬住下唇，鼻尖忽然泛酸，像是洗澡的时候不小心把水灌进鼻腔，难受得连眼泪都要流下来。

第四章 04 chapter

【海市蜃楼】

不是什么告白，而是给我介绍男朋友……

我的心脏像是被人紧紧地攥在手里一样疼痛。

他会为我解围，他会陪我画画，他会鼓励我，他会对我笑，他会给我从来没有过的温暖，我以为他会有一点点喜欢我……

原来，我的以为都错了……

夏初星，你到底在奢望什么？你忘记自己的身份了吗？他是高高在上、万人追捧的天才少年画手，而你呢？你是一个没有任何人喜欢，连基本的轮廓都画不好的笨蛋！你怎么会妄想他喜欢你？

是啊，我有什么资格？我太自以为是了。为什么一遍遍地告诉自己不要贪心，却还是控制不了自己的心？

我慢慢地抬起头，却意外地撞上他的目光。也许是看见我泛红的眼眶，他的脸上出现一丝不忍的神色。

"原来你还有牵红线的爱好啊。"害怕他看出我之前对他的妄想，我堆起笑容，语气欢快地调侃道，"真不像你呢。"

他看着我，眉头皱了皱又松开。不等他说什么，我继续往下说："不过要让你失望了，我还不想谈恋爱，我要好好学习，天天向上。"

灿烂的笑容，轻快的语气，像是没有受到一丁点儿影响。

可是只有我知道，我的指甲用力地掐着掌心，脸上的笑容只是一副面具，盖在脸上，遮住悲伤和绝望。

以前看电视剧，里面失恋的人总是一副伤心欲绝的样子，我总是嗤之以鼻，不就是失恋嘛，能有多痛呢？

可是现在我明白了，那种疼痛就像把整颗心丢进强酸里，腐蚀得千疮百孔，找不到一处完整的地方。

他没有说话，复杂的情绪在眼里一闪而过，但嘴里只是僵硬地吐出两个字："是吗？"

我忍着心痛，笑着朝他点头，然后摸摸肚子，不好意思地说道："好饿啊，还没吃午饭，我先去吃饭了。"

说完，不等他回答，我朝他摆摆手，迅速跑掉了。

鞋子踩在石子路上，发出响亮的声音。听着自己的脚步声，看着向后退去的景物，我没来由地感觉从此自己彻底退出了他的世界。

有没有试过最后一个离开学校？那时候夕阳刚落，地平线上还堆积着暗红色的云。容纳几千人的学校变得空无一人，所有的声音都在此刻被放大一百倍，你不敢大声走路，不敢大声说话，莫名其妙地觉得心里空荡荡的。

孤寂的情绪如潮水一般，漫过脚踝、膝盖，一点一点地把你整个人完全吞没。整个校园变成一片漫无边际的水域，覆盖你的身体，没有人发现你的存在，没有人会拉你出来。失去那个温暖的怀抱，你在寒冷彻骨的水域里被冻得连哭泣都做不到，只能无声地承受那悲恸的情绪，直到窒息。

整整一个下午，我和安藤光都没有再说过一句话。

我像是逃难一般离开，把他一个人丢在了那里。不知道他看到我的表现会怎么想，会不会察觉到我对他的妄想？

如果他知道，我喜欢他并且以为他也喜欢我，他一定会觉得我很可笑、不自量力，会和其他人一样远离我吧。

安藤光是快上课的时候才回到教室的，当他的身影出现在门口的时候，我马上趴在课桌上装作在午睡。我不知道该怎么面对他，只要一想起我竟然以为他喜欢我，就羞愧得恨不得马上消失掉。

他的脚步声慢慢靠近，我紧紧地闭着双眼，身体不受控制地僵住了。

脚步声停下的时候，我心里一惊，他要跟我说什么吗？可是接下来椅子和地面摩擦的声音让我明白，他已经在我身后坐下了。

原来没停啊……

说不清是松了一口气,还是失望,只是酸楚的感觉在我的胸腔里翻涌起来。

放学铃声响起的时候,我有些不知所措。

以前我和安藤光都是一起去画室的,今天要怎么办?装作若无其事地叫他一起去吗?我不敢,心里还在为中午的事情感到难为情。但是如果不叫他,会不会显得不自然,反而被他察觉到我的心思?

到底应该怎么办?

不知所措的我放慢了整理书包的动作,拖延着时间。

没多久,教室里的人走得差不多了,值日生开始打扫卫生,灰尘在阳光中缓慢地飘浮着,忽上忽下。

不能再拖下去了,我背起书包,深吸了一口气,努力挤出笑容,回过头用轻快的语气说道:"安……"

身后的座位空荡荡的,只有从窗外照进来的阳光落在桌面上,反射出淡淡的光泽。

原来他已经走了啊,原来只有我在为难啊。

我的手无力地从书包肩带上滑落下来,失落的情绪像是海绵遇水般迅速膨胀,没有一丝缝隙地把整颗心脏都填满了。

我还在犹豫的时候,你已经为我做了决定,是吗?可是为什么连一点儿时间都不给我?为什么要那么吝啬?

我再次抬起头时,教室里已经没有一个人了,日光灯也被人关上,光线变得昏暗起来。

我果然已经退出你的世界了吗?

我把书包背好,一个人朝画室走去。

其实孤身一人并不可怕,可怕的是由两个人再变回一个人。

就像原本一个人可以扛起的重量,有人和你分担了一段时间又忽然消失,那时的

你却适应不了原本能够承受的重量,一下子就垮掉了。

从教室走到画室,短短的距离却让我觉得很漫长,仿佛每一步都要耗费很长的时间,久到让我觉得所有熟悉的东西都变得陌生起来。

天色已经暗了下来,走廊的声控灯亮了一段时间又熄灭了,周围的光线变得暗淡。而画室里,在十几盏白炽灯的照耀下,亮得好像白昼一样,仿佛是在两个世界。

他应该来了吧……

我看着眼前紧闭的大门,听着从里面传来的欢笑声,酸楚如潮水般袭来,一瞬间吞没了我。

为什么从陌生到熟悉需要很长的时间,从熟悉到陌生却只是一瞬间?

明明昨晚还在亲昵地拥抱,今晚却已经形同陌路。曾经他把我从冰冷孤寂的世界里拉出,给了我温暖和陪伴,可是如今,他却忽然松开了我的手,让我重新跌回原点。

楼下的树叶被风吹动,一层一层地朝远处蔓延,如同一汪深绿色的湖水,朝外荡漾出一圈一圈悲伤的涟漪。

我收回视线,抿了抿嘴唇,推开画室的大门走了进去。

"你能不能帮我改一下画?"

"他那幅画已经没救了,你还是帮我改一下吧!"

"喂,你知不知道什么叫先来后到?"

"呵呵,某个人中午在食堂厚颜无耻地插队,现在好意思说先来后到?"

"……"

刚打开门,一阵喧闹声便传了过来,我走进去一看,发现大家都围着安藤光在兴致勃勃地说着话,被包围的他连身影都看不见。

我不自觉地朝人群走了几步,想过去和他打个招呼,可走了几步之后还是停了下来。走过去能说什么?我根本没法像以前一样毫无顾忌地说话。

少了我的拖累,现在的他就像我第一次看见他时那样闪闪发光,我又何必再去遮住他的光芒?

他是像太阳般的存在,而我只是小虫子,发不出一点儿光,还要不断地汲取他的光芒来提升自己的存在感。

算了吧,我从来都不想成为任何人的负担,这样也好。

我垂下头朝自己的座位走去。

"偶像,你帮我改一下这个石膏像和影子明暗交界处的过渡吧,我都要改到发疯了!"有人拿着自己的画冲进了人群。

"杨吕,你自己懒,就别找借口说你改了很多遍,不就是想要偶像帮你搞定吗?"

"你没看到画纸都要被我擦破了啊,我画来画去就是画不好这个过渡。明明我花了很多时间去练习,怎么还是掌握不好细节方面的东西啊?"

"因为你笨啊,像我们偶像肯定一学就会了,这是智商问题!"

"真的吗?偶像,你素描这么厉害,你学素描的时候会不会花很多时间去练习啊?"

或许是恰好问到了很多人都好奇的问题,大家不约而同地安静下来,等待着他的回答。

"不会啊!"

正打算默默走向座位的我,听到这里,脚步不由得一顿。这不是安藤光的声音,被人群围在中间的人并不是安藤光。

"你画得好,长得又这么帅,怎么会这么厉害?"季然甜美的声音传过来。

"都是天生的,我也没有办法,哈哈。"完全是得意扬扬的语气。

声音的主人和安藤光完全相反,性格张扬开朗,不懂得谦虚,甚至还有一点儿自恋。

"你说他和安藤光谁画画更厉害一些?"

"不好说,安藤光是天才少年画手,而金泽是上一届省绘画比赛的冠军。不过不管怎样,你是比不上啦!"

"非要这么打击人吗?说得好像你比得上一样。"

"我是有自知之明啊,不过金泽开学一个月之后忽然转过来,很奇怪呢。"

"想这么多干吗?反正现在我们画室是无敌的了!"

……

上届省绘画比赛不就是我因为车祸错过的那一届吗?听了周围人的议论,我不由得朝金泽的方向看了一眼。

他被众人团团围住,只露出一头红色的短发。

我的身边忽然有人朝他喊道:"金泽,你画画这么厉害啊,有什么诀窍吗?"

金泽侧过头朝发问的人看过来,随着他的视线,人群默契地让出一条通道。我终于看见了被大家簇拥着的上届省绘画比赛的冠军。

他有着一头利落的红色短发,帅气的脸上正扬着灿烂的笑容,嘴唇微微张开,露出洁白的牙齿。

同样是穿着学院的制服,他的领口却故意解开了几颗扣子,黑色的领带也松松垮垮地斜挂着,比其他男生多了几分张扬不羁。

明亮的灯光打在他的身上,给他镀上了一层光圈,却让人觉得光芒好像本来就是从他身上发出来的。

和安藤光一样,又是一个如发光体般的人。

金泽的笑容更加灿烂了,他右手托着下巴做思考状,然后眨眨眼说道:"我是天才嘛,画画只是小意思啦,哈哈!"

说完,他调皮地朝大家吐了吐舌头,大家也很配合地笑了起来。

"那没有天赋的人是不是要早点儿放弃啊?"季然笑容甜美地看着金泽,可是说着说着,视线却不屑地在我身上扫了一下。

"那是当然啦,天赋这东西是天生的。"金泽没有注意季然的小动作,随手拿起

一支铅笔在指间熟练地旋转着。

"总是画不好影子的黑白灰,是不是代表我没有天赋?"一个怯怯的声音传来,被画室里的嘈杂声淹没,几乎没有人听见。

说话的是一个乖巧内向的女生,平时总是一个人在画室里安静地练习画画,她的画有一些明显的缺点,却也有很多别人没有的优点。

"我是不是应该早点儿放弃画画,去学音乐呢?可是,我很舍不得啊!"

女生紧紧地握着画笔,眼睛被长长的刘海儿遮住,她不知道应该做出什么样的决定。

这个声音却打开了我记忆的闸门。

当初手受伤时,所有人都劝我放弃画画。那时候,我连笔都握不稳,连一条线都画不直,完全失去了画画的能力。我试过放弃画画,可是当我一周没有握过画笔时,我觉得自己要疯掉了,所以我给了自己一次机会,选择了坚持。

同病相怜的感受让我无法继续冷眼旁观。

画室里的人还在围着金泽问东问西,他干脆坐在桌子上,边回答大家的问题边晃动着双腿。

他们欢快的笑声和女生失落的样子形成了鲜明的对比,我的心里不由得升起一团怒火。我坚定地走上前几步,出声打断他们:"没有天赋也没必要放弃,因为努力比天赋重要一百倍!"

我的声音不大,却足以让整个画室一下子安静下来,大家都好奇地朝我看过来。

"你说什么?"

金泽的笑容僵住了,但很快又露出了不以为然的表情。

"我说,努力比天赋重要一百倍!一个人即使再有天赋,如果不努力,也是白费;而一个人即使没有天赋,但付出更多努力,就能弥补缺少的天赋!"我的视线落在他的右手上,早在他说起天赋的时候,我就看见了他手指上因为练习画画而磨出来的厚茧。我本来不想多事,但是现在不得不出声阻止他。

不能因为他的谎言而断送一个人的梦想。

金泽的笑容再次僵住，他朝我看过来，我毫不畏惧地迎上他的视线。

"虽然与生俱来的天赋会让你的起点比别人高，可是努力比所谓的天赋重要一百倍、一千倍、一万倍！"

他的笑容慢慢地收敛起来，眉头微微皱起，我们对视了几秒钟，他张开了嘴，用带着玩味的语气问道："你是夏初星，对吧？"

我以为自己听错了。他怎么会知道我的名字？我在这间画室里只是一个无名小卒罢了。

还没等我多想，紧闭的画室门忽然被人推开，安藤光带着一身耀眼的光芒从外面走了进来。在他踏进画室的那一刻，所有人的目光都被他吸引住，就连周围的光线都暗淡了几分。

变暗淡的除了光线，还有我的心情。我的胸腔似乎被什么东西压着，闷得喘不过气来。我想要接近他，却又害怕接近他。

安藤光走进画室之后，视线始终落在我的身上。他一步一步朝我这边走了过来，我想要逃离这里，可是脚移动不了分毫，心里像是在期待着什么。

"啊，安藤光，你终于来了，我等你好久了！"

还没等他走到我面前，周围的人已经围了过去，嚷嚷着。

"能不能把你那幅画给我看一眼啊？西老师说你拿走了。"

"还有我！还有我！我一大早就去找西老师，他也是这么说的。"

"你别学我，跟屁虫！"

……

越来越多的人围了过去，把我从安藤光身边推开。看着被众人追捧的他，我黯然地收回视线。

而金泽那边，原本围着他的人几乎都到了安藤光的身边，他的周围瞬间空旷了许多。

【海市蜃楼】

此时,金泽的视线和大家一样落在安藤光的身上,眼里光芒闪动,不知道在想什么。

算了,还是走吧,如果连同是发光体的金泽都抵挡不了安藤光身上的光芒,那么原本就没有光芒的我更加渺小得仿佛不存在了。

我看了一眼安藤光,他的视线紧紧跟着我,像是想要对我说什么。可是我已经没有勇气再等他走过来了,每次当我忘记我们之间的差距,就会发生各种情况来提醒我——你不要痴心妄想。

我收回视线,转身走到自己的座位上。

他是万众瞩目的天才,我却是最平凡的存在,连站在他旁边的资格都没有。

我无力地把素描纸钉在画板上。

"我为什么要给你们看我的画?"安藤光冰冷的声音传来,人群仿佛一瞬间被他冻住。没多久,他挣脱人群的包围,走到我旁边坐了下来。

虽然没有看他,但是我感觉到他的视线一直落在我的身上。

他到底想干什么?

我假装淡定地拿出一支铅笔削了起来。我和他是两个世界的人,如果说昨天我的心里还存有某种妄想,那么今天我已经彻底明白了我们之间的差距。

"夏初星,我有话跟你说。"不知过了多久,他忽然出声打破了我们之间僵硬的气氛。

难道他还打算给我介绍男朋友吗?我停下来看向他。

我还没来得及生气,就被眼前的情况弄糊涂了。金泽神秘兮兮地站在安藤光的身后,朝我眨了眨眼,然后迅速伸手捂住了安藤光的眼睛。还没等我弄清状况,他已经恶作剧似的扯着嗓子笑道:"猜猜我是谁?"

刚要发火的安藤光听见他的声音,愣了一下,惊讶地喊出了他的名字:"金泽?"

"哈哈,猜对了!"金泽松开手,跳到他的面前,笑得十分灿烂,"是不是很惊

喜？"

难道他们是认识的？而且听起来好像关系还不错。

"你怎么在这里？"安藤光终于反应过来。

"转学过来了！"金泽脸上的笑容被不满取代，"你真不够意思，转学也不跟我说，开学后我才知道你转走了！"

"你整个暑假都不在家，我怎么和你说？"安藤光依然面无表情，可是脸部轮廓柔和了许多，"你突然转学，家里人同意吗？"

"我妈巴不得呢！只要说和你在同一所学校。"金泽右手撑着脸颊，看起来很可爱，佯装抱怨地说道，"你知道的，在她心里，我这个儿子可没你一半好！"

我把视线从他们身上收回来，继续削手里的铅笔。

他们果然是关系很好的朋友，都是一样闪闪发光的人呢。

"阿光，你坐在这里啊？"金泽的声音听起来爽朗又富有朝气，"那我就坐这里，和你隔一个座位。"

"为什么要隔一个座位？"安藤光皱了皱眉头，"就坐在旁边不好吗？"

"我才不要！"金泽笑嘻嘻地拒绝了安藤光，"我才不想坐在发光体的旁边，不但要承受老师'爱'的注视，还要拿来和你做比较，压力很大！"

不等安藤光再说什么，他就扬起笑脸朝我挥挥手："嗨，你好！我叫金泽，以后我们就是邻居了，请多多关照啊！"

我的眉头微微皱了起来，原来他说的座位竟然在我的旁边。想起他说安藤光是发光体，我不由得有点儿寻到知音的感觉，我还以为只有我会这么想，没想到安藤光身边的朋友也是这么想的。

但是，金泽自己不也是一个发光体吗？

我抬起头勉强朝他露出一个笑容，然后继续削着铅笔。我可不想和这些发光体有过多的牵扯。

金泽丝毫不在意我冷淡的态度，笑嘻嘻地在我旁边坐下。

第四章 海市蜃楼

画室中间的射灯被打开了，暖色的光芒把画室渲染成一种不易察觉的淡红色。地上，我们三个人的影子重叠在一起，朝远方延伸着，像是在预示着什么。

第二天上午的最后一节课，我趴在课桌上，右手握笔，在稿纸上画出一根根线条——一根根看起来很接近却永远不会相交的线条。

数学课上，老师说渐近线的特点就是无限接近，但是永不相交。那么，我们是不是就像渐近线一样，看似接近却永远无法有真正的交集？

明明他就坐在我的身后，我却觉得无比遥远。

一个上午了，我们俩仍然没有说一句话。有时候，即使很想跟他说话，我也会拼命忍住，不只是为了那可笑的自尊，更是害怕自己会再次沦陷。我只能离得远一点儿，再远一点儿。

窗外的阳光依然无比灿烂，可是9月底的阳光即使再灿烂，也改变不了天气渐渐变凉的事实。

我停下手里的笔，左手轻轻摸了摸藏在袖子里的伤疤。如果我没有受伤，是不是也能成为出色的画手，是不是就能够离他的世界更近一点儿？

可是，即使更近一点儿，也是无法相交的吧……

当《狮子王》的纯音乐在校园里响起的时候，我才回过神来，懊恼地发现自己竟然一整节课都在胡思乱想。晚上回去一定要好好看书，把落下的功课补回来。我暗下决心。

老师宣布下课之后，同学们便如同潮水一般迅速涌出了教室。

我趴在课桌上，闭上眼睛假装睡觉。安藤光的脚步声从身后传来，遥远得像是从另一个星球传来的声音。

像是只过了一瞬间，又像是经历了一个世纪，原本走到我身边的脚步忽然停了下来。我慢慢睁开眼睛，从课桌和手臂的缝隙看向地面，一双蓝色的匡威鞋，鞋面上沾着铅笔灰和细小的颜料斑点。

他站在那里,什么都没有说,熟悉的薄荷味在周围萦绕着,让我忽然难受得想哭。

为什么曾经那么熟悉的人,忽然有一天变得这么陌生,连一步都不敢再靠近?

我紧紧地闭上眼睛,心里十分难受。他的脚步声再次响起,这一次却是越来越远。

我慢慢地睁开眼睛看着他的背影,从教室门口照进来的阳光在他的身上镀了一层光圈。

他一步步走进了白光里,就像当初一步步从白光里走出来一样,渐渐远离了我的世界。

强烈的光芒刺得我眼睛泛酸,我揉了一下眼睛,拿着速写本和铅笔走出了教室。

我漫无目的地在校园里走着,反应过来的时候,已经来到了学校的花圃。正是吃饭的时间,同学们都在食堂,这里一个人都没有。

我走到一张木椅旁坐下,觉得浑身都没有力气,脑海里总是不由自主地浮现出安藤光的身影。

以前总是一起去画室,一起去吃饭,一起去练习,为什么忽然之间只剩下我一个人了?

我的鼻子忍不住一阵泛酸,在眼睛湿润之前,我打开了速写本,拿着铅笔看着对面的花圃开始画画。

不要再想了,夏初星!什么都不要再想了,好好画画,只要开始画画,就不会胡思乱想了。

我不断安慰着自己,慢慢地,笔下的线条变得流畅起来。

虽然我的画技不可能完全恢复,但是经过努力练习之后,比起之前已经好了很多。

我擦掉没画好的地方,准备重新再画一遍,可是当我抬起头朝花圃看去时,被花

圃上方突然冒出的脑袋吓得差点儿丢掉手里的笔。

"哈哈，吓着你啦！"随着一个幸灾乐祸的声音响起，金泽带着灿烂的笑容从花圃后面站起来，手里还拿着一个速写本。

无聊！我瞪了他一眼，却什么都没有说。

"生气啦？"他毫无歉意地询问道，笑嘻嘻地看着我，"一个小玩笑而已，别这么小气嘛。"

明明已经是秋天了，可他还穿着夏天的衬衫，露出一大截光洁的手臂，胸前的领带随着微风轻快地舞动着，配上他阳光般的笑容，让人有一种还在夏天的错觉。

或者应该说他这个人的气场就如夏天一般热烈。

如果说安藤光的帅气是像男神一样高高在上，那么金泽的身上却有着邻家男生一般柔和的气质。

"夏初星，我知道你。"他走过来把速写本放在一旁，懒懒地蹲在椅子上，朝我笑着说道，"上回教阿光给你买零食道歉的人就是我。"

"哦。"我淡淡地应了一声，低下头继续画画，心里却一阵泛酸。虽然告诉自己不要再眷恋了，可是那些美好的经历早已刻在灵魂深处了。

金泽没有再说话，只是懒洋洋地把下巴抵在手臂上，视线一直在我的速写本上徘徊。

我不动声色地继续画画。

"你别画了……"他凑到我的旁边，低声说道，"画得这么丑，何必再浪费精力？"

我停下手里的笔，侧过头面无表情地看着他。他用右手撑着脸颊，一脸无辜地看着我，仿佛在说：我只是实话实说罢了。

我咬咬牙，低下头继续画。

洁白的纸上画着花圃，虽然大的轮廓没有问题，可是仔细一看，所有比较精细的东西都被画得一团糟。

  我掏出橡皮擦，擦掉不好的地方，又小心认真地画着。可是画得太久，右手感到吃力，笔尖总是颤抖着朝相反的地方移动。

  "来，我教你怎么画。"金泽说着拿起自己的速写本，快速涂抹起来。没多久，他把自己的即兴之作递到我的面前，得意地显摆："怎么样？是不是很厉害啊？"

  我看了一眼他的画，省赛的冠军果然不是吹的，只是寥寥几笔，就能够把花草的神韵准确地展示出来。

  "很厉害。"我冷淡地回应了一声，继续低头修改自己的画。他画得再好，都和我没有关系，我现在要做的是把自己的画修改到最好。

  "喂！"他不满地朝我喊了一声，伸手把我的速写本抢走，毫不客气地说道，"干脆我来帮你改吧！"

  "你这个人……"对于他的举动，我感到一丝恼怒。

  "嗯？"他拿到我的速写本后却迟迟没有下笔，而是认真地打量着，然后抓了抓头发，开始自言自语，"奇怪，这是怎么回事啊？"

  "喂，不改就还给我。"我把手伸到他面前，恼怒地看着他。

  "我也想改啊……"他皱着眉头，一副百思不得其解的样子，把画颠来倒去地看，"但是完全找不到下手的地方！"

  "别闹了好吗？快点儿还给我。"我懒得陪他打哑谜，他这个人正经的时候太少了。

  "我可没闹，虽然你的细节方面处理得很糟糕……"说着，他把速写本朝前放远一点儿，语气里带着困惑，"可是这么一看，整个画面又非常和谐。"

  他抬起头看向我，眼里闪烁着复杂的光芒："夏初星，你到底是怎么做到的？这幅画我只要动手改一处，就破坏了整体画面。"

  "我不懂你在说什么。"在他疑惑时，我趁机抢过自己的东西，狠狠地瞪了他一眼。

  虽然表面上装糊涂，可是我的心里涌起了惊涛。

第四章

【海市蜃楼】

难道他看出来了？因为受伤的缘故，我一直画不好细节，所以我的画法更加注意整体，用整体来弥补细节的不足。难道他发现了？

"好吧，我承认你还是有点儿天赋的。"他丝毫不在意我的态度，语气轻快地对我说，"要不要本天才给你指点几招啊？免费的哦。"

说完，他又俏皮地朝我眨眨眼睛，忍不住笑了起来。

他真的很爱笑呢！

我无奈地看了他一眼，认真地告诉他："不是的……我没有天赋。"

说话的同时，我把手指上的老茧露出来给他看："我的天赋都是这样换来的。为了让一朵花好看，我可以画上几十次，甚至上百次。"

听了我的话，他脸上的笑容一点点收起，眼神也变得凝重起来。

"所以努力比天赋重要一百倍。"我严肃地指了指他的右手，"我知道你的手指上也有和我一样的东西，我看见了。"

他眯起眼睛，摊开右手，没有说话，像是在考虑什么。

没有灿烂的笑容，没有轻快的声音，没有嬉皮笑脸的调侃，他整个人的气场变得严肃起来，让我感觉站在我面前的是一个截然不同的人，沉默而严肃，内敛又坚韧。

微风吹动着树叶，从树叶间隙落下的光斑晃动着，忽明忽暗。

我垂下眼帘，继续修改自己的画，铅笔摩擦着白纸发出"沙沙"声，像一首安神曲一样，让我的心情保持着安宁。

记得去年年初，我还和安藤光一样被人称作天才，可是没想到才过去一年，我便成为了一个不应该在画画上浪费时间的人。如果不是有安藤光的认可，也许到现在我还在忍受着大家的鄙夷和刁难。

但是，我曾经的"天才"称号是我用努力换来的。别人吃饭的时候我在画画，别人玩的时候我在画画，别人早早休息的时候我在画画……

我停下笔，摸了摸手上和金泽同样的茧。

所以我知道，所谓的"天才"是离不开"努力"二字的；所以我知道，虽然他说

得云淡风轻，但是一定付出了不少于我的努力。

就连被大家称为"天才画手"的安藤光，又何尝不是花费了无数时间练习，才获得现在的成就？

想到这里，我继续修改刚才的画。应该是画的时间太长了，我本来就略微颤抖的手更加难以控制。

我用力咬着唇，鼻尖慢慢冒出细细的汗珠。

"你是在害怕吧，害怕失败？"一直没有说话的金泽忽然开口问道。

我的瞳孔猛地收缩了一下，眼睛微微眯起，我沉声问道："你想说什么？"

"你是因为害怕失败，所以这么努力吧？"他的语气很随意，眼睛却认真地看着我，"明明身体已经达到极限，却还固执地画下去，是害怕如果不这么努力，自己就会失败。"

金泽的眼神变得锐利起来，但是这样的他让人觉得更加真实。

我的心猛地一颤，我不知所措地握紧铅笔，内心一阵慌乱，想要反驳他的话，却不知道应该说什么。说我并不害怕失败吗？说我只是单纯地喜欢画画吗？这些话我说不出口，因为即使我骗得了他，也骗不了自己。

是的，他说的没错，我是在害怕失败。因为我知道，如果我失败，对于我、对于我的家庭来说意味着什么，我输不起。

"哗啦啦——"我手里的速写本被风吹得哗哗作响，垂落的头发也被风吹起，拍打着脸颊。

我本来已经输给了命运，是自己任性地想要再赌一次，所以我必须比以前更努力。如果我再输一次，我就再也不能做自己喜欢的事情了。

我的心好像被蒙上了一层塑料纸，闷得透不过气来。

为什么我会慢慢变成连自己都不认识的样子？

好像站在一场浓雾里，找不到原来的自己，也看不见未来的方向，只有无尽的雾气朝眼睛里涌去，凝聚成水汽。

第四章 04
【海市蜃楼】

"你说的没错,我是害怕失败才这么努力的。"我的声音带着浓重的哭腔,我抬起头看向金泽,"可是,如果失败了,我就一无所有了。我没有办法,我也不想这样啊。"

或许是看到我眼里的泪水,金泽想安慰我,却不知道怎么安慰,只能站在原地不知所措地看着我。

自从和安藤光闹僵之后,我的心情就一直很压抑,这一刻,蓄积了许久的难过情绪一瞬间爆发出来:"我不聪明,不漂亮,家里又没有钱,现在连画画也画不好,我真的没有其他选择了。如果我不这么努力,就连画画的机会都没有了。你告诉我,我还能怎么做?"

说完,我低下头,努力抑制着眼泪。我不想在他面前哭,不想在任何人面前哭,可是眼泪不断流出来。

"说实话,我也不知道该怎么办,但是……我们可以去寻找答案!"金泽扬起嘴角,露出善意的笑容。

"啊?"我含着眼泪看着他,不懂他的意思。

"走,我带你去找答案!"他说着,拉起我的胳膊,不由分说地朝前面走去。

"我自己会走啦。"我一边挣扎着,一边不满地抗议。

"跟我来,你不会后悔的。"他仍然紧握着我的手臂,步伐也越来越快,仿佛带着我走向一个未知的世界。

我抬起头,看见阳光被树枝分割成一道道细小的光束,斜斜地落到我们的身上。温暖的风在我们之间穿梭着,带走了所有的悲伤。

小道的尽头,一座深蓝色的大楼安静地矗立着,两旁树木的枝丫阻碍了视野,看不见大楼的全貌,只能看见露出的深蓝色玻璃幕墙。一束束金黄的光透过枝叶的缝隙落下,在玻璃墙上反射出如钻石般璀璨的光芒,整座大楼漂亮得像是童话故事中的城堡。

看到这座大楼后,金泽加快了脚步。当我们来到大楼前时,他眼中的光芒无比炙热,眉宇间都是掩饰不住的开心。

大楼里有什么呢?金泽的神色让我不由得感到好奇。

面前的红棕色大门紧闭着,从里面隐隐传来一阵阵喧哗声,听不真切,却更让人觉得心痒,里面到底有什么呢?

这里面有金泽所说的答案吗?

"刚好赶上。"金泽松开了我的手臂,指了指里面,笑容变得灿烂起来,"我们去找答案吧。"

说完,他伸手用力推开了大门。

我只感觉光线一暗,还没有反应过来,巨大的欢呼声就如潮水般迎面而来。

进入里面的那一刻,我觉得来到了另一个世界。

还没来得及打量周围的环境,我的视线就被唯一的光源吸引了,应该说是被光源中的女生吸引了。

在一束巨大的白色追光中,一个女生握着支架上的麦克风,微微低着头。斜分的栗色短发显得干净利落,她穿着黑色T恤,袖子被她卷到了肩膀处,露出一个看不真切的文身;左手手腕上缠绕着几圈黑色的皮质手链,下身穿着一条破洞牛仔短裤,脚上是一双黑色金属扣皮靴,整个人的打扮简单又不失帅气。

光束中的她看起来很瘦,可是浑身散发着不可抵挡的气势。

她一直没有动作,也没有发出任何声音,可是舞台下的每个人都举起双手疯狂地呐喊着,如同波涛起伏的海面,一层撞击着一层,朝远处蔓延着。

台上沉静,台下疯狂,就像是最鲜明的对比,却又不会让人觉得突兀,好像原本就应该这样——原本观众就应该为她欢呼,即使她什么都没做,也有这种魅力。

过了大概一分钟,她缓缓地抬起头,露出小巧的脸。她的眼睛不是很大,却闪着耀眼的光芒。她轻轻扬起嘴角,露出一抹自信的笑容。尖尖的下巴微微扬起,浑身散发出一种王者般的气场。

第四章 04 chapter
【海市蜃楼】

人群的欢呼声比刚才更大了,就像是被海浪拍打的礁石,发出响亮的声音。

大家都在喊着同一个名字——

"未里!"

此时我才知道台上这个女生的名字,她叫未里。

她站在舞台中央,享受着铺天盖地的欢呼声,眼里的光芒越来越明亮,到最后仿佛她浑身都闪着耀眼的光,让那束追光都黯然失色。

大家不知疲倦地呐喊着,明明她什么都没有做,却让所有人为之倾倒,为之疯狂。

忽然,整个舞台的灯全打开了,我才看见原来她的身后还站着三个乐手。

"Hey, slow it down whataya want from me, whataya want from me(嘿,慢下来,你想从我这里得到什么,你想从我这里得到什么)⋯⋯"她双手紧紧地握着麦克风开始演唱,眼神飘忽,整个人好像已经放空,仿佛什么都看不见,完全融入了自己的世界。

她唱出的每一个单词、每一个音节都极具力量,台下的观众完全疯狂了,大家都一边呐喊一边晃动着双手。如果说台下晃动双手的人群是波涛起伏的海面,那么站在舞台中间的未里一定是这片海上唯一的灯塔,让所有迷失方向的人不由自主地朝她靠拢。

"是不是很震撼?我第一次看到她唱歌的时候,全身的汗毛都竖起来了。从那之后,即使不在同一所学校,只要有她的表演,我就一定会跑来看。"我的头顶传来金泽含糊不清的声音。

我抬起头,看到他的视线正紧紧地追随着舞台上的未里,脸上的表情竟然夹杂着一丝羡慕,他在羡慕什么?

"你不觉得她就像一只帅气的鹰吗?虽然把女生形容成鹰很奇怪,可是她真的很像一只在天空中自由飞翔的鹰⋯⋯"他依然紧紧地盯着未里,嘴角挂着一抹柔和的笑容,眼神也无比温柔,"从开场她就选择了自己的方式,不管外界怎么想,也不管结

果是什么，她只按照自己的想法去做，去享受这一场表演。"

说出这番话时，金泽的脸上充满了憧憬，眼里散发出光芒来。这是一个和平时完全不一样的金泽，让他发生改变的是在舞台上表演的叫作未里的女生，这个女生对金泽来说一定是特别的存在吧。

想到这里，我再次朝未里看去。

这时，演唱正好进行到间奏部分，未里朝贝斯手勾了勾手指，贝斯手走上前半屈着膝盖演奏起来。她帅气一笑，同样做出抱着贝斯弹奏的姿势，手无实物地与贝斯手面对面对弹起来。两人像是跳舞般前倾后仰，完全沉醉在这场表演里。

她栗色的短发在空中画出一道道优美的弧线，黏在头发上的汗珠被甩下来，在灯光的照耀下仿佛一颗颗璀璨的钻石。明明手上没有贝斯，却让人觉得一个个音符正从她的指尖蹦出。

现场的气氛高涨到极致，所有人都热血沸腾起来。

没有压力，没有恐惧，没有妥协，她真的就像鹰一样在自己的天空自由地展翅高飞。她是真正地在享受着，没有一丝企图，不在乎任何结果。

看着眼前只为歌唱而歌唱，只为喜欢而喜欢的未里，我忽然觉得自己太差劲了，明明喜欢画画，却不自觉地把喜欢的东西变成了枷锁。

虽然家里没有钱，虽然现在画不出完美的画，虽然害怕失败，可是这些都不应该成为害怕画画的理由。背负着压力和痛苦去画画，是画不出好画的。

明明自己最初也是在享受画画啊！

这一刻，我找到了金泽所说的答案。

未里表演结束退场后，所有的灯光都恢复如常。看见观众席的那一刻，我惊讶得睁大了眼睛。观众席上，没有一个人坐在椅子上，所有人都是站着在呐喊欢呼。

没多久，主持人握着麦克风走了出来，她的脸上还带着兴奋的红晕，看来也被未里乐队的表演征服了。

"首先感谢未里的末日乐队带来的精彩表演。"字正腔圆的吐字，可是语气里带

着兴奋,她顿了顿,继续说道,"末日乐队表演结束,也意味着这次的乐队交流大赛结束了。大家稍等片刻,我们正在紧张地统计评委的评分,马上就会告诉大家比赛的结果。"

比赛?听了主持人的话,我愣了一下,这是在比赛?

这时,我才发现舞台上方有一条红色的横幅,上面写着"浅仓学院乐队交流大赛"几个字。

原来真的是比赛!可是我完全没有从未里的身上感受到一丝比赛时的紧张气息,她完全把这场比赛变成了她的演唱会。

虽然我不太懂音乐,也没有看完全程的比赛,但是我相信未里一定会取得很好的成绩。因为她对音乐的热爱,她在演唱时的态度,是真挚而纯粹的,这是绝大多数人都无法做到的。

在等待的时间里,台下的观众依然为自己喜爱的乐队呐喊加油,我听到很多乐队的名字,但呼声最高的是未里的末日乐队。

我紧紧地抱着速写本,看着空旷的舞台,在心里为未里默默地祈祷着,祈祷着以最纯粹的心态去表演的她在这场比赛中能够拿到第一。她在我心里已经是当之无愧的冠军得主。

时间一分一秒地过去,当主持人再次出现在舞台上的时候,所有人都屏息期待着。

"比赛的结果已经统计出来了,现在就在我的手里哦。"主持人晃了晃手中的卡片,脸上的神色变得严肃起来,"现在我来揭晓本次浅仓学院乐队交流比赛的结果,第一名……"

"末日末日!"就像是约好了一般,几乎全场的观众都在呼喊着同一个名字,我也在心里默默地呼喊着。

"他们是——黑耀乐队!"

主持人说出的乐队名字出乎所有人的意料。

不光是我，很多人都睁大双眼，哑口无言地看着主持人，整个会场瞬间安静下来。主持人也面露尴尬，轻咳了两声，继续宣布："第二名……"

"第二名应该是末日乐队吧？"

"嗯，末日乐队是组合一年的新乐队，黑耀乐队资格比较老，评委肯定会偏向他们一点儿。"

周围的观众在低声议论着。我抿着嘴唇看着主持人，衷心希望末里能够得到所有人的认可。

"他们是——仙人掌与鹰乐队！"

如果说刚刚的结果观众还能勉强接受，那么这一次大家都愤怒了。

观众开始大喊。

"为什么不是末日乐队？"

"明明末日乐队的表演更好！"

可是主持人也没办法给出答案，只能在大家的抗议声中继续宣布下去。

"第三名——雷奥乐队！"

我不禁着急起来，以末里的表现，怎么会连前三都没进？

主持人一个个名次念下去，终于在念到第六名的时候说出了末日乐队的名字。

"第六名——末日乐队。"

末日乐队竟然排到第六？要知道总共只有十支乐队参赛，末日乐队现在相当于倒数第四。

大家显然不能接受这个结果，几乎有三分之二的观众都不满地抗议着，大声喊着"黑幕"两个字。

"怎么会这样？"我惊讶地问金泽。

"我不知道，我们溜进后台看看。"

金泽此时的脸色也很难看。

第四章 海市蜃楼

休息室的门半开着,未里正拿着一瓶矿泉水坐在化妆镜前,被汗水打湿的头发黏在脸上,一双眼眸像钻石般明亮。明明大汗淋漓,可是她的脸上丝毫不见疲惫之色,反而让人觉得神采飞扬。

与她有着鲜明对比的是围着她的乐队其他成员,他们都阴沉着脸,满身的汗水让他们看起来很狼狈。

"我早就说了不要用这种方式开场,现在你看吧!"鼓手沉不住气,不满地看着未里。

"都是你坚持要用这种耍酷的方式,害得评委说我们表演超时,让我们排到第六。"贝斯手也附和道。

他们是在吵架吗?

我站在门口看着里面的场景,疑惑地想。

面对队员的指责,未里毫不在意,小口小口地喝着水,直到喝够了才把矿泉水瓶放在一边,微微皱起眉头,反问他们:"排第六又怎样?"

她的语速比较慢,而且口音怪怪的。

我抬起头看了金泽一眼,平时笑嘻嘻的他此时正沉着脸,眼底隐隐含着怒气。

"未里,你应该知道,我们排到第六的真正原因根本不是表演超时!"鼓手不满未里的态度,语气越来越冲,"是评委觉得我们的开场太张扬,让他们反感。"

"那又怎样?"未里完全是不在意的语气,身子懒懒地靠着椅背,瘦长的腿搭在对面的桌子上。

"怎样?我们辛苦排练这么久不是为了好玩!"面对未里无所谓的态度,鼓手越来越恼火,"我们是为了得到评委老师的青睐,在毕业择校时能以特长生的身份保送进理想的学校!"

"你们……"未里震惊地睁大眼睛,她或许从来没有想到这一点吧,语气变得低落起来,"原来是这样想的啊。"

"我们准备了这么久,努力了这么久……"未里的气势收敛了,反而让其他成员更加强势起来,"就因为你安排的开场,我们不但没有得到评委老师的青睐,反而让他们讨厌了,表演都被你毁了!"

面对乐队成员们毫不留情的指责,未里的眼神暗淡了许多,她愧疚地说道:"对不起。"

虽然是简简单单的三个字,却让我为她心疼。那么骄傲的一个女生,如果不是觉得影响了其他人,怎么可能轻易地说出这句话。

面对未里的道歉,队员们愣了一下,鼓手的语气比刚才缓和了许多:"未里,要不你也跟评委老师去道个歉吧,说不定还能挽回一点儿印象分。"

"是啊,说不定择校的事还有机会。"

"未里,你赶紧去吧!"其他成员也附和着。

看着眼前的情况,我感到既愤怒又可笑,他们真的太过分了,竟然要未里去跟评委道歉,未里根本没有错,凭什么要道歉?

果然,未里毫不犹豫地拒绝道:"我不要。"

"你什么意思?"鼓手的脸色一下子阴沉下来,像是觉得自己被挑衅了。

"害你们的希望落空,我很抱歉。"未里的脸上还带着愧疚的神色,可是态度异常坚定,"但我并不觉得自己做错了,所以不会去道歉,这是原则。"

因为自己的原因让其他人的希望落空,她可以毫不犹豫地道歉,却没有因为歉意而改变自己的原则,这样的未里真是耀眼得令人移不开视线。

"未里,你怎么能这么自私?"

"跟评委老师道个歉,这又不是多大的事!"

"早知道就不跟你一起组乐队了。"

未里的态度让其他成员恼怒起来。

越来越过分的话像一支支利箭朝未里射去,即使她还是骄傲地扬着下巴,可是眼底的神色越来越暗淡了。

"你们太过分了!"不知从哪里来的勇气,我推开门走进了休息室,愤怒地看着乐队其他成员。

看着突然冲进来的我和金泽,所有人都惊讶得睁大眼睛,争吵声戛然而止。

过了好一会儿,贝斯手才回过神,沉着脸发问:"你们是谁?"

"我们……"

因为他们都在指责未里,我一时心急才冲了进来,可进来之后结巴了半天也不知道该说什么好。

"我们是来找未里的。"金泽冷冷地接过我的话。

"后台可不是好玩的地方。"贝斯手眉头紧皱,语气不佳地说道,"粉丝是不允许进来的,请你们快出去。"

"我们是未里的粉丝,又不是你们的粉丝。"金泽眼底的寒意越来越浓,"你们几个大男生欺负一个女生,真是过分。"

说到最后几个字时,金泽故意放慢了语速,嘲讽意味十足。

"我们怎么欺负她了?"脾气火爆的鼓手不满地吼道,"本来就是她害得我们没有得到好名次,让她道歉难道不对吗?"

听着鼓手的指责,未里什么都没解释,只是骄傲地扬着下巴。

"你这样说不对!"我再次鼓起勇气,即使紧张,也依然坚持说道,"你不能因为评委不喜欢就说未里做错了,明明未里的开场方式和表演都很精彩!"

未里听了我的话,诧异地看向我,眼里流露出不可思议的神色。

"虽然……虽然评委不喜欢,但是观众都很喜欢!"我认真地组织着语言,可还是找不到准确的词语来表达意思,"你看……评委只有几个人,可是观众有上千人啊!"

"再多观众又怎样?这是比赛,评委才是决定结果的人!"鼓手的语气很冲。

"你怎么能这么想?"我还没来得及回答,未里就坐直了身体,皱着眉头严肃地看着鼓手,"难道观众不重要吗?"

"观众?"鼓手愣了一下,随即耸耸肩,不在意地说道,"观众能让我们进理想的学校吗?"

乐队的另外两人也嗤笑起来。

未里满眼震惊地看着他们,语气里带着说不出的失望:"你们现在怎么变成这样了?"

"到底是我们变了,还是你变了?"鼓手恼羞成怒地反击道。

剩下的两人也毫不客气地开始附和。

"未里,我们都是一个乐队的,你却连做出一点儿小小的牺牲都不愿意。"

"明明是你自己太自私,是因为你的自私,才让我们失去了机会!"

"不是……我没错……我……"

三人毫不留情地攻击着未里,未里张嘴想反驳,可是本来普通话就说得不太灵光的她,总是结结巴巴地说出几个字就被他们反驳回去。

我想帮忙,却力不从心,不知道该说什么,只能把希望寄托在脸色越来越难看、就要爆发的金泽身上。

不过还没等到金泽爆发,未里忽然从椅子上站了起来。在大家反应过来之前,她冷着脸说了一大段话。

"我做事有原则噶,无做错事点解要勒乱道歉?观众就系我地嘅评委,更何况对我黎讲,享受比结果更重要(我做事有我的原则,没做错事为什么要道歉?观众就是我的评委,而且对我来说,享受过程比结果更重要)。"

什么意思?

她的话一说完,我们都一头雾水地看着她,不知道她在说什么。

"我地嘅表演唔单指俾评委睇嘅,更系俾各位观众欣赏嘅(我们的表演不仅是给评委看的,更是给观众欣赏的)。"未里没有在意我们疑惑的神情,继续说着我们听不懂的语言。

"是粤语吧?"等到未里说完,我低声问金泽,虽然听不懂,但是听口音有点儿

像粤语,"你知道她在说什么吗?"

"是粤语没错,可惜我也听不太懂。"金泽点点头。

"未里,你说什么?"鼓手第一个不满地嚷嚷起来,"大家都听不懂有意思吗?"

"是啊,如果要道歉,就说大家听得懂的话。"

贝斯手也走上前,三人呈半圆状把未里围了起来,但是未里没有丝毫怯懦,微微扬着下巴坚定地看着他们。

看着此时的她,想起我曾经面对同学对我的刁难和嘲讽时的做法,我觉得自己实在太没用了,只会一味逃避,根本不敢站出来面对。

明明没有错,却因为顾忌这顾忌那而妥协。

"我不会道歉的。"平静下来的未里换回不太流利的普通话,语气里却透着坚定。

"未里,你一定要这样吗?"贝斯手步步紧逼,语气咄咄逼人,"如果这样的话,我看末日乐队也没必要继续下去了!"

未里脸色一变,可是其他三人无动于衷,只是静静地等待着未里的回答。

没有人再说话,气氛变得紧张压抑起来。

"表演不是给评委看的,是给观众看的。"

一个低沉的声音从门口传来。听着这熟悉的声音,我心里一惊,不由自主地朝门口看去。

木门被人推开,一个修长的身影出现在门口。他逆着光,眼睛被额前的头发遮住,浑身散发着疏离的气息。

看着这熟悉的身影,我的心情无比复杂,虽然期待见到他,却又害怕见到他。害怕他发现我的心意,害怕他对我冷漠以待。

他迈着稳健的步伐,不急不缓地走了进来,光线在他身上交替着,画面从昏暗到明亮。

他额前的黑发随着他的走动被吹开,露出如夜空般漆黑的眼眸,下一秒视线就直直地朝我看来。

在撞上他视线的那一刻,我仿佛陷入了黑洞,想要逃离,却没办法逃离,只能让自己越陷越深,无法自拔。

我只想这样静静地看着只是一个出场就瞬间吸引所有人目光的他。

我真的好想他。

第五章 > 05
chapter
【象限】

如果X轴代表优秀，Y轴代表人缘，那么安藤光、未里、金泽他们一定是第一象限的，而我则是与他们相对的第三象限的。

看到安藤光走进来,所有人的脸上都写满了惊讶,没有人想到他会出现在这里。

过了好一会儿,鼓手才反应过来,只是说话的语气在安藤光的气势压迫下又弱了几分:"你又是谁?"

安藤光自从走进来之后就一直看着我,丝毫没有理会鼓手的问话。

"喂,你到底是谁?你刚才的话是什么意思?"被忽视的鼓手虽然有点儿惧怕安藤光冷冽的气场,但还是不满地问道。

"我只是重复了你们主唱的话。如果你要问我的个人意见……"安藤光终于把视线从我身上移开,淡淡地扫了一眼鼓手,"连表演的目的都弄不清楚,把音乐当成敲门砖的人,就算进入了名校,又能有什么作为?"

鼓手张了张嘴想辩驳,可是什么都说不出来,只能愤恨地瞪着安藤光。另外两人也被气得满脸通红,却无法反驳。

看着三言两语就把场面控制住的安藤光,我忽然有一种遥不可及的感觉。

"阿光,说得真好。"金泽开心地走上前,搂住安藤光的肩膀,故作暧昧地说道:"你怎么会来这里?来找初星的吗?我看你一进来就一直盯着人家看哦。"

这一刻,我莫名地紧张了,手指紧紧地抠着速写本的棱角。

"老师叫我来拿东西。"安藤光说着,走到旁边的桌子旁拿起两个麦克风,"下

午我们班在多媒体教室上课，麦克风不够用。"

原来是这样……

我无力地松开手指。

"你是安藤光吧？我听过你的名字。"未里走到安藤光身边，扬起灿烂的笑脸看着他，语气里夹杂着一丝兴奋，"没想到你竟然听得懂粤语，太好了，终于找到一个可以说家乡话的人了！"

说着，她朝安藤光眨了眨眼，又一次说起粤语："唔该晒帮我解围啊（谢谢你帮我解围啊）。"

安藤光皱了皱眉头，可是看到未里欣喜的笑容，还是说了一句粤语："应该嘎，唔使客气（应该的，不客气）。"

"哇，你的粤语说得很好啊！"未里惊喜地睁大眼睛，看着安藤光，"你也是广东人？"

"不是，只是在那边生活过一段时间。"安藤光淡淡地回答道。

看着他们聊天，却听不懂他们在说什么，好像没有任何人能够进入他们的世界，包括我。

阳光从窗外倾泻进来，给他们渲染上一层柔光。都是闪闪发光、长相出众的人，整个画面美好得就像新海诚笔下清新唯美的画作。

所有的人都成了陪衬，包括原本也是发光体的金泽，他静静地看着眼前的这一幕，忽然沉默起来。

我把视线从他们身上移开，觉得自己是多余的。有资格站在安藤光身边的人应该是像未里这样闪耀出众的人，而不是像我这种如尘埃一般渺小的人。

"安藤光，你懂什么是表演吗？"鼓手看着安藤光和未里，怒气更盛，"输掉了比赛，观众在乎又有什么意义？"

安藤光再次把视线投向鼓手，冷淡地反问："没有意义吗？你难道没有听见外面

的声音?"

鼓手愣住了。

即使隔了一段距离,那一阵阵"未里未里,末日末日"的欢呼声还是涌了进来,那是一直都在回响却被忽视的声音。

整个房间都安静下来,镜子在阳光下反射着耀眼的光芒。

外面的呐喊声此起彼伏,仿佛只要未里他们不出现,观众就会一直呐喊下去。观众在用自己的方式表达着对未里他们的认可和支持。

"虽然你们输了比赛,但是赢得了观众。"金泽适时地插话,"这不正是乐队存在的意义吗?"

金泽的话让乐队的成员们彻底愣住了。

安藤光拿着麦克风朝门口走去,在经过我身边的时候,他停下了脚步,垂下头看向我,像是有千言万语要和我说,却又好像连只言片语都没有。

我呆呆地看着他,他逆着光,让我看不清他脸上的神色,只能感觉到他的眼睛很亮,亮得我不敢再看下去。我害怕自己会迷失,害怕自己会舍不得,害怕自己会做出失去理智的事情。

在移开目光的那一刻,我听见了一声轻微的叹息。

是他在叹气吗?

可是当我抬起头时,只看到他的背影慢慢消失在走廊尽头。

他的脚步声也越来越小,最后再也听不见。

以前看书时,书里总是形容年少时的爱情就像飞蛾扑火,认准了方向,就会不管不顾地朝他飞去,就算是毁灭也心甘情愿。可是,如果那只飞蛾连翅膀都没有,它要怎么去追逐光明?

以前我以为我和安藤光是渐近线的关系,看似相近却永远不会相交,可是现在我

才明白,我和他其实是不在一个平面的两条线,不但永远不会相交,而且永远处在两个世界里。

算起来,我们已经快一个月没有交谈了,大家就像陌生人一样,在自己的世界里做着各自的事情,再也没有任何交集。

课间,大家都三五成群地围在一起聊着天,我懒洋洋地趴在课桌上想补一觉。最近练习画画经常到凌晨一点才睡,因为只有这样忙起来才能不那么想他,才会没那么难过,除此之外,我找不到别的办法。

窗外的天空中,厚厚的积雨云一层一层地朝远处叠加着,越来越暗,仿佛一座巨大的灰色山峰矗立在天空上。我的胸口好像也堆积着积雨云,闷得快要窒息。

我慢慢地闭上眼睛,倦意渐渐袭来,本来喧闹的声音渐渐变得微不可闻,那张镌刻在脑海深处的脸又不受控制地浮现出来,占据了整个大脑。

脑海里的他像往常一样对我微笑,我的意识越来越不清晰,现实和梦境的临界点变得越发模糊……

"安藤光。"

一个声音在我的脑海里响起,迷迷糊糊间,我分不清这是梦境还是现实里的声音。

我昏昏沉沉地睁开了眼睛,狭窄的视野里,一个身影由远及近——

栗色短发斜分,露出光洁的额头,微微扬起的下巴显得骄傲又倔强;左耳上戴着三个酷酷的黑曜石耳环,明明穿着可爱的格子裙,却与众不同地搭配了一双铆钉长皮靴,右手手指上戴着一枚骷髅戒指,还提着一个塑料袋。

是未里?

在我打量她的时候,未里已经走了过来。

她看向我身后的安藤光,语气熟稔地说道:"安藤光,我给你带好吃的来了。"

虽然她的打扮帅气而自我,脸上的笑容却比任何人都要坦然。

她说完,把袋子里的东西放到安藤光的桌子上,伴随着一阵塑料袋窸窸窣窣的声音,她那标志性的"粤普"也紧跟着出现了:"这些都是我拜托广州的朋友给我寄来的特产,这个是杏仁饼,这个是猪油膏,这几个是莲香楼的,莲香楼是我们那边的老字号哦,这个是……"

安藤光一直没有出声,未里却丝毫不在意地继续说着,语气十分欢快。

天空中的云团越来越多,天空越来越暗,就要下雨了吧。

"我不喜欢吃甜食。"

在未里欢快的讲解中,安藤光的声音突兀地响起。

还是这么不懂得和女生聊天啊。

不知怎的,我竟然微笑起来。

某个画面慢慢地在我的脑海里重现,我回想起当初笨拙地买甜筒向我道歉的他,想起那个为了维护我的自尊,自己不吃甜食却傻傻地买了两个甜筒的他,好像吃下了棉花糖,心里又软又甜。

"轰隆隆——"

外面忽然传来一阵雷鸣声,果然要下雨了。

"你试试看,也不是很甜。"未里一边说着一边拆开包装袋,过了一会儿,只听见她含笑说道:"来,张开嘴巴。"

"不想吃,拿开啦。"

安藤光的语气虽然显得无奈,却没有平时的冷意。

"我亲手剥的,给个面子,吃一口嘛。"未里声音里的笑意更浓,"大老远寄来的,是心意啊。"

听着他们的对话,我的睡意消失得无影无踪。我坐起身看向窗外,窗户的玻璃上出现几滴水珠,然后大颗大颗的雨滴砸到玻璃上,紧接着大雨倾盆而下。

我忽然想起以前在一本书上看到的一句话——得到了再失去,总比从来没有得到

更伤人。

如果不知道得到的滋味,就不会有失去之后的落差感。我也曾设想过,如果早知道最后会失去,那一开始还会不会选择拥有?

答案我也不知道。

汹涌的雨水拼命地拍打着玻璃窗,装满了窗户的卡槽之后,从缝隙里慢慢渗了进来,把墙面浸出一摊水渍。

"真的不甜啦。"未里还在继续劝说着安藤光,说着自己咬了一口,"真的很好吃!"

"我可不这么觉得。"安藤光的回答依然没有商量的余地。

"你怎么就不相信我呢?"未里无奈地说道,"你等着,我证明给你看。"

听着他们的对话,我苦涩地咬了咬嘴唇。

记得我和安藤光最亲近的时候,也从来没有像这样随意地跟他开过玩笑,此刻我的心情说不清是失落还是羡慕。

"啪!"

我的肩膀被人轻轻拍了拍,我回过头,看到了未里的笑脸。

"啊!"还没等我反应过来,刚打完招呼的未里忽然惊讶地挑起眉毛,"是你啊,我记得你。上次比赛的时候,谢谢你帮我说话哦!"

"原来你也是这个班的啊,我喜欢的人竟然都在一个班呢!"说完,她看似无意地瞥了一眼安藤光。

低着头看书的安藤光没有看见她的眼神,我心里一惊,难道……难道她也喜欢安藤光?

也许她说的不是那种喜欢吧。

想到这里,我朝她友好地笑了笑。

"来!喜欢的东西给喜欢的人吃。"她开心地拿起一块糕点递给我,亲切的笑容

让人无法拒绝她,"帮我试吃一下这个吧,看看到底甜不甜,拜托啦!"

面对未里,我实在没办法拒绝,只得硬着头皮吃了一块。

"怎么样?"

她眨了眨眼睛,期待地看着我。

"嗯,很好吃,不是很甜。"我说道。

"是吧?我就说嘛!"她脸上的笑容更加灿烂了,她推了推正低头写作业的安藤光,"听见了吗?"

"要我怎么说你才明白……"

安藤光停下手里的笔,一边说着一边抬起头。

在他抬头的时候,原本我是想躲开的,可那一刻像是被蛊惑了一般,我呆呆地看着他。

首先是额前的黑发,然后是那如星辰般的眼眸,再到那张曾经带给我无数温暖的脸。

他看着我,眼神有些复杂。

我的心跳顿时漏了一拍。

我已经忘记有多久没有这样面对面看着他了,就像是在梦中一样,让我不由得屏住呼吸。

压抑许久的思念,日渐增加的不舍……各种情绪混合在一起,像是产生了某种化学反应,我的鼻尖一阵泛酸。在眼眶变得湿润的瞬间,我迅速移开视线,慌张地抓起一块糕点大口大口地吃起来。

"这个真的很好吃。"面对安藤光的拒绝,未里毫不气馁,依然笑嘻嘻地拿着糕点递到他嘴边,劝说道,"吃一块嘛,要不吃一口也行,就一口?"

"说了不吃。"

安藤光的语气比刚才冷硬了许多,声音也更加低沉。

"好吧,那我下次叫朋友寄别的东西来。"似乎是感觉到安藤光情绪的转变,未里转移了话题,"对了,今天中午一起吃饭吧。这是我第六次邀请你了哦!"

安藤光没有马上回应,在未里的再三"拜托"之下,才勉为其难地答应下来:"好吧。"

听着两人的对话,我的胸口又闷又疼,可是什么都不能说,什么都不能做,只能大口地吃着东西,忽然——

"喀喀喀……"因为吃得太快,糕点噎在喉咙里,我难受得连呼吸都变得困难起来。

"怎么了?是不是噎着了?"未里一边给我拍背一边拿起一个水杯递给我,"快喝口水,喝水就好了。"

我接过水杯,大口地喝水。过了好一会儿,呼吸才顺畅起来,我感激地看向她,说道:"谢谢。"

"不客气。"她朝我笑了笑,然后从兜里掏出一张纸巾给我,"很难受吧?眼泪都流出来了。"

眼泪?

我放下杯子,接过纸巾,伸手摸了摸脸,这才发现脸上全是泪水,被风一吹又凉又痒。

"没事。"

我摇摇头,笑着把脸上的泪水擦干,像是什么都没发生过一样。

"夏初星。"未里没有深究刚才的事情,而是拿起我桌上的作业本一个字一个字地念着,然后朝我眨了眨眼,笑着说道,"很好听的名字,我记住了!"

听到未里的夸赞,我感激地朝她笑了笑,把手上的水杯递还给她。我这才注意到,这竟然是安藤光的杯子!

我的脸"唰"地一下发烫。

还没等我从这乌龙事件中回过神来,安藤光接下来的举动让我的大脑彻底死机——他伸出手握住杯子,若无其事地拿起杯子朝自己的嘴边递去。

那是我喝过的水啊!

我目瞪口呆地看着杯子离他的嘴唇越来越近,心里有根弦越绷越紧。

安藤光在我和未里的注视下,把杯子递到嘴边,毫不犹豫地喝了一口水。

"啪!"

我心里那根紧绷的弦突然断了,全身的血液瞬间沸腾起来。

我用他的杯子喝水,他又喝我喝过的水……那么……那么我和他……

不就是……

间接接吻?

当这个想法在我的脑海里浮现出来时,我的心失去控制地加速跳动起来,脸上的红晕如海潮般朝四周蔓延,直到耳朵、脖子都变成和脸相同的颜色。

他知道自己在干什么吗?

我收回还停留在半空中的手,涨红着脸怔怔地看向他,他却只是若无其事地继续喝着水。

我已经死机的大脑失去了正常的思考能力,还没等我理清眼前的状况,安藤光手里的杯子就被人拿走了。

"我也喝一口,吃多了点心,口好渴啊。"未里说完,便"咕噜噜"地喝起水来。

未里喝完水,随意地把杯子放到安藤光的桌子上,动作自然得就好像这是一件很平常的事情,只是脸上的笑意似乎比刚才更浓了,继续欢快地跟安藤光说着什么。

我脸上的红晕早已消失,为自己刚才的想法感到可笑。明明只是一件很普通的事情,我到底在妄想什么?用同一个杯子喝水又能代表什么?未里不也用了他的杯子喝水吗?夏初星,收起那些不该存在的妄想吧!

外面大雨还在"哗啦啦"地下着,玻璃窗上流淌着一条条蜿蜒的水流,阻碍了视线,只能看见一个模糊的世界。

"啊,快上课了。"未里说着,把那堆特产塞到我怀里,"好东西就留给懂得欣赏的人吧,再见啦,夏初星。"

说完,她对安藤光做了个鬼脸,匆匆地跑出了教室。

虽然知道是因为安藤光不喜欢甜食,未里才把这些都给我的,可是我仍觉得开心。第一次听她唱歌的时候,我就喜欢上了这个像鹰一样自由率真的女生。

没想到竟然可以和她成为朋友呢。

我抱着一大堆点心,自始至终没有再看安藤光一眼。

我害怕一看见他,心里又会冒出不切实际的想法。这种如鸵鸟般可笑的逃避方法虽然笨拙,却很管用。

第四节课的时候,大雨已经停了,窗玻璃上还留着一颗颗小水珠,太阳把云层撕开一道口子,露出刺眼的光。

当下课铃声响起的时候,班上一些同学便迫不及待地冲出了教室,快速朝食堂跑去。没多久,安藤光也站起来,跟随人流走出了教室。

看着他的身影消失在教室门口,我无力地趴在课桌上。窗外的树叶上还残留着雨水,反射出的光落进眼底,刺得我的眼睛一阵疼痛。

"对了,今天中午一起吃饭吧。这是我第六次邀请你了哦!"

"好吧。"

上午他和未里的对话还在我的脑海里回响,我揉了揉眼睛,今天的光线有点儿刺眼啊,老是觉得眼睛酸酸的。

忽然,我的视线里出现了金泽的脸,毫无防备的我吓了一大跳。

金泽正蹲在地上,双手扶着桌沿,下巴抵着桌面,歪着头眨巴着眼睛,笑得一脸

无害。

"金泽!"我恼怒地喊出他的名字,无视他的卖萌,"你能不能用正常的方式出现?"

"我叫了你几声,你一直没反应,我有什么办法?"他无辜地解释着,眼睛睁到最大,"我从楼上特意跑下来找你,你还这么凶。"

估计是我刚才一直在想安藤光的事情,所以没听见。

金泽现在的样子让我的汗毛都竖起来了,一个将近一米八的大男生,毫无顾忌地卖萌,这样真的好吗?

"你……你能不能正常一点儿?"我打了个寒战,身体朝后仰,努力拉开和他的距离。

这样的金泽太可怕了!

"遵命!"

他朝我敬了个礼,一脸严肃地站起来,可是没多久脸上的表情就绷不住了,抿着嘴笑起来。他的笑容就像雨后的天空,有一种沁人心脾的清新感。

"是不是觉得不饿了?"他的笑容更灿烂了,接着装出一脸严肃的样子,说道,"我记得有个词叫'秀色可餐',你盯着我看了我这么久,肯定已经饱了。"

我无语地看着他,他立马大笑起来:"哈哈哈,我跟你开玩笑的,看你刚才愁眉苦脸的,就逗逗你啦!"

我心里一暖,金泽虽然看起来大大咧咧,可是心思比很多人都要细腻。

我装作无奈地朝他笑了笑。

"你们快看,夏初星旁边的那个人好像是三班的金泽!"

"是啊,是治愈系暖男,光看他的笑容就觉得好温暖!"

"夏初星怎么会认识他?我也好想在他旁边被他治愈一下。"

"他们是一个画室的啦!你不知道,有安藤光和金泽在的画室,颜值可是历史最

高哦！"

……

教室里还没有去吃饭的女生叽叽喳喳地议论着，而作为当事人的金泽听得喜笑颜开，故意朝那群女生眨了眨眼睛，女生们很给面子地尖叫起来。

我很无语，趁他向别人抛媚眼的当儿，迅速跑出了教室。

"夏初星，你等等我啊！"

我刚跑出教室，身后就传来金泽的叫声。

没多久他就追上我，一边走一边不开心地朝我抱怨："干吗不等我？让我很没面子呢！"

"金泽。"我停下脚步，认真地看着他。

"怎么了？"

"你以后不要到我们班来找我了，好吗？"

"为什么？"他吃了一惊，随即收起脸上嬉笑的表情。

"因为……"我垂下眼帘，无奈地说道，"我不想成为大家的焦点。"

自从看了未里的表演之后，我也希望能够像未里那样获得别人的欣赏，也努力让自己不像以前一样总是一副苦恼的样子，可是每次金泽来教室找我，我就会成为焦点，受到大家的排挤。

"初星。"金泽的声音变得低沉，脸上的神色也变得认真起来，"你不要活在别人的眼光里，应该像未里一样按照自己的意愿自由地生活，毕竟人生是你自己的。"

金泽竟然会说出这样的话？

我讶异地睁大眼睛。微风吹动金泽的头发，从眉眼前扫过，他那温柔的眼神仿佛能够驱散我内心的寒冷和黑暗。

"初星，你应该更快乐一点儿，不要为别人而活。"

是啊，我只记得未里受到大家的喜欢，却忘了大家喜欢的是按照自己意愿生活的

未里。我要学会的不是怎么赢得大家的喜欢,而是要学会怎么轻松自在地生活。

想通之后,压抑的心情一扫而光,我微笑着迎上金泽的笑脸。

刚下过雨,地面还没有干透,一阵风吹来,带着一股雨后独有的清新味道。

"快点儿走啦。"他抓着我的手臂,将我朝前拖去,"你不饿,我还饿呢,再磨蹭下去,食堂就没菜了!"

被雨水洗过的树叶翠绿如新,堆积的积雨云舒展开来,点缀着湛蓝的天空。

我承认,一开始默许他接近,或许只是因为他是安藤光的朋友,可是现在我才发现,他真的是一个很好的朋友——

一个会让人觉得开心的朋友,一个值得珍惜的朋友。

"这根本就是辣椒炒辣椒嘛,肉这么一丁点儿,食堂太小气了!"

"四窗口打菜的大妈太坏了,是男生就舀一大勺,女生就半勺,重男轻女嘛!"

"你听说昨天杨木从菜里吃出一片指甲了吗?"

"啊!好恶心,你别说了!"

……

每天食堂里都在上演着同样的对话,不知道为什么食堂的菜永远都达不到大家期望的水准,就算食堂门口的意见簿写满了大家的意见,也还是没有任何改变。

我好不容易和金泽买好饭,从拥挤的队伍里挤出来,才发现买饭的队伍已经快排到门口了。

"怎么每次和你吃饭,你都是吃土豆丝和豆芽这两个菜?"金泽一边端着盘子找座位,一边皱着眉头问我。

我抿了抿嘴唇,没有看他,假装认真地在人群中寻找空位:"我喜欢吃这两个菜啊。"

其实是因为拮据的生活费,我必须尽量省出钱去买画画的用具。

"是吗?"

他微微皱起眉头,想要说什么,但还是忍住了。

我拽了拽他的衣服,故意转移话题:"你长得比较高,快看哪里有座位啊!"

"好啦,我在找!"金泽没有再追究,伸长脖子四处张望着。没多久,他忽然睁大眼睛,双眼放光地指着前面,说道:"走,去那边!"

"嗨,阿光!"刚走了几步,金泽就大声地招呼起来,爽朗的声音在我耳中却犹如一道惊雷炸开。

安藤光!

我立即抬起头来。

即使隔了一段距离,即使许多同学来来往往,可我还是第一时间就发现了他。他正低着头吃饭,额前的头发长了一点点,低头的时候已经盖住了眉眼,整个人的气场比以前更加冷冽了。

他听见金泽的声音,抬起头朝我们看来。看见我的一瞬间,他眯了眯眼睛,可是下一刻他就移开视线,招呼道:"阿泽。"

"阿光,我们来凑个位子,人实在太多了。"金泽笑嘻嘻地朝安藤光走去,我却呆呆地站在原地。

明明看见了我,却移开视线,是代表讨厌我吗?

我手里端着的餐盘变得沉重了,我垂下头看向油腻的地板,连抬起脚的力气都没有,更不用说朝他走过去了。

"初星,怎么不动啊?"

走到一半的金泽停下来,回过头疑惑地看着我。

我刚想找个借口溜走,坐在安藤光身边的未里朝我欢快地喊道:"初星,快过来,快过来!"

面对热情的未里,我只得硬着头皮朝前走去。

空气中夹杂着油腻的味道,地板上是永远也拖不干净的油光,处在这样油腻的环境里,我连呼吸也变得艰难起来。

离安藤光越近,我的呼吸就变得越困难。我正准备在未里的旁边坐下,可是未里旁边的座位偏偏被金泽占了。

我愣了一下,看着安藤光旁边唯一空着的座位,虽然心里有一万个不愿意,但还是低着头忐忑地在他旁边坐下。

"未里,我看过你们乐队的第一场演出哦!"刚坐下,金泽就开始跟未里聊起天来,爽朗的声音里带着一丝兴奋。

"我好像见过你。"未里的语气带着困惑,思考一会儿后,她恍然大悟地说道,"你是当初和初星一起帮我说话的男生吧,谢了哦!"

"湿湿碎啦(小意思啦)!"金泽用不标准的粤语自我介绍着,"Hello,靓女,我叫金泽(你好,美女,我叫金泽)。"

"哈哈,你说得怪模怪样的!"未里被金泽蹩脚的粤语逗笑了。

有金泽在这里耍宝,气氛变得轻松许多,我松了一口气,装作若无其事地吃起饭来。

未里开心地笑着,而金泽的视线一直停留在她的身上,嘴角的笑容温柔得像要滴出水来。

我不由得想起金泽当时带我去看未里表演时的样子,看来金泽对未里不仅仅是欣赏那么简单,金泽……该不会是喜欢未里吧?

想到这个可能,我不由得勾起嘴角。

我的视线稍稍朝安藤光的方向移了一点点,视线里终于出现安藤光的身影。他最近好像没有休息好,脸色看起来比较差,眼睛下面还有一团淡淡的青色,下巴也比以前尖了。

看着这样的他,我忍不住心疼,怎么就不好好照顾自己呢?

"金泽,金泽……"未里的声音让我回过神来,她低声念了几遍金泽的名字,眉头微皱,像是在回忆什么,"你的名字有点儿熟悉,好像在哪里听过。"

"应该是在梦里。"金泽一本正经地回答道,可是看到未里一脸茫然的样子时,严肃的表情瞬间崩坏,朝未里眨眨眼睛,"我在梦里对你说过我的名字啊。"

我无语地看着金泽,这家伙开起玩笑来果然没有正形!

"什么嘛!"未里哭笑不得地看着金泽,"我是真的听过你的名字,谁跟你开玩笑啦!"

"好啦好啦,不闹了。"金泽笑得眼睛眯成了一条缝,语气温柔得像是在哄小孩,"我又不像阿光那么有名,你不可能听过我的名字。"

听见金泽提到自己,安藤光抬起头看了一眼金泽,向未里介绍道:"他是上届省绘画赛的冠军。"

很简单的一句话却让我的心忍不住抽搐一下,我永远记得就是那次比赛之后,我的人生发生了天翻地覆的变化。

也不知道是不是心理作用,在安藤光说出这句话之后,我感觉周围的气氛变得凝重起来。

"对哦,我想起来了,学校广播里说过。"未里没有感受到此时气氛的变化,一副恍然大悟的样子,然后冲金泽竖起了大拇指,"真厉害!"

"我只是运气好。"金泽并没有因为未里的夸奖而开心,笑容反而僵住了。他眼神复杂地看了一眼安藤光,才继续说道:"你旁边的人才是真的厉害。"

他怎么了?

我隐约察觉到金泽的不对劲,却不明白他的情绪为什么突然变得这么消沉。

"我知道,天才少年画手安藤光嘛!"未里戳了戳安藤光的手臂,坏笑道,"你可是全校女生暗恋的对象哦!"

"那个比较适合阿泽。"安藤光说着,夹了一筷子菜慢慢咀嚼着。我们本来以为

他是在说"天才少年画手"的称号,可是他突然话锋一转:"暗恋对象什么的。"

明明是搞笑的话,从他嘴里说出来却多了几分冷笑话的感觉。

"你这是明显的嫉妒!"金泽马上恢复了生气,夹起一块肥肉丢进安藤光的餐盘里,哇哇大叫着,"我连恋爱都还没有谈过好不好!"

虽然金泽依然嬉笑着,但是我隐隐觉得哪里不一样了。

安藤光看着金泽丢过来的肥肉,嘴角微微抽搐,皱着眉头把肥肉挑了出来。看来他是真的很讨厌肥肉,难得见到他脸上的表情这么丰富,金泽和未里都幸灾乐祸地大笑起来。

我静静地看着他们三人,觉得自己有些多余。从开始到现在,我就像是空气一般,看着他们开心地互动,看着他们嬉笑打闹,从头到尾都没法开口。明明就坐在他们的身边,却觉得自己离他们好远。

我失落地看着餐盘里的饭菜,用筷子一下一下地拨动着土豆丝,忽然觉得什么都吃不下了。

虽然他们三个没有刻意做什么,但是三个发光体聚在一起的画面已经足够美好,仿佛一张清新的电影海报。来往的同学经过我们这一桌时,都忍不住放慢脚步朝他们三人看过来。

我把头埋得更低了。

发光体才是一个世界的人,而我只是如尘埃一般渺小的存在。

有时候想想,自己到底哪来的勇气,敢站在他们的旁边,明明他们的光芒会让我显得更加暗淡。

可是为了那一丝温暖,为了能够离他近一点儿,我仍眷恋着,舍不得离开。

我夹起一根土豆丝,食不知味地嚼着,视线却忍不住朝安藤光投去。

就像是无论相隔多远的距离,地球始终会围绕着太阳旋转一样,无论和他相距多远,我总是会忍不住被他吸引。

感觉到我的视线,安藤光忽然朝我看了过来。他张开嘴想要和我说什么,我却心慌地移开了视线。

我害怕从他的嘴里听到我不想听的话,比如要给我介绍男朋友。

"今天的菜好咸啊,有机会你们跟我去广州,我带你们去吃好吃的。"恰好未里开始大声抱怨,打断了安藤光的动作,又让我逃过一劫。

"到时候不许耍赖哦。"金泽笑眯眯地看着未里,右手懒懒地托着下巴,"我可是很想看看未里长大的地方是什么样子。"

"没问题。"未里比画出一个"OK"的手势。

金泽心满意足地点点头,忽然站起来,在我们诧异的眼神中,笑容满面地说道:"你们要喝什么?我请客!"

好好的为什么要请客呢?我若有所思地看着金泽,视线移到他旁边的未里身上时,才恍然大悟。

是因为刚才有人说菜咸吧……

想到这里,我不由得笑起来,金泽果然比任何人都要细心体贴呢,做他的女朋友一定很幸福。

"我要喝可乐。"未里第一个积极响应,然后看了一眼冷着脸的安藤光,"阿光也喜欢可乐,我知道的!"

金泽神色一暗,可是随即又恢复了笑嘻嘻的模样。

原来安藤光喜欢喝可乐啊,我却完全不知道。现在才发现,关于他的事情,我知道得太少了。

"初星,你呢?"见我一直没有说话,金泽看向我问道,"你要喝什么?"

"我……随便吧。"我压抑住内心的难受,敷衍地回答道。

"好,那也喝可乐吧!"金泽应了一声。

"等等。"在金泽准备离开的时候,安藤光忽然出声,"未里,你跟阿泽一起去

吧,他一个人不能拿四瓶饮料。"

"我……"金泽刚说了一个字,忽然想到什么,笑着说道,"我可真的拿不了,未里,拜托你了。"

未里点点头,站起来陪金泽一起去了。

他们两个一走,只剩下我和安藤光单独相处。我感觉周围的空气都变得凝重起来,在这极度尴尬的气氛中,我只好一直盯着金泽和未里离开的背影。

他们一路上有说有笑,金泽忽然温柔地揉了揉未里的头发,未里却不满地拍开金泽的手,而金泽笑得更加开心了。

这样轻松的金泽,只有在未里身边时才会出现吧?

"夏初星。"我还在替金泽高兴的时候,安藤光的声音唤回了我的思绪。

我慢慢转过头,他正凝视着我,眼眸流光溢彩,让我的心不受控制地悸动着。

"嗯?"我装作若无其事,努力让自己平静下来。

我知道他刚才是故意支开未里的,他到底要做什么呢?

想到这里,我不由得期待又紧张起来。

"别看了,我有事问你。"他脸色一沉,语气里带着些许不满。

我看什么了?金泽吗?难道他是因为我一直在看金泽而不开心?想到这种可能性,我的心情忽然好转。

"你和金泽的关系好像很好?"他淡淡地问道,语气里不带任何情绪,我却感到开心。既然他问起来,那么就代表他在乎我和金泽的关系……

我轻轻地点点头,心里忍不住欢欣雀跃。

"金泽是我从小玩到大的朋友。"提到金泽,他的语气柔和了一些,可是随即好像想到什么似的,又变得冷淡起来。

我当然知道他是你的好朋友啦,要不然一开始我也不会那么轻易让金泽走进我的世界。我笑了笑,等待着他接下来的话。

第五章 【象限】

"他很开朗,对朋友也很仗义,又很细心。"他的眼神有些复杂,我看不透彻,"是个很招人喜欢的人。"

"对啊,他真的很好呢。"我顺着他的话说道,同时期待着他接下来的话。

"那……"他好看的嘴唇微微张开,凝视着我,"你喜欢阿泽吧?"

你喜欢阿泽吧?

当这句话完整地传达到我的大脑时,我震惊得睁大了眼睛,回不过神来。他特意支开所有人,就是为了问我这句话吗?

问我是不是喜欢金泽?

眼前仿佛升起浓浓的大雾阻挡了我的视线,我定定地看着他,连眼睛都忘了眨。

他……他竟然认为我喜欢的人是金泽?

我喜欢的男生以为我喜欢别的男生。

我那么喜欢他,可是他完全感觉不出来,我觉得自己就像一个天大的笑话。

阳光从窗外照了进来,却没有带来舒适的温度。

安藤光看着我脸上的神情,眉头微微皱起,好像在思考我为什么会有这个反应。

我慢慢闭上眼睛,把将要流出的眼泪都逼了回去,再次睁开双眼的时候,眼睛干涩得没有一丝水分。

"金泽是很好,跟他在一起应该会很幸福。"我没有直接回答他的问题,只是低下头机械地吃着饭。

我不想再看他,怕再看下去我会哭。

"象限是以原点为中心,X轴和Y轴为分界线。右上的称为第一象限,左上的称为第二象限,左下的称为第三象限,右下的称为第四象限。"数学课上,老师指着黑板上的象限图讲解着。

我看着黑板上的象限图,脑海里浮现出一个奇怪的想法:如果X轴代表优秀,Y轴

代表人缘，那么安藤光、未里、金泽他们一定是第一象限的，而我则是与他们相对的第三象限的。

就像是一个不会发光的人，本想站在闪闪发光的人身边，让自己变得显眼一些，可是没想到反而湮没在他们耀眼的光芒里。

即使每天上课时安藤光还是坐在我的身后，即使每天画画时他依然坐在我的身边，可是明明隔着那么近的距离，我却觉得我们处在两个世界。

下午放学后，我坐在画室里，一边拿着调色盘调色，一边胡思乱想着。画室里只来了一半同学，身边的两个位子都是空着的，金泽和安藤光都没有来，他们的画板上还钉着昨天画的素描人像画。

准确的构图，黑白灰的层次完美地展开，从头发到五官再到衣领，都进行了非常完美的刻画，每个小细节都被他们处理得非常好。

再看看自己的画，构图还算准确，黑白灰层次也表现得不错，但是在刻画五官的时候，受伤的手就无法胜任了。

我失落地叹了口气，心里忍不住一阵难过，如果一年前没有出车祸，我也不至于离他们那么远吧。

我把视线从他们的画上收回，一边调着颜料，一边朝其他人的画看去。

看了几幅画后，我的视线不经意落在不远处正对着镜子左照右照的女生身上，她的嘴唇上涂了亮晶晶的唇彩，头上别了一个水晶蝴蝶发卡，看起来像是精心打扮过。

尽管精心打扮过，可女生还是忐忑不安地询问身边的朋友："小水，你快帮我看看，我的妆怎么样？"

"美啦美啦！"叫小水的女生听到她的话，回过头给予她一个肯定的答复，接着抬起头朝画室门口张望着，像是在等待着什么。

她们在干什么？

我好奇地看向她们。

"来了来了,快准备!"随着小水的低呼,门口传来一阵由远及近的脚步声,气氛骤然紧张起来。

可是……这个脚步声好熟悉,难道是他?

果然,就在他走进画室的时候,女生激动地冲到他的面前,双手举着粉色的信封,脸颊通红地问道:"安藤光,我喜欢你,你可以和我交往吗?"

整个画室安静下来,这是第一次有人这么大胆地当面对安藤光表露心意。所有人都把视线投向站在门口的安藤光,等待着他的回应。

阳光从他身后照过来,强烈的光线让人看不清他脸上的表情。

看着闪闪发光的他,我苦笑着告诉自己,无论他答不答应,都和我没有关系,因为我和他从来就不是一个世界的人。

"对不起。"他毫不留情地拒绝,明明只有几十秒,可是对我来说,就像是经过了几个小时那么漫长。

我松了一口气,发现手心里全是颜料,原来自己刚刚一直握着画笔的笔刷。

明明告诉自己和我无关,可还是忍不住担心。即使我骗得过所有人,也骗不过自己的心。

"我就知道他会拒绝,如果这么容易就接受才怪了。"

"你好意思说,刚才不知道是谁紧张得把笔芯都捏断了。"

"是笔芯的质量太差了,轻轻一碰就断了。"

……

虽然是意料中的拒绝,可画室里偷偷喜欢着安藤光的女生们都松了一口气。

"为什么不可以?"表白的女生不甘心地追问,"是我不够好,还是你现在不想谈恋爱?我可以努力变好,也可以等你!"

女生的话让大家再次把注意力放到安藤光身上。

在大家的注视中,他好看的嘴唇一张一合,像是放慢的镜头。

一个字一个字从他的嘴里说出,组成一句完整的话,却是一句任何人都没想到的话:"我已经有喜欢的人了。"

第六章 > 06
chapter

【冥王星】

是不是对他来说，我就是像冥王星一般的存在，从重要的位置上被除名，成了一个普普通通、可有可无的存在？

"啪——"

我手里的调色盘滑落下来,重重地掉到地上,颜料溅得到处都是,一片狼藉。我被安藤光的话惊到,无法反应,只是定定地看着他。

他的黑发被阳光染上一层光泽,脸隐藏在阴影里看不真切。

整个画室诡异地安静着,每个人的脸上都写满了惊讶。

安藤光微微转过头,视线扫过我,平时淡漠的眼神里此时包含着汹涌的情绪。

我回过神,低下头不再看他。

他有喜欢的人了?

我眨了眨眼,看着手上五颜六色的颜料,心里闷得慌,好像有无数朵乌云低低地压在心头。

原来他有喜欢的人了……

不知道那个幸运的人会是谁呢?

心里的乌云越聚越多,仿佛下一秒就要下雨了。

虽然我不知道他喜欢的人谁,但一定不是我。否则他不会说要给我介绍男朋友,不会对我视而不见,不会像现在这样一步步走出我的世界。

而且我也没有资格成为他喜欢的人,他是一个让众人仰望的发光体,而我只是一

个被人忽视的存在。

一个是闪耀的太阳，一个是暗淡的行星。

我着魔般不停地搓着左手，想把上面最刺眼的朱红色搓掉，可是搓着搓着，眼眶跟着红了起来。

"你说的……是真的吗？"表白的女生声音带着一丝哭腔。

"我有什么理由骗你？"安藤光的语气很淡，淡到没有多余的感情。

我不由得苦笑。是啊，以他的性格，如果不是真的很喜欢对方，怎么会亲口说出来呢？

"她是谁？"

面对女生的提问，安藤光不再回答，安静的画室里响起他的脚步声，他不急不缓地朝自己的座位走来。

"是不是经常来找你的那个未里？"女生忽然大喊道。

安藤光停下脚步，整个画室没有一丝声音，安静得似乎可以听见大家的呼吸声。他的眼里好像凝聚着白茫茫的雾气，让人看不透他此时的想法。

正当大家以为安藤光要说什么的时候，他却只是继续走到他的座位上安静地坐下。

在所有人诧异的目光中，他若无其事地换掉画纸，拿起铅笔开始描线，而表白的女生愣了几秒后，捂着脸哭着跑了出去。

我收回视线，低下头收拾被颜料弄脏的画具。画室安静了几分钟后，传来大家窃窃私语的声音。

"没有否认呢！"

"未里是谁啊？"

"就是末日乐队的主唱！上次他们乐队表演，她站在台上什么都没做，台下的观众就欢呼了两分钟！"

"你看安藤光平时谁都不理,却经常和未里在一起,说不定他喜欢的人真是未里。"

……

听着周围的议论声,我的心好像被人用力踩了一脚。我扯了扯衣袖,把不小心露出来的疤痕遮住,伸手捡起打翻在地的调色盘。

地面上,那些色彩斑斓的颜料混在一起,最终变成一团脏兮兮的黑色,就像我此时混乱不堪的心情。

好像每个人身上都有一块磁铁,人与人之间的关系就像是磁铁两端的南北极,同性相斥,异性相吸。想吸引你,还是想排斥你,只要掉转磁铁的南北极就可以轻松做到。

讲台上,安藤光正面对着黑板,写着数学题的解答过程,他的背影看起来挺拔而修长,如墨般的头发被阳光渲染出一点儿红棕色的光泽,身上穿着深蓝色的制服,浑身散发着拒人于千里之外的冷冽气息。

讲台下,大家一边目不转睛地看着他,一边窃窃私语着,内容不过就是"好帅啊""天才果然是天才",更多的是女生在惋惜"听说他已经有喜欢的人了"。

"我已经有喜欢的人了。"

我闭上眼睛,安藤光说过的话依然在耳边回响,我的心情像是丢进洗衣机里的衣服,干了又湿。

虽然这件事情已经过去几天了,可是大家每天都在热烈地讨论着。

看着讲台上的他,我深刻地明白,自己已经彻底退出了他的世界。

"嗡——"

放在裤兜里的手机振动了一下,我悄悄掏出手机。

发件人是未里:"初星,中午我们一起吃饭吧。食堂门口见哦!"

第六章

【冥王星】

  虽然未里是安藤光喜欢的人，可是对于她，我一点儿也恨不起来。因为她不经意间教会了我很多东西，让我知道什么是自由的生活，也让我找回了最初爱上画画时的心情。

  可是，未里为什么会突然约我吃饭？

  趁着老师不注意，我迅速回了一个"好"字。

  再抬头时，讲台上的安藤光已经做完题目，朝座位的方向走来。

  他从我的身边走过，带起一阵微风，空气里飘着淡淡的薄荷清凉味。

  午休的铃声响起，我急匆匆地朝外面跑去。跑到教室门口的时候，我忍不住回头看了安藤光一眼，他正低着头画着什么，应该又在设计房子吧。

  有时候我也很迷惑，不知道为什么我们之间会变成这个样子，曾经那么要好，现在却像是两个陌生人，就像一首老歌的歌词所说："我们变成了世上最熟悉的陌生人，今后各自曲折，各自悲哀。"

  心里隐隐难受起来，我收回视线朝食堂的方向跑去。

  远远地，我看见了站在食堂门口等着我的未里。她懒散地靠着墙，头微微低着，脚无聊地踢着地上的小石子。也许刚进行完表演，她那头栗色短发被梳成了帅气的大背头，长袖白衬衫的脖颈处松松垮垮地系着男款黑色领带，黑色短裙下穿着一双过膝马丁靴。

  她总是按照自己的想法自由地生活着，不会在意别人的眼光，做着自己喜欢的事情。这样的她，怎么会不让我羡慕，不让我喜欢？

  "未里！"走近之后，我笑着喊出她的名字。

  她抬起头，露出灿烂的笑容，冲过来给了我一个大大的拥抱："初星，好久没见你了！"

  感受着从她身上传来的温暖，我不禁鄙视自己，竟然因为安藤光而躲着她。

"你的脸色怎么这么差?"拥抱完之后,她仔细打量了我一会儿,皱着眉头看着我,"女生要好好照顾自己,不然会让关心你的人担心哦。"

"知道啦,谢谢你。"我不好意思地朝她笑了笑。

我心里一遍遍地回味着这句话,她说得没错,我要为爱我的人好好照顾自己。

每次我都能够从她的身上找到前进的方向。

食堂里的人很多,大家三五成群地围在餐桌旁,一边吃饭一边聊着各种话题。

未里悄悄指了指身后正兴高采烈地和朋友核对考试答案的男生,撇撇嘴小声说道:"受不了,这么爱学习就去教室吃饭啊!"

我好笑地看着未里孩子气的举动,心情也变得好起来。

"初星。"未里夹了一块排骨放进嘴里嚼着,像是不经意地问道,"你有没有喜欢的人啊?"

"啊?"我差点儿被饭菜噎着,哪有女生在说这种话题的时候,语气像是在问"下节是什么课"一样轻松。

"怎么了?"她丝毫不觉得有什么不妥,咬着筷子看着我,"反应这么大,难道是有喜欢的人了?"

说完,她揶揄地朝我挑了挑眉毛,暧昧地笑起来。

我立马低下头装作用心吃饭的样子,可是心里因为她的话而变得慌乱。她怎么会突然问起这个问题?难道她察觉到了什么?

想到这里,我的脑海里不受控制地浮现出那张让我觉得无比温暖的俊脸。

难道她真的发现了我对安藤光的心意?不会吧?

我慌张地躲开她的视线,塞了几口饭,默不作声。

短短的几十秒,我的大脑里飞速闪过许多想法,却想不到合适的解释,但未里说出了一句让我完全没想到的话:"我看你和金泽经常在一起,你们是不是一对啊?"

第六章

我吃了一惊，同时也松了一口气，原来她以为我喜欢的人是金泽啊。

"当然不是啊，你千万别误会。"我隐约察觉到金泽对未里的心意，可是金泽什么都不说，我也没办法说什么，只是不希望未里误会金泽，于是认真地解释道，"我和金泽只是好朋友。"

"好吧。"未里没有继续纠缠下去，低头扒了几口饭，然后抬起头语气愉快地说道，"我有喜欢的人了哦。"

我有一种不祥的预感。未里有喜欢的人？能够让未里看上的一定不是普通的男生，会是他吗？

我的心不受控制地悬到了半空中。

还没等我开口，她就继续说道："我喜欢安藤光。"

悬在半空的心重重地摔下，被砸得四分五裂，那一瞬间，似乎整个食堂都没有一丝声音，我只听见她说出的那句话——

"我喜欢安藤光。"

电风扇在头顶飞快地旋转着，周围的同学来来往往。

"初星，你在听我说话吗？"

未里伸出手在我眼前晃了晃，把我重新拉回了嘈杂的世界。我眨了眨眼睛，对她点了点头。

"一开始我只是因为他能和我说家乡话才跟他走近的。"她神采飞扬地讲述着，"可是后来，我对他越来越好奇。你知道吗？他看起来好像很冷漠，可其实是一个很温柔的人，跟他接触越久就越被他吸引，就越想离他近一点儿……"

我努力对未里微笑着，可是心底一片苦涩。

我怎么会不明白呢？我就是这样喜欢上他的啊！

"初星，我想站在离他最近的位置。"未里说了一大段话之后，用力呼吸了一下，脸上的神色认真而坚定，"我想追他！"

"你……你加油。"我简单地回应一句之后就不敢再看她,生怕她会发现我的异样。

其实我很羡慕未里,羡慕她的率真和勇敢,羡慕她可以轻易说出喜欢。同时我也很鄙视自己,鄙视自己懦弱胆怯,没办法像她一样坦率地说出心意。可是,即使我有勇气,也没有资格啊。

毕竟能配得上安藤光的,也只有像未里这样拥有出众外貌又同属发光体的人。无论怎么看,他们俩都很般配。

此时的我难过得连一个礼貌的微笑都维持不住,只能大口地吃着饭,借此来掩饰心里的难过。

不过,她好像不知道安藤光也喜欢她吧,要不要告诉她呢?

我悄悄地看了未里一眼,她正开心地吃着饭。

如果知道了这件事,他们会马上在一起吗?

我用力捏着筷子,心里犹豫着,但是如果不说,又太对不起对我掏心掏肺的未里了。

"未里……"犹豫片刻,我还是开口了,"我……"

"初星,你说我要不要写封情书啊?"未里出声打断我的话,她一边咀嚼着食物,一边征求我的意见,"写情书会不会显得老土啊?"

我一时没反应过来,过了几秒钟才笑着回答她:"怎么会……情书永远都不会过时的。"

原本准备跟她说的事,最终还是没能说出口。

明明应该祝福,应该为他们感到高兴的,可是我的心里非常难过。

原来我已经差劲成这个样子了……

"嗨,好巧啊!"我的肩膀被人拍了一下,我抬起头看见金泽和几个男生站在一起。他跟男生们道别之后在未里的旁边坐下,目光好奇地在我们之间来回打量:"你

们两个怎么会在一起吃饭?"

"我们怎么不能在一起吃饭?"未里一边吃饭一边回答,食物把腮帮子填得鼓鼓的,看起来很可爱,"女生有女生的话题啦。"

"什么话题啊?神神秘秘的。"金泽左手懒洋洋地托着腮,眼睛一直盯着未里。

我沉默地吃着饭,大脑还在消化刚才的事情。

"就是……"未里咽下嘴里的食物,毫不犹豫地回答道,"我们在聊喜欢的人啊。"

直白的回答让金泽愣了一下。

"金泽,刚才和你在一起的那些男生是你们班的吗?"听到未里的话,我急忙岔开话题。

如果金泽知道未里喜欢安藤光,肯定会不高兴吧。

可是,金泽被未里的话题勾起了兴趣,忽略了我的提问,饶有兴致地追问未里:"那你喜欢什么样的人啊?"

未里扬起灿烂的笑容,开心地描述起来:"嗯,长得很帅,人特别好,画画超厉害,好多人都崇拜他……"

听着未里的描述,金泽眼睛发亮,扬扬得意地挺直脊背。他满脸期待地听着未里继续往下说。

我在心里暗叫糟糕,金泽不会误会未里说的人是他吧?

"是吗?他真有你说的这么厉害?"金泽的眼睛越发亮起来。

"未里啊……"我手足无措,只能笨拙地对未里说,"你吃完了吗?吃完我们走吧。"

"还没呢,等一下啊。"未里的眼里闪烁着耀眼的光芒,她骄傲地对金泽说,"安藤光是你最好的朋友,他有多厉害还需要我来告诉你吗?"

未里的话音落下的一瞬间,金泽整个人像是被冰冻住一般,只剩下头发随风在眉

眼前扫动着。

"金泽。"我张了张嘴,想说些什么安慰金泽,可是喊出他的名字后,就什么话都说不出了。我连自己都安慰不了,又怎么去安慰别人?

金泽听到我的声音,眨了眨眼睛,缓缓地转过头来看我,似乎在向我求证刚才未里说的话。

我不忍地移开视线,我知道他的心情,知道他的感受,可是我无能为力。

食堂里吃饭的人渐渐减少,周围出现几张空的餐桌。

"喂,你们怎么了?怎么看起来怪怪的?"大大咧咧的未里终于察觉到气氛不对劲。

"原来是他啊。"金泽的声音意外的平静。

我诧异地看向他,明明那么失望,为什么还要装作没事的模样?

"对啊,我要追他哦!"未里感受不到这些微妙的情绪,忽然伸手抓住金泽的手臂,满眼期待地看着他,"你和他不是从小就认识吗,你帮我好不好?"

他一定很难过吧,自己喜欢的女生要他帮忙追他的好朋友。他的难过我感同身受,却也无能为力。

"怎么了?如果觉得为难就算了,没关系啦。"未里见金泽迟迟没有答应,有些尴尬地收回手。

金泽长长的睫毛扇动着,脸在红发的衬托下显得异常白皙。他脸上的笑容完美得像是精心雕琢的面具,我听到他小声地说了一句:"好。"

我皱着眉头看向他,虽然他掩饰得很好,可是我清晰地感觉到他那一个"好"字带着颤音。

"我就知道你会答应!"未里拍了拍金泽的肩膀,她从头到尾都没察觉到气氛微妙的变化。

偶像剧里总会上演"喜欢上一个不喜欢自己的人,因此痛苦挣扎"的桥段,每次

看到这种桥段，我总是天真地想，如果是我，一定会洒脱地放手。

可是当这一幕真的出现时，我才知道有些东西不是想舍弃就能舍弃的，忍痛放手的无奈和悲伤是如此绵长。

放学后，我站在教学楼前的大树下，无聊地看着天边浮动的云朵，夕阳的余晖从云后斜斜地落下，整个校园被染上一层暗红色。一阵风吹来，枯黄的树叶从树上飘下，在空中转了几圈之后落在地上。

"初星！"远远地，金泽笑着朝我跑过来，暗红色的头发在夕阳下显得格外耀眼。

"等很久了吧？"他气喘吁吁地跑到我的面前，一脸不爽地抱怨着，"都是教数学的老头子一直拖堂！"

我笑着朝他摇摇头，示意没关系。

"你等一下，我找个东西。"金泽说着，走到旁边的灌木丛中，低头寻找着什么，时不时拨动着树枝，绕了一圈之后低喃道，"奇怪啊，应该在这里，怎么不见了呢？"

"你在找什么啊？"我疑惑地看着他。

"一个速写本。"金泽一边弯着腰寻找一边回答我，"我中午在这里练画，走的时候忘记拿速写本了。"

"要我帮忙吗？"我说着便准备过去帮忙。

"算了。"金泽忽然直起身子，视线没有焦点地落在灌木丛上，深吸了一口气，"丢了就丢了吧，反正也没用了，留着也只是作纪念而已。"

说完，他走了过来，脸上带着淡淡的笑容。

虽然他嘴上说得很轻松，但速写本一定很重要吧？

我担心地看了他一眼，他既然不愿意多说，我也不好多问。

天边，夕阳已经沉下地平线，学生们差不多走光了，偌大的校园空得让人觉得孤寂。

"今天的练习又是画头像素描，都画了两个星期了，我都快画吐了。"金泽双手放在脑后，脚步懒散地边走边说，"我要找个时间和老西好好谈谈心，他安排得太不合理了。"

"算了吧！"

我白了金泽一眼，他说的"老西"自然是教我们美术的西老师。

"你以为我不敢吗？我才不怕他！"金泽撇撇嘴，可是有点儿底气不足。

"是吗？"我好笑地看着他，揶揄道，"我可记得上周有个人不想画素描，擅自交了水彩画上去，可是结果呢……"

"什么结果？我不记得了啊……"金泽侧过头不看我，但是语气里的懊恼出卖了他。

"我记得啊。"因为金泽的到来，我原本低落的心情慢慢变得开朗起来，我笑眯眯地看着他，"那个人被西老师罚画五张素描图，而且没有画完就不准走……"

"好了，不准说了！"金泽气势汹汹地瞪着我，脸上却出现了可疑的红晕。难得啊，他竟然也会不好意思。

"那个人以为西老师只是随便说说的。"我跳开两步保持安全距离，继续调侃他，"谁知道西老师把他反锁在画室里……"

金泽听了我的话，凶巴巴地瞪着我，可是跟他熟悉了之后，我根本不怕他。

"对了，那个人被关到几点来着？"我故意问他。

想到他画到半夜12点才被放出来，我就觉得特别好笑："嗯，我有点儿记不清了。"

"记不清你笑什么？"金泽眼底闪过一丝疑惑，不过马上就明白我是故意打趣他，恼羞成怒地瞪着我，"不准笑！"

可是看着他这副尴尬的样子，我的笑声忍不住越来越大。

"夏初星！"他咬牙切齿地喊出我的名字，跑过来想要揪我的马尾辫。

我躲过他的手，朝前跑了几步，继续弯着腰朝他大笑。他朝我挥挥拳头，一副快要抓狂的样子。

忽然，他身后的一排路灯亮起，从第一盏开始，一盏一盏地迅速朝后方蔓延着。暖黄色的光像是海浪一般朝后方漾开，画面神奇得像是施了魔法。

我的笑容更深了，我抬起头指向金泽的身后，想和他分享这个漂亮的画面，可是下一秒我的手就僵硬地停在半空中。

暖黄色的背景下，穿着制服的黑发男生和一个同样穿着制服的短发女生从右边的路口走过。

即使是普通的制服，他们穿着也格外好看。

男生不急不缓地朝前走着。他旁边的女生一直仰着头看着他的侧脸，正说着什么，眉眼弯弯。

在他们出现的那一刻，整个画面都亮了几分，像是被他们身上所散发出的光芒照亮了。

我收回手，定定地看着他们的身影，所有的好心情都在这一瞬间消失不见，心里重新升起潮湿的雾气。

"怎么了？你这是什么表情？"见我一直没说话，金泽走过来，趁机捏我的脸作为报复。

远处，安藤光朝我的方向看了过来。昏暗的光线下，他的脸色显得更加阴沉。

未里像是察觉到安藤光在看什么，顺着他的视线看过来。

安藤光忽然顺势揽住未里的肩膀，指了指前方，不知道说了什么，未里开心地点点头，两人加快脚步离开了。

是故意避开的吗？

  我难过得紧紧地咬着下嘴唇,他有这么讨厌我吗?讨厌到明明看见了却故意避开的地步?

  "初星,你在看什么?"

  金泽察觉到我的异样,松开手,转过头顺着我的视线看去。那两个身影已经变小了,可是我知道他一定也认出来了,因为他脸上的笑容一点点消散,就像下雨前忽然变化的天空。

  微风吹来,钻进衣领里,我竟然感到一丝凉意。

  "我们走吧!"当他们的身影消失在视线里时,我终于回过神,装作若无其事地拍了拍金泽的肩膀。

  他没有说话,仍看着他们消失的方向,平时闪亮的双眸此时暗淡无光,看起来很失落的样子。

  我张了张嘴,想说点儿安慰的话,可是什么都说不出。

  有些话说起来容易,做起来太难,例如,要我放下安藤光,重新去喜欢一个人,我不知道怎样才能做到。

  除非记忆被清零,除非一开始就没有遇见。

  "其实很正常吧,毕竟对象是安藤光。"金泽忽然开口,视线移向我。

  我没听明白金泽的话,静静地等待着他接下来的话。

  "阿光这么优秀,无论是专业课还是文化课都比我强……"金泽的眼里蕴含着不甘,嘲讽地扬起嘴角,"只要把我和他放到一起,每个人都会选他,我已经习惯了。"

  虽然他嘴上说着习惯了,可是心里不甘心这么想。

  "不是的!"我否定了他的话,坚定地说道,"你很厉害!"

  "是吗?"金泽有些怀疑地看着我。

  "你是你,安藤光是安藤光!"我直视着他的眼睛,认真地说道,"你有着他所

没有的优点,你比他开朗,人缘也好。你的素描画在细节刻画上就比他强,还有很多地方你都比他更厉害。"

"真的吗?"金泽注视着我,灯光落进他的眼底。

"嗯。"我朝他用力地点头,表示对他的肯定。

虽然在我的心里,安藤光是很厉害、很优秀的,可是金泽也有很多地方比安藤光做得更好,这是不可否认的。

金泽没有再说话,眼睛变亮了几分。

到画室的时候,人差不多已经到齐了。

像是有心灵感应一样,我刚走进去,原本低头削铅笔的安藤光正好抬起头。我们的视线毫无预兆地在半空中相遇,还没等我反应过来,他就迅速低下头,继续削铅笔。

为什么要一而再再而三地装作没看见我?难道我的存在对你来说已经毫无意义了吗?

我苦笑着,却发现应该在音乐教室练习的未里正坐在我的座位上跟安藤光说着话,脸上挂着灿烂的笑容。

我缓慢地朝自己的座位走去,却发现每一步都变得很沉重,仿佛自己的存在是多余的。

"夏初星!"

当我的内心倍受煎熬的时候,季然走过来叫住我。

"这是昨天的作业。"季然手里拿着两幅画。

每次西老师要求我们把画交给他之后,第二天都会写上点评发给我们。

"这是你的,这是金泽的。"季然一只手拿着一张画,分别递给我和金泽。

看着面前并排放着的两幅画,我的心里很不是滋味,我还是比金泽差很多啊。

"哇,你看夏初星的画和金泽的放在一起,简直惨不忍睹啊!"身后走过来两个同学,看见并排放着的两幅画,忍不住嘲笑起来。

"你仔细看,夏初星的分数竟然是A,而金泽也只得了A＋啊!"另一个人马上回应道,"明明差这么多,评价却很接近。"

听着两人的对话,我这才朝右上角看去,果然上面有一个小小的字母A。怎么回事?我怎么会得A?以前一直都是最差的F啊。

"就是,西老师也太偏心了吧!"

"那幅画怎么可能得A!我才得C啊,不公平!"

……

离得近的同学都发现了这件事,顿时愤愤不平地议论起来。

我抿了抿嘴唇,什么都说不出。他们说的是事实,昨天画的是水彩画,明明画的是一样的东西,差不多的角度,可是我的画真的比金泽差太多,我也不知道西老师为什么要给我这么高的分数。

这时,一阵熟悉的脚步声传来,只见安藤光面无表情地提着一袋垃圾朝门口走来。

他会替我解围吗?我定定地看着他,心里不由得燃起一丝希望。

正当我的注意力都集中在安藤光身上时,身旁的金泽忽然笑出声,嘴角浮现出一抹讥刺的笑容,看向周围的同学:"你们都觉得夏初星的画很差吗?"

"阿泽,你别这么说,初星已经很努力了。"季然笑容甜美地看着金泽,声音刚好让周围的人听到,"她也不想画成这样啊。"

"别搞错了,我觉得夏初星的画很好。"金泽瞪了季然一眼,拿过我的画,在众人面前展示了一圈,"要我说,得A＋也不过分。"

季然的眼里闪过一丝懊恼,可是随即她又笑了起来:"阿泽,你别因为和初星关系好就偏心呀。"

第六章 06
【冥王星】

"你们仔细看,虽然细节画得不够好,可是整幅画非常有味道。"金泽没有理会季然,认真地解释着,"你们不觉得她的这幅画会说话吗?它在说它很开心。"

"你这么一说,我就明白了。"一个男生挠了挠后脑勺,疑惑地问道,"看到这幅画的时候我就觉得很开心,好神奇啊,为什么会这样?"

"那是因为夏初星在画它的时候把自己的心情也画进去了。"金泽环视了一圈周围的同学,语气带着一丝骄傲地说道,"真正优秀的画并不是简单地用线条来表现就可以的。"

"以前安藤光好像也说过类似的话,是一样的道理吧。"

"可我还是觉得她的画不好看,凭什么她拿A,我才拿C?"

"因为你的画不会说话啊,哈哈哈!"

"她的画再会说话,也改变不了难看的事实!"

"是你的境界太低了,根本理解不了什么是好画。"

……

众人听了金泽的话,低声议论着,而季然脸上的笑容变得尴尬起来。

我看了一眼为我说话的金泽,心里淌过一丝暖流。当全世界都否定你时,还有一个人认可你,这种感觉真的很温暖。

可是,为什么这个时候给予我认可的只有金泽?

安藤光,你呢?因为有了喜欢的人,所以我对你来说已经是无关紧要的人了吗?

我紧紧地咬着嘴唇,一遍遍地安慰自己,算了吧,这就是答案。

"你们不觉得夏初星的画比一开始好了很多吗?"金泽继续说道,"一开始她连基本的轮廓都画不准,可现在只有细节的地方画不好了。你们有人赶得上她的进步速度吗?"

"好像是哦,已经比一开始好太多了。"

"可她的画还是很难看,拿A也太勉强了吧。"

"说不定是西老师看她这么努力,可怜她,打了一个同情分。"

"阿宏,你这是嫉妒吧?"

……

金泽说完,有人认可,当然也有人反对。

看着大家的反应,我紧紧抿着的嘴唇慢慢松开了,本来失落的心情也渐渐好转。虽然只得到了一部分人的认可,可是我已经很开心了。

我并不是在乎其他人的眼光,只是努力获得别人的肯定时,那种感觉真的特别好,就像冬天喝了一杯热乎乎的奶茶一样,心里又暖又甜。

金泽露出得意的笑容,仿佛大家是在认同他一样。

"所以说,夏初星是绘画天才。"他的语气有些夸张,可是这次大家都没有反驳。

正当我被金泽的话弄得哭笑不得的时候,走到门口的安藤光忽然回过头,他的视线从我的身上飞快地扫过,然后看向金泽。

他静静地站在门口,身后是漫无边际的黑暗,让他看起来显得落寞又孤寂。等我想再仔细看的时候,他忽然转身走出了画室。

果然还是无关紧要啊。

本来愉悦的心情一下子跌入谷底,我把画从金泽的手中拿过来,慢慢地卷起,轻声说道:"不是的,我不是天才,我只是花了比大家多几倍的时间练习而已。"

金泽惊讶地看着我,眼睛眯了起来。不知道他想到了什么,脸色变得凝重起来。

"如果大家和我花费相同的时间,一定会比我画得好。"我淡淡地说完这句话,拿着自己的画回到了座位上。

"初星,你刚才说话的样子好帅啊!"刚走到座位旁,未里就站起来挽住我的手臂,"我本来想冲过去给你撑腰的,可是画画的事情,我实在插不上嘴,结果被金泽抢了先。"

我笑了笑，什么都没有说。

"还有金泽，你也好厉害啊！"未里朝金泽竖起大拇指，眨眨眼，暧昧地说道，"好像初星的骑士一样！"

金泽看着笑容满面的未里，眼里的光暗淡了许多，不过马上又扬起灿烂的笑容，顺着未里的话说道："那当然，谁也不能在我面前欺负初星。"

"哎哟。"未里脸上的笑容更加暧昧了，"你要好好对待我们初星哦。"

"未里。"见未里越说越离谱，我赶紧打岔，"乐队今天不要练习吗？"

"我们今天考试，所以调整了练习时间。"未里满不在乎地解释道。

金泽的脸上一直保持着笑容，可是我能发现他眼里掩藏的失落。看着明明很难过却强颜欢笑的金泽，我不由得有些心疼。

这时，安藤光从门外走了进来，看了我们一眼，坐回座位上开始削铅笔。

我偷偷看着他的身影，心里十分酸涩。

是不是对他来说，我就像是冥王星一般的存在，从重要的位置上被除名，成了一个普普通通、可有可无的存在？

"你是不是未里啊？"当我沉浸在难过中时，季然走了过来，怀里还抱着一个速写本。

"你认识我？有事吗？"面对不认识的人，未里的语气很冷淡，她皱着眉头酷酷地看着季然。

"我很喜欢末日乐队！"季然没有在意未里的疏离，眼睛弯成了月牙状，"是死忠粉呢！"

"季然。"还没等未里说什么，金泽忽然插话进来，"你手里拿的是什么东西？"

我诧异地看着金泽，他平时都是一副笑脸，可是现在破天荒地沉着脸。

"你说这个啊。"季然笑着拿着速写本晃了晃，吐了吐舌头，说道，"下午课间

时分,我在教学楼附近捡到的,不知道是谁的。"

教学楼附近?难道是刚才金泽在找的速写本?为什么金泽的脸色越来越难看了?

"未里,你看这个。"季然说着把速写本递向未里,语气欢快地说道,"这里面画的全都是你呢!"

季然将速写本一页页地翻开,果然速写本的每一页都画着未里——她的每一个举动、每一个表情都被完美地呈现出来,似乎能从画里看到鲜活的未里,还能感受到画画的人当时的心情。

"刚才阿泽说,好的画要融入自己的感情,这些画里融入的是什么感情呢?"季然歪着头,嘟起嘴思考了一下,惊喜地说道,"未里,你说画这些画的人是不是暗恋你啊?"

"我看看。"未里接过速写本翻阅起来,当她翻到最后一页时,惊讶得睁大了眼睛。她瞥了一眼脸色阴沉的金泽,欲言又止。

"怎么了?这里有什么吗?"季然好奇地凑过来朝速写本看去,然后惊讶地喊出声来,"这里有金泽的签名,这是金泽的速写本吗?"

画室里的同学都停下手里的动作看向我们,原本喧闹的画室在此刻变得无比安静。

"阿泽,这是你的吗?"季然无辜地睁大眼睛,把速写本递到金泽的面前。

金泽的脸上没有任何表情,他淡淡地看了季然一眼,季然却畏缩地向后退了一步。

金泽接过速写本,淡漠地说道:"是我的。"

我担心地看着金泽,如果这个时候让人发现他喜欢未里这件事,对他来说太残忍了。

季然像是感觉不到金泽的不悦,双手合十放在下巴旁,睁大眼睛继续问道:"那你是不是喜欢未里啊?"

第六章

金泽没说话,眼睛微微眯着,目光锐利地看着季然,浑身散发出冰冷的气息。

在金泽气场的压迫下,季然的脸上终于出现一丝恐慌,不过她迅速找到了倚仗,看向安藤光,急切地问道:"阿光,这些画是不是画得很好?就像金泽之前说的融入了感情吧?"

安藤光听了季然的话,慢慢地抬起头,仿佛刚才发生的事情他都没看见一般。

他会怎么回答呢?他喜欢的人是未里,肯定不希望看到金泽对未里告白吧。

我紧紧地咬住下唇,心仿佛被一万只蚂蚁啃噬一般,又痒又疼。

安藤光忽然把视线移向了我,看见我的神情之后,眉头紧蹙,又迅速移开了视线,声音低沉地说道:"一幅好的画是必须融入感情的,但是也不能单单从几幅画就草率地断定金泽喜欢未里。"

果然……

我失落地垂下眼帘,他果然否定了,只是因为他喜欢未里。

一股酸涩感堵在我的胸口。

"真的吗?我觉得金泽和未里在一起也很般配呢。"季然还是不肯罢休地揪着"金泽喜欢未里"这一点不放。

为什么季然执意要把金泽的心意挑破呢?

看着季然一直用炙热的目光打量着安藤光,忽然一个念头像闪电一般掠过我的心底。

季然故意把金泽的速写本拿给未里看,是有意撮合金泽和未里。也许是因为她自己喜欢安藤光,所以希望金泽能把未里从安藤光身边抢走吧!

我惊讶地看向安藤光,正好迎上了他的目光,又一次看到了他那满含深意的眼神。我的心没来由地一痛,这一次我读懂了他的意思。

你是在向我求救吗?希望我能帮你摆脱眼前的困境?

"安藤光说得对!"我抬起头,忍着心里的钝痛,做出了一个决定,"安藤光不

是也画过我的肖像吗？而且画得很好啊，难道他喜欢我吗？"

安藤光听了我的话，视线落在我的身上，可是我别过脸不去看他。

"那不一样，是不一样的情况嘛。"季然已经找不到说辞，无力地辩解着。

周围的议论声越来越大，有人同意季然的观点，也有人觉得金泽不会喜欢未里，场面一时陷入了混乱。

"我有喜欢的人了。"一直没说话的金泽忽然出声，让喧闹的画室骤然安静下来。

在众人的注视下，他满不在乎地说道："但是，这个人不是未里。"说着他看向未里，"所以别用一副内疚的表情看着我。"

未里听了金泽的话，毫不怀疑地长舒一口气。

金泽看见未里的表情，眼里闪过一丝黯然之色，可是他马上扬起嘴角，掩饰眼里的失落。

他忽然看向我，我听见他用温柔的声音说道："我喜欢的人是夏初星。"

金泽的话音刚落，便传来一声铅笔掉落到地上的声音。

我彻底愣住了，大脑像是被闪电劈过一样一片空白。

金泽说什么？

整个画室如电影定格般，所有人都保持着刚才的动作，无法动弹。

当事人金泽却根本不在意众人的反应，朝我看了一眼，看到我发愣的样子，他嘴角的笑容越发温柔了。

我忽然反应过来，这应该是他情急之下找的借口吧。

"金泽，你确定你喜欢她？"季然的声音比平时要尖锐许多，手指向我，一脸的难以置信。

"嗯，喜欢。"金泽毫不犹豫地点头，"而且还在追她呢。"

耳边传来用力削铅笔的声音，我垂下眼帘，余光悄悄地看向旁边的安藤光，他好

像根本不在意，只是用力地削着铅笔。

原来在他心里我真的这么无关紧要。

整个画室十分安静，所有人都等待我的反应。为了维护金泽的自尊，我紧紧地抿着嘴唇，没有否认他的话。

窗外风起，窗帘随风扬起又落下，一下一下地拍打着窗户。

今天晚上天空中没有一颗星星，黑得看不见一丝光，就像安藤光的眼眸一样。

站在走廊上等金泽时，我扶着护栏仰头看着夜空胡思乱想。不时有脚步声从身后传来，还能听见低低的议论声。

我闭目养神，现在的我已经不在乎这些流言蜚语了。

不知过了多久，一阵熟悉的脚步声传来，我还没睁开眼睛，就听见身后传来一个爽朗的声音："初星，我们走吧。"

我睁开眼睛，映入眼帘的是金泽放大的俊脸。

他朝我眨眨眼，笑得灿烂。

我担心地看着撑着护栏、大半个身子都探出护栏外的他，说道："快下来，这样很危险！"

"还是初星关心我。"金泽笑嘻嘻地收回身子，伸了个懒腰，"为了感谢你等我，我请你吃消夜！"

"算了吧，我想早点儿回家。"我毫不留情地拒绝了他，朝楼梯走去。现在都8点了，再耽搁下去，回到家就太晚了。

"你别给我节约钱嘛。"金泽懒懒地跟上来，"反正我也没女朋友，钱也没地方花。"

听到他提起女朋友的事，我抬起头瞪了他一眼，不满地说道："你不说我差点儿忘记了，说什么喜欢的人是我，拿我当挡箭牌也先暗示我一下嘛，害我差点儿没反应

过来。"

他听了我的话，脚步忽然停了下来。我好奇地转过头看向他："怎么了？"

走廊的触控灯忽然熄灭了，他的脸在黑暗中只看得见大概的轮廓，可是一双眼睛很亮。我看到他轻轻张开嘴唇，像是在问自己："挡箭牌吗？"

"难道不是吗？"我疑惑地看着他。

他没有回答我，走上前伸手碰了碰感应开关，走廊的灯重新亮起。见我还站在原地，他回过头看向我，嘴边挂着温和的笑容："我还以为你会被我霸气的表白感动，然后非我不嫁呢。"

"你下次对其他女生试试。"我白了他一眼，没好气地说道，"应该会成功。"

"呵呵。"金泽毫不在意我的语气，反而笑了起来。

夜色无边，树叶随风轻轻翻动着，远处大楼上的霓虹灯发出璀璨的光芒。

渐渐地，学校的同学都知道了金泽在追我，还有人以为我们已经在一起了。对此，我没有解释，因为解释是说给相信你和你在乎的人听的。

语文老师在认真地讲解着诗词的意思，我一边听课，一边无意识地给书上的李白画上了一对翅膀，让他展翅高飞。

"咚咚咚——"

正当大家都在认真听课的时候，一阵急促的敲门声忽然响起。

班主任急匆匆地走进来，说道："刚才接到通知，教育局的人今天到各个学校检查工作。现在马上安排学生打扫卫生，下午再继续上课。"

班主任说完，叫班长安排打扫任务，就和语文老师一同离开了教室。

"一听到上面有人检查，连课都不用上了。"

"用两节课打扫卫生，好变态！我们来学校是上课的，又不是来当清洁工的！"

无视众人的抱怨，班长小野径直走到讲台上，把具体分工写在黑板的右下角。

第六章

厕所：戴薪吉、田芳、李静、龙波。

A栋教学楼左边花坛：麻建成、申之楚。

教室左边窗户：夏初星、安藤光。

教室、走廊：小野、戴毓、罗吉锐。

阳光从窗外照进来，细细的粉尘在光束中浮动着，黑板的下边框上积着厚厚一层粉笔灰。

当我看见自己的名字和安藤光的名字写在一起的时候，心脏不受控制地漏跳了半拍，在涂鸦的手也停了下来。

我总以为自己可以平静地面对关于他的所有事情了，可是只要有一点点风吹草动，就足以向我证明，那只是自欺欺人而已。

我站在椅子上，抓着潮湿的抹布擦着玻璃上的污渍，视线却总是悄悄落在安藤光的身上。他一直面无表情地擦着玻璃，从头到尾都没有看过我一眼。

我的手加大了力道，抹布上的水被挤出来，在玻璃上留下一条脏兮兮的水痕。我原本还为和他在一组而暗自雀跃紧张，没想到结果却是这样。

以前总觉得"喜欢"是一个很美好的词语，代表着幸福和开心。可是现在我想，也许"喜欢"是一个孤单而悲伤的词。喜欢了一个人，就代表着你要独自承受喜欢的感受以及不被对方喜欢的悲伤。

整个教室仿佛被水洗过一样，湿漉漉的玻璃窗，湿漉漉的桌椅，湿漉漉的地面，以及湿漉漉的心情。

明明曾经那么要好，明明是一个班的同学，明明在同一个画室练习，明明我们之间有那么多羁绊，如今却像是陌生人，甚至连陌生人都不如。

真的一点儿都不在乎我了吗？

我从椅子上跳下来，准备清洗一下抹布，可是不小心踩到水桶边缘，"砰"的一

声,水桶里的水一下子流出来,在周围聚成了一个小水洼。

"天啊!"下一秒就传来戴毓尖锐的声音,"我们刚弄干净的!"

"对不起,对不起!"我慌忙道歉。

"说对不起有什么用啊,地板都弄脏了!"她朝我翻了个白眼,其他人也不爽地看着我。

"有什么大不了的?"没等我说什么,安藤光就走了过来,眼神冰冷地看着他们。

他是在帮我说话吗?看着近在咫尺的他,我的鼻子忽然泛酸,他怎么还会帮我说话?

自从他有了未里之后,不是早已不在乎我了吗?不是早就把我赶出他的世界了吗?为什么现在还要来帮我?

"班长!"被安藤光的气势压迫的戴毓朝门外的小野告状道,"夏初星把我们拖干净的地板弄脏了,你快看啊!"

小野听了戴毓的话,从外面探进头,看了一眼"事故现场",说道:"夏初星,你把这里收拾干净,否则被扣分你要负责。"

安藤光不满地皱起眉头,我却抢先一步点头应道:"好。"

安藤光突如其来的关心让我无所适从。我已经渐渐习惯他不再对我笑,不再等我一起去画室,我努力装作不在意的样子,可是他一次次打乱我的准备,让我功亏一篑。

安藤光,你知道吗?我害怕自己会再次沉沦在你的关心中,舍不得离开,我的伪装已经快要到达极限了。

我默默地拿过拖把,拖着地上的积水。

我的白球鞋已经被水浸湿了,脚被泡得发凉,可是根本没有人在意,大家在意的只是自己不用再打扫,教室不被扣分。

阳光照在地面的积水上,反射出白茫茫的光,刺得我的眼睛发疼。

忽然,我的手臂被人握住。还没反应过来,我就已经被安藤光拉到旁边的椅子上坐下。他松开手,在我面前蹲下。

阳光透过窗户照过来,落在他如墨般的头发上。他额前的头发随风轻轻舞动着,身后是被水洗过的地面和桌椅,在阳光下泛着光芒。

"我还要去拖地呢。"看着蹲在我面前的安藤光,我忽然有些慌张。

"别动。"两个字就击溃了我的抵抗,我的脚踝处传来一阵温热的触感,让我慌乱的心奇异地安定下来。

迷糊间,我脚下一凉,安藤光把我湿漉漉的鞋脱下,然后拿起一只很大的球鞋套在我的脚上。

"这是我放在储物柜里备用的鞋子,虽然有点儿大,但是总比你穿湿的鞋子好。"他低沉的声音缓缓地传来。

这一瞬间我不知道该说什么,只觉得周围的空气似乎散发着淡淡的暧昧气息。

我的脸微微发热,温度持续上升。

看见我的神情,他的脸上浮现出一丝笑意。

我红着脸低声说道:"嗯……谢谢,我可以自己换。"

他的嘴角不易察觉地微微扬起,继续给我换另一只鞋。

动作温柔的双手,落满阳光的白色衬衫,含着淡淡笑意的唇角,气温似乎刚好停留在让人觉得最舒适的温度。

已经很久没有跟他单独说话了,也已经很久没有得到他的关心了,我以为再也不会有这么一天,却没想到这一天如同梦境一般再次到来。

换好鞋子后,他拿起拖把和我一起把地上的积水拖干。

我的视线总是不自觉地落到自己的脚上。他的鞋很大,我穿起来松松垮垮的,可这是他的鞋子啊!

我的脸忍不住一阵发热。

阳光落在泛着水光的教室里,仿佛撒上了无数颗细小的碎钻,从他身上散发出的薄荷味道在空气里飘荡着。

"安藤光。"我拖着地,忍不住喊出他的名字。

"嗯?"

"没事,叫你一声。"我明明有很多话想说,却又什么都说不出来,只是心里美滋滋的。

"安藤光。"我再次开心地喊着他的名字。

"夏初星。"他停下动作回应我。

轻柔的三个字让我整颗心像是装满了蜜糖,我满脸笑容地看着他。

他的视线从我手臂上的疤痕扫过,眼神忽然变暗。

他顿了顿,轻声问道:"这几天怎么没看到你和金泽在一起?"

第七章 >
chapter

【牵引力】

是不是在爱情里，每个人都会变成一颗小行星，无论离那颗属于你的太阳多远，都会不受控制地受到对方的牵引？

"啊?"我一时没反应过来。

看着他认真的样子,我的心里暖暖的,其实他一直都在关注我吧。

"金泽最近比较忙啦。"我笑着和他解释,心情很好。

"哦。"他点点头,语气忽然变得很冷淡,"我看金泽对你挺好的,你们是在一起了吗?"

"什么?"我猛地睁大眼睛,不敢相信地看着他。

他说什么?

所有的好心情在此刻都消失了,我眨了眨眼睛,怔怔地看着他,不明白他问这句话是什么意思。

他避开我的视线,嘴里说出的每一个字都冷得像冰:"你和金泽看起来很合适。"

他想把我推给金泽吗?

我紧紧地抓着手里的拖把。

"选择金泽是一个很好的决定。"他的眼睛被头发遮住,让我看不见他眼里的神色。

我静静地看着他,即使站在阳光中,仍觉得浑身发冷。

第七章
【牵引力】

我太天真了，竟然还在妄想。

他不喜欢你！他永远都不会喜欢你！夏初星，你为什么总是学不乖？你看，你现在就像小丑一样可笑。

"作为朋友，我为你们感到开心。"安藤光一直垂着头，说着刺伤我的话。

我心如刀绞，可是我扬起嘴角笑了。

安藤光，你就这么想我跟金泽在一起吗？你就这么担心我对你有非分之想吗？需要用这种残忍的方式击碎我的幻想吗？

"谢谢。"我用尽全力让自己的声音保持平静，喉咙里像是塞满了玻璃碴，每说一个字都痛得浑身发抖，"和金泽在一起的时候，我也很开心。"

说完，我迅速转身抹了一把眼泪，提着拖把朝杂物间走去。

自来水"唰唰"地朝下撞击着，溅起的水花打湿了我的衣服。我像疯了似的拼命地拍打拖把，仿佛只有这样心里才会好受些。

脚上传来他的鞋子带来的温度，心里却因为他的话而凉飕飕的。

汹涌的情绪消失之后，我的心里空落落的，就像一大片被火烧过的树林。

要停止对你的心意吗？

可是要怎么停止呢？

我和安藤光之间又恢复了之前冷战的状态。大扫除结束之后，我把鞋子还给他，向未里借了一双。我们和好的那个片段短暂得似乎只存在于我的想象当中，根本没有真实发生过。

今天的作业比较多，下午放学后，班上很多同学都准备把作业写完了再去画室。

我解决完一道函数题之后，咬着笔头思考着下一题的解法，金泽正坐在旁边的座位上看漫画书，等我一起去画室。

我偶尔朝他看去，阳光将他的侧脸渲染得十分柔和，完全不是我第一次见到他时

那种张扬又自我的样子。

"初星,你还要多久啊?好无聊。"看了一会儿漫画书,金泽把漫画书盖在头顶,可怜兮兮地看着我。

"嗯,还有两道题。"我收回视线,一边在稿纸上验算一边回答他。

"你以前不是都抓紧每一分钟练习画画的吗?"他的声音像此时的阳光一样慵懒,"我记得你以前都是把作业带回家写,怎么最近爱上学习了?"

听了他的话,我不由得停下笔。是啊,为什么会这样呢?

我低下头,看见安藤光投射在地面的影子,忽然想起和他的第一次争吵。那时的我明明已经累到了极致,却还是固执地继续画画。为什么只是几个月前发生的事情,现在回想起来竟然觉得那么遥远?

暗暗整理好情绪,我侧过头看着金泽:"必须要松弛有度,绷得太紧弦会断的,对吧?"

"对。"他满意地点点头,笑容像棉花糖一样柔软,"我希望看到自由快乐的夏初星。"

我笑着朝他用力点头,我会努力做到的!

"金泽。"班上一个学画画的男生走过来对金泽说道,"校外那家书店有新的漫画到货,我们去看看吧?"

"不去了。"金泽摇摇头,脸上带着笑容,"我等一下就要去画室练习了。"

"别逗了。"男生以为金泽是在说笑,伸手拽着金泽的手臂,说道,"你不是总说天才不需要花时间练习吗?走吧!"

"真的不去了。"金泽抽出手臂,懒懒地靠着墙壁,"我已经不当什么天才了。"

"啊?"男生没明白金泽的话,我却明白他的意思,轻轻笑了笑。

"有句话不是这么说的吗?"金泽伸了伸懒腰,收起慵懒的表情,直视着男生,

第七章 07 chapter
【牵引力】

"天才就是百分之一的灵感加上百分之九十九的汗水,所以你也应该更努力一点儿!"

男生点点头,若有所思地走了。

我迎上金泽的视线,两人相视而笑。

"阿光!"

忽然,未里从门口探进头,大喊了一声,大家都不由自主地朝她看去。

她的短发被风吹得乱糟糟的,却有一种别样的帅气,小巧的脸上挂着干净的笑容。她看见我和金泽也在,挥了挥手朝我们打招呼。

我笑着朝她点点头,算是回应。

身后传来整理书本的声音,没多久安藤光就整理完毕,走向在门口等待的未里,两人转身朝楼梯的方向走去。

"未里和安藤光好像常常在一起呢。"班上爱八卦的女生窃窃私语着。

"他们是在一起了吗?"

"应该是吧,别的女生安藤光根本看都不看一眼。"

……

我透过窗户看着他们两人离开的身影,即使心里难过,也不得不承认,他们真的很般配,无论是才华还是外貌。

既然无法停止对他的心意,那么就放在内心最深处吧。

"看来画室的两大帅哥都有主了,想想就好难过啊!"

"安藤光就算了,金泽的眼光可不怎么样。"

"估计只是一时闹着玩,说不定过段时间就分手了。"

……

她们接下来的话我已经没心情听了,我收回视线继续算着习题。

其实每个人的心意都像是写在纸上的字,有些人用的是铅笔,轻轻一擦就消失不

见了；有些人用的是钢笔，即使经历时间的洗刷，字迹却依然清晰可见。

百叶窗的珠帘垂落在窗边，被风吹得"啪嗒啪嗒"直响。

冬天和夏天好像也没有什么区别，还是有不怕冷的女生套着打底袜、穿着制服短裙，小卖部的冷藏柜里还是放满了可乐，午后的教室里还是有一大片人在睡觉。

时间飞快地过去两个季节，每天的生活还是围绕着教室、画室、家这三个地点进行着。

但冬天和夏天还是有些区别的。

夏天，我和安藤光还是距离很近的朋友，可是到了冬天，我们之间却有了一条宽阔的河流。

我想起一句不知道在哪里看过的话：每个人身边的座位总是有限的，如果有人要坐下，就必须有人要离开。

我不知道是谁从谁的座位离开，但我们终究还是远离了彼此。

周五下午最后一节课，天色阴沉得可怕，关紧的门窗被狂风吹得"嗡嗡"作响，仿佛随时会被吹开。

因为是这周的最后一节课，所以大家没有像平时一样软绵绵地趴在课桌上，都显得很精神——虽然大多数人的注意力都不在黑板上。

我左手托腮，右手无聊地转着笔，虽然没有像大家一样走神，但是也没有像平时那样全神贯注地听课。这周刚好是画室休息的日子，画室每个月会有一次休息的时间。

正当我走神的时候，眼前忽然闪过一道白光，没多久天边传来一阵巨大的雷鸣声。

"啊！"胆小的女生忍不住尖叫着。

"哇！"男生好笑地起着哄。

第七章 【牵引力】

"砰砰砰——"

正在擦黑板的老师用黑板刷用力地敲了敲黑板,发出警告的声音,黑板刷上的粉尘"唰唰"地往下掉,被警告的同学这才安静下来。

当这节课结束的时候,外面已经下起了倾盆大雨。

我背着书包站在教学楼一楼的走廊上,低头看着雨水狠狠地击打着地面,溅起一朵又一朵白色的水花。

这场雨来得很突然,明明中午还阳光灿烂,没想到下午就变了天。

周围的同学要么未卜先知带了伞,要么被早早等候着的家长接走了,走廊上站着的人越来越少。

我伸手接住从房檐滴落的雨水,在心里盘算着能不能冒着雨冲到公交车站。可是,无论是从学校到公交车站,还是从公交车站走到家里,路程都长得足以把我淋湿。

我掏出手机看了看,决定再等半个小时,如果雨还没停,我就淋雨回去吧,要不然天黑了以后更不方便。

这样想着,我把手机放回裤兜里,视线重新移回雨幕中,我顿时愣住了。

迷蒙的雨幕中,安藤光撑着一把黑伞朝我走来。他的头发被雨水打湿,服帖地搭在额前,身上的外套也湿了一大片。可是即使这样走在暴雨中,他的脸上依然没有任何焦急的神色,连步伐都那么沉稳。

相比周围那些脚步匆匆的人,他显得那么与众不同。

他是来接人的吗?

我四处看了看,没看见未里的身影,却发现他正看着我,径直朝我的方向走来。

难道他是来接我的?

想到也许有这个可能,我平静的内心像是被丢进了一块大石头,荡起层层涟漪。看着他越走越近,我的心里忍不住生出一丝期待。

朦胧的雨雾中,我仿佛只看见他一个人的身影,周围的一切都被大雨覆盖,我的心跳随着他的脚步不停地加速。

我该怎么面对他呢?是装作冷淡地道声谢,还是像以前一样若无其事地跟他说话?

我还在胡思乱想的时候,他已经走到了阶梯旁,我张了张嘴,想要打声招呼。

"来接我吗?太贴心啦!"

这不是我说的,是从我身后传来的声音。没等我回头,就有一个身影从旁边闪过,跳进了安藤光的伞下。

未里……

我在心里默默念出这个名字,果然是她,我到底还在奢望什么?

从房檐落下的雨水滴落在旁边的护栏上,溅起的水花打湿了我的衣服和脸颊,最后落进了眼里。

我刚准备走开,安藤光却抬头朝我的方向看过来,眼里闪过一丝慌乱。他准备说什么,未里却率先和我打招呼:"初星,你还没回去啊?"

"嗯,等一下就走。"我努力露出一个笑容。

"你没带伞吧?"未里笑着伸手招呼我,"你也进来吧,我们三个一起走。"

有时我在想,如果未里是一个品行恶劣的女生就好了,这样我还可以恨她、嫉妒她,可偏偏她性格坦率,又对我很好,这让我连一丝嫉妒的心情都无法产生。

但是,要我心甘情愿去祝福,又没办法做到,我只是一个平凡而卑微的女生。

"挤不下啦。"我摇头拒绝道。

"夏初星……"

一旁沉默的安藤光忽然开口,他凝视着我。他是要邀我一起吗?我暗暗期待。

"初星,我送你回去吧。"没等安藤光说话,金泽从我的身后走了出来,手里拿着一把印着大朵黄花的雨伞。

安藤光看见金泽,就闭上了嘴巴,不再说话。

我失落地把视线从安藤光身上收回,看着金泽手上撑开的伞,强颜欢笑道:"金泽,你从哪里找来一把这么花里胡哨的伞?"

"我去办公室向老师借的。"金泽得意地耸耸肩,朝我笑了笑。

说完,他又看向未里他们:"你们放心吧,我会把初星安全送回家的。"

"那就好。"未里点点头。

安藤光什么都没有说,眼睛里似乎涌上了一层雾气,看得我的心莫名一颤。可是还没等我看仔细,他就转身带着未里走了。

虽然不想挤进他们的世界,虽然明白自己和他之间的差距,可我还是忍不住期待着,期待他能稍微关心我,哪怕这份关心只是对未里关心的万分之一,我也会觉得很开心。

看着他们越走越远的身影,我伸手抹了抹脸,故作轻松地对金泽说:"我们走吧,雨好大,老有水溅到我的脸上。"

"好。"金泽没有说多余的话,可是说这个字时的语气比平时温柔。

老师说,雨是水汽在高空遇到冷空气凝聚而成的,那么,眼中慢慢升腾起的泪水也是因为身体中的水汽遇到了某种冰冷的东西凝聚而成的吗?

老式的居民楼在暴雨中显得摇摇欲坠,小巷子的排水系统很差,地面到处都是积水。

"初星,以后在画室上完课,让我送你回家吧。"金泽一边走一边打量着周围的环境,"晚上你一个人路过这里不安全。"

"没事啦,我从小在这里长大,大家都是互相认识的。"我一边带着金泽避开水洼,一边回答他,"从这里拐个弯就到了!"

小巷的围墙被雨水洗刷之后,墙体的颜色变得更深,也更破败。

到达家门口的时候，雨势已经缓了下来。金泽收了伞，转过身在比较空的地方用力甩了甩上面的雨水，在地上留下一串水迹。

他的背影看起来有一种踏实的感觉。

我发现他的衣服上有一大块地方的颜色比较深，走近了才发现，这一大块地方完全被雨水打湿了，而我的衣服基本上是干的。

他打伞的时候一定悄悄把伞朝我这边倾斜了，可是我没有注意到。

我的鼻尖忽然泛酸，我走到他旁边拍拍他的肩膀："要不要到我家把衣服烤干？你这样很容易感冒的。"

"好啊！"他似乎因为我的邀约而变得开心起来。

我朝他笑了笑，拿出钥匙打开那扇已经掉了漆的木门。

"嘎吱——"

木门发出难听的声音，接着从爸妈房间传来高分贝的吵架声。

"夏全华，你这个月的工资怎么只有这么一点儿？你是不是偷偷藏起来了？"

"你发什么神经？我说了厂里不景气，只发了这么多！"

"怪厂里效益不好？明明是你自己没用！隔壁小李的老公不是跟你一个单位吗，人家怎么每个月比你多拿两千块钱？"

"那你怎么不说小李每个月赚多少钱呢？她像你一样整天只知道打麻将吗？"

……

爸妈的争吵一声高过一声，我站在门口低着头，一直看着地面被鞋子带进来的积水，尴尬得不知道该说什么。

"初星。"正当我不知所措的时候，金泽的声音传来，我抬起头看见他温柔的笑脸，"雨越下越大了，我还是先走吧。"

我知道他是在给我解围，我咬了咬下嘴唇，最终只吐出两个字："谢谢。"

"我先走了，下次有机会再来玩。"他轻声对我说道，然后伸手拍了拍我的头，

"快去洗个热水澡吧,免得感冒。"

我什么话都说不出,只有顺从地点点头。

他朝我笑了笑,然后转身离开了。

当木门重新关上后,我默默地换了鞋,直接回到自己的房间,把房门关紧,无力地趴在床上。

爸妈的争吵还在继续,外面的雨似乎永远不会停歇。我闭上眼睛,隔绝了任何光线,整个世界一片黑暗。那些争吵声却如潮水一般汹涌而来,淹没了我,淹没了我的世界。

再也听不见就好了。

"丁零零——"手机的短信提示音像一束光,带来了一丝光明。

我拿出手机,只见屏幕上显示着金泽发来的短信:"明晚是平安夜,明天白天要出去玩吗?"

想起他被淋湿的衣服,我打出一个"好"字,发送过去。

"丁零零——"

新的短信很快就回过来:"明天上午10点游乐场门口见,绝对给你一场浪漫的约会!"

我把手机丢到一边,把脸埋进被子里,世界又恢复一片漆黑。

冬天果然到了,即使待在房间里,也觉得寒冷。我忍不住打了个寒战,扯过被子盖住发冷的身体。

整个人像是被丢进了冷冻库里,每传来一句争吵,冷冻库的温度就降低一点儿,一点一点地降低,直到我全身的血液都无法流动。

最让人无法抗拒的寒冷,不是天气带来的寒冷,而是从心底冒出的寒冷。

渐渐地,我的意识彻底被寒冷和黑暗侵占。

再次醒过来是被早上的阳光唤醒的,我睁开眼睛,将手放在额头上挡住强光。房间在阳光的照射下显得异常明亮。

我从床上坐起来,发现自己只穿着里衣,身上严严实实地盖着两床被子,旁边的床头柜上放着叠得整整齐齐的外套。

昨天最后的记忆是我盖着被子躺在床上,看来是妈妈晚上来看过我,帮我整理好的吧。

我迅速从床上爬起来,披上外套走到客厅,家里很安静,应该没有人在家。

电饭锅的保温键还亮着,我走过去打开,饭上面放着一个盘子,盘子里盛着一荤一素两道菜。白茫茫的热气不断升腾着,冰冷的空气一点点变得暖和起来。

我把菜端出来,盛了一碗饭默默地吃起来。

客厅里照不进阳光,只有头顶上的节能灯发出冷清的白光。房子里很安静,可以听见自己咀嚼饭菜时发出的声音,家里唯一有温度的东西只有碗里这些爸妈给我留下的饭菜。

虽然有时候对这个家很失望,可是我没办法不爱这个家。

重新站在阳光下的时候,我觉得身上彻底暖和起来。

游乐场的建筑是城堡形状的,有一种梦幻般的感觉,大门两边各摆着一棵高大的圣诞树,上面挂满了金光闪闪的小饰品。周围人山人海,有几个扮成圣诞老人的工作人员在发放气球,每个人脸上都洋溢着幸福的笑容。

看着大家的笑容,感受着阳光的温暖,我不由得扬起了嘴角,忽然想起很小的时候,爸爸妈妈也带我来过这里。

那时候这里的设施都还很简陋,我却觉得像置身在童话故事里一样,又漂亮又好玩。我记得那天爸爸还给我买了一串糖葫芦,妈妈嫌不卫生说了我几句,爸爸却笑嘻

嘻地替我打掩护，那时候他们的感情真的很好。

过去那么久，我却清清楚楚地记得那天的事情，还有一直藏在记忆里的糖葫芦的香甜味道。

"初星，你来得好早啊！"在我陷入回忆的时候，金泽出现了，脸上带着灿烂的笑容，他眨了眨眼睛，半开玩笑地说道，"是不是很期待和我约会啊？"

"是啊。"我无奈地看着他。

今天他穿着明黄色的羽绒服，配上招牌式的灿烂笑容，整个人仿佛散发着光芒一般，引得周围经过的女生忍不住多看了几眼。

"今天排队的人好多啊！"一走进游乐场，看见各个游乐设施前排起了长长的队伍，金泽忍不住抱怨，"这些人怎么不在家休息，都跑出来凑什么热闹啊！"

听了金泽的话，我不由得感到好笑："你还不是一样跑出来凑热闹了？"

"我可从来没有来过这里。"金泽的脸上虽然还扬着笑容，可是声音渐渐低沉下来，"扮天才是很花时间的。"

我不知道该说点儿什么，只好选择最简单的方式安慰他："那今天我陪你玩个够。"

"真的？"他眼睛一亮，欣喜地看向我，"今天你会一直陪着我吗？"

"真的啦！又不是什么大事。"我好笑地点点头，"今天就陪你把所有的项目都玩一遍。"

金泽的笑容更加灿烂了，他指着不远处说道："就从过山车开始吧！我超级想玩这个。"

"好啊，今天你最大，全听你的。"我朝他眨眨眼。

"初星果然最好了！"金泽开心地转过身倒退着走，双手还不停地比画着。

这时，一个小男孩拿着一杯可乐从金泽旁边跑过去，跑得太急，里面的可乐晃出一部分，泼到了金泽的衣服上。

"啊，我的衣服！"金泽大喊一声，而小男孩已经跑远了。

看着他那件明黄色的外套上出现一大块可乐污渍，我只能报以同情的目光，为他默哀。

"不行，我要去洗一下。"金泽低下头看着衣服上的污渍，嫌弃地皱着眉头，"不然我今天肯定玩得不爽。"

"好吧。"我点点头，指着左边说道，"你去吧，我在旁边的椅子上等你。"

"嗯。"他应了一声，急匆匆地朝洗手间走去。

游乐场里的人越来越多，每个人的脸上都挂着幸福的笑容。

我在一旁的椅子上坐下，头靠在椅背上望着天空。冬天的阳光照得人暖暖的，直犯困。

刚闭上眼睛，我兜里的手机就振动起来。

我不情愿地睁开眼睛，掏出手机，屏幕上显示着来电人是未里。我疑惑地按下通话键："喂，未里。"

"初星，你在哪里？"她的声音带着莫名的紧张。

"在游乐场，怎么了？"

从来不知道发愁的未里，是什么事让她这么紧张呢？

"你快来星沙海滩。"她加快了语速，说下半句的时候，语气低沉了许多，"阿光他……找你。"

听见安藤光的名字，我的心不受控制地抽搐了一下。原来他们在一起过平安夜啊……

我咬了咬嘴唇，强颜欢笑道："我走不开，我在等金泽。"

"初星，你知不知道阿光现在成什么样子了？"未里的声音变得尖锐起来，"你一点儿都不担心吗？"

"我……"我当然担心，可是我根本没有资格去关心安藤光啊，而且我答应过金

泽陪他,不能让他失望,我狠下心来拒绝未里,"对不起,我真的没办法过来。"

"初星!"未里喊了一声我的名字,似乎不知道该怎么劝我而沉默下来。电话那边只传来她急促的呼吸声,就在我以为她会挂断电话的时候,她忽然一咬牙,像是发誓一般压低声音说道:"就算绑我也要把你绑来!"

说完,她迅速挂断了电话。

到底怎么了?难道安藤光真的出什么事了?为什么未里一定要我过去?是和我有关的事情吗?可安藤光的事情怎么可能和我有关?想到这里,我又摇了摇头。

"初星,我弄好了。"金泽走了过来,我把手机收进兜里,不再多想。既然有未里在安藤光身边,就不用我担心了。

"洗不干净了。"金泽走过来,不开心地看着我,他的衣服上有一大块水迹,仔细看还是看得见一块浅棕色的污渍。

可是过了一会儿,金泽又重新扬起灿烂的笑容,说道:"算了,我们去排队坐过山车,完成我的愿望吧!"

排在过山车下的队伍长得超乎想象,我和金泽无奈地对视一眼,只有认命地排队。

幸好现在不是夏天,在冬天晒着太阳,感觉还是不错的,而且有金泽这个活宝在旁边耍宝,时间过得比想象中快多了。

在讲了一个笑话之后,金泽忽然笑着感慨:"虽然把衣服弄脏了,但是有你陪着在游乐场玩,也值得了!"

"真的吗?"看着发自内心感到高兴的他,我故意眨眨眼睛逗他,"我这么重要?"

"当然重要啊。"他的语气忽然变得很认真,眼里有着柔和的笑意,"有你陪我,真的很开心。"

"没有什么大不了的啦。"看他说得那么郑重,我都有些不好意思了。我正想说点儿什么缓和一下气氛,忽然看见一个熟悉的身影在人群里穿梭着。

未里?我惊讶地看着突然出现在游乐场的未里。

她的脸上满是焦急,不停地四处打量着,像是在寻找什么。或许是感受到我的视线,她忽然朝我这里看来。在看见我的一瞬间,她终于放心似的呼了一口气,然后朝我跑来。

"初星,我……我终于找到你了!"未里喘着气,像是跑了很久,连鼻尖上都有细细的汗珠。

"未里,你怎么来了?"看着未里着急的样子,我不由得担心起来,到底发生了什么事,能让未里特地找到这里来?

"别说了,快跟我走吧!"未里不由分说地拽住我的胳膊,准备拉我走。

"未里,我真的不能去,我答应了今天要陪金泽。"我急忙把胳膊从她手里抽出来,"安藤光有你照顾就好了,我去了也帮不了什么忙。"

"如果……"未里的语气低沉下来,喑哑的声音里夹杂着一丝失落,"如果不是非你不可,我怎么会跑来找你?"

"非我不可?"有什么事非我不可呢?

"其实我也不想放手。"未里扬起下巴,看向头顶的天空,长长的睫毛轻轻扇动,如同蝴蝶的翅膀,"感情的事始终勉强不来啊。"

她低下头,眼神复杂地看向我,说道:"安藤光不喜欢我。"

什么?我惊讶地看着未里,心里乱糟糟的。未里说安藤光不喜欢她?不可能啊!安藤光不喜欢她还能喜欢谁?

"不会的,未里,你肯定误会了。"我不知道未里为什么会这么说,安藤光如果不喜欢未里的话,就不会天天跟她在一起了,"以前他在画室也亲口说过,他有喜欢的人。"

第七章 【牵引力】

"但他并没有说那个人是我，对吗？"未里眨了眨眼睛，眼里似乎闪动着水光。

"其实那个人……"未里苦涩地扬起嘴角，说出剩下的半句话，"是你啊。"

我睁大眼睛不敢相信地看着她。

未里用认真的眼神直视着我，声音很轻，可是每一个字都清晰有力："安藤光喜欢的人是夏初星。"

安藤光喜欢的人是我？未里说安藤光喜欢的人是我？我彻底愣住了。

如果他喜欢我，为什么要把我推出他的世界？为什么会和未里表现得那么亲密？为什么要把我推给金泽？

"初星，轮到我们了，我们上去吧。"一直没有说话的金泽忽然低声说道。

在我和未里说话的时候，刚好轮到我们了。

我犹豫地看着金泽。无论如何，我还是放不下安藤光，他一直在我心里最重要的位置。

我很想当面去问他到底发生了什么事，为什么未里说他喜欢我。可是我答应了金泽陪他一起过平安夜，我怎么能把他丢下呢？

我到底该怎么办？

金泽静静地看着我，什么都没说，嘴角依然挂着柔和的笑意。在我的犹豫中，他眼里的光芒一点一点地暗淡下来。

"先生、小姐，麻烦你们快一点儿。"管理游乐设施的工作人员开始催促我们。

正在我犹豫的时候，未里忽然行动起来，她一把拽过金泽，在金泽反应过来之前强行把他拖上了过山车。

在过山车启动前，未里看着我，声音颤抖地说道："我替你陪金泽，你赶紧去星沙海滩找安藤光。别犹豫了，他之前和我在一起只是为了给你和金泽制造机会。"

她的话音刚落，过山车缓缓启动了。

"啊！臭金泽，你玩什么不好，偏偏要选过山车！"随着过山车的启动，未里开

始惨叫起来，声音里满是恐惧，没想到看起来帅气的她竟然害怕坐过山车。

明明害怕坐过山车的她，为了自己喜欢的人，宁愿咬牙去面对自己害怕的事情。

她真的是一个善良的女生，虽然在外人看来她特立独行，做事又随性，可是我知道，她有一颗比任何人都要勇敢的心。

"你干什么？"金泽懊恼的声音传来，"轻一点儿行不行？我的手都要被你抓断了！"

"谁叫你选过山车的啊！"明明害怕得要命，未里却还是催促着我，"初星，你快去找安藤光，他真的很喜欢你，你到了就知道……"

过山车驶远之后，未里的声音已经听不清楚了。

对不起，金泽。明明答应了要陪你，最后还是失约了，希望你不要生气。下次我一定陪你把游乐场所有项目都玩一遍，希望今天你和未里能够玩得开心。

看了一眼行驶的过山车，我在心里默默地对金泽说抱歉，转身朝出口处走去，朝未里所说的那个地方赶去。

为什么未里会说安藤光喜欢的人是我？为什么未里说安藤光跟她在一起是为了给我和金泽制造机会？这一切到底是怎么回事？

冬天的海显得寂寥而宽广，海面上波涛汹涌，海浪一波接着一波，朝礁石狠狠地拍打着。海风也不似夏天的清凉，带着刺骨的寒意直往衣领里钻。

我打了个寒战，把羽绒服的拉链拉到领口，把帽子戴上，低头走在沙滩上。可是下一秒，我猛地用手捂住了嘴巴。

面前的一大片沙滩上，被人画满了一个女生的肖像。女生有时在大笑，有时在皱眉，有时在眉飞色舞地说话。

画中的女生并不是很漂亮，她的眼睛却很清澈灵动；鼻尖微微翘着，像是在迎接阳光；嘴唇微微张开，不知道在说着什么；落在肩上的发尾俏皮地朝上卷着，让她看

起来很可爱，让人忍不住想要接近她。

阳光洒落在沙滩上，每一幅画都覆盖着一层暖色，每一幅画似乎都在静静地诉说着某种绵延无尽的心意。

"今天，我终于重新找回了当初对画画的热爱，我已经很久没有用心画一幅画了，而让我发生改变的人是你。"

"是你告诉了我画画是一件幸福的事情。"

像是电影里的对白一样，这段话忽然在我的耳边回响起来。

看着眼前这些我无比熟悉的脸，我的视线一点点模糊起来。这一刻，我明白了未里的话，我明白了为什么未里说等我到了就会知道答案。

我抬起头，看向坐在远处大石头上的那个熟悉的身影。他正背对着我望向大海，整个人一动不动，像是雕像一般，只有一头黑发被风吹得不断朝后扬起。

他的脚边放着一个很大的白色塑料袋，里面凌乱地放着几个啤酒罐，塑料袋被海风吹得发出"哗啦啦"的响声。

寂寥的天空，一望无际的海面，绵延空旷的沙滩……

整个画面里，只有他一个人的身影，显得那么单薄，那么寂寞。这样的他和平时那个如发光体般的他完全是两个人。

这一刻，我不知道自己到底是什么样的心情，只是觉得又酸又涩。

我低下头看向沙滩上的画，视线越来越朦胧。如果不是把我的样子深深地记在脑海里，如果不是一直注视着我，怎么可能画出这么多不同神态的我？

眼前的这个男生到底默默地做过一些什么？

我紧咬着下嘴唇，轻轻地朝他走过去，一步，两步，三步……走到离他还有三步远的地方，我停了下来，静静地看着他的背影。

海风迎面吹过来，某种久违的情绪在我心里萦绕着。

"安藤光。"

我喊出他的名字,声音很轻,仿佛一吐出来就会被海风吹散。

可他还是听见了我的声音,猛地回过头。

在看见我的一刹那,他的脸上出现了淡淡的红晕。

"夏初星,你怎么会在这里?"他的唇角勾起一个柔和的弧度,脸上的冰霜一点点地融化,温柔的笑意在脸上漾开,"让我想想,我陪未里来这里过平安夜,喝了很多酒,互相说了很多秘密,然后她说要去找你……那么现在的你是我的幻觉,还是真的来了这里?"

我没有回答他,眼泪终于控制不住地落下来。

是不是在爱情里,每个人都会变成一颗小行星,无论离那颗属于你的太阳多远,都会不受控制地受到对方的牵引?

下一刻,我的身体被揽入一个温暖的怀抱,汹涌的波涛,呼啸的海风,冰冷的空气,全部被这个温暖的怀抱隔绝在外。

他身上独有的薄荷清香在我们周围萦绕着。

感受着熟悉又陌生的温度,我的心里说不出是什么滋味。我把脸轻轻地靠在他的胸口,闭上了双眼,眼泪顺着脸颊渗进他的外套。

上一次离他这么近,久远得好像是上个世纪的事情。那时候阳光还很炙热,空气里还有淡淡的花香,那时候我们还未走远。

"夏初星,我好想你。"

他的手臂收紧,像是呓语般在我的耳边低喃着。

只是简单的一句话,却让我建设了几个月的心防在一秒钟内通通瓦解。那句话仿佛历经了漫长的时光,终于抵达了内心最深处,凝结成最美丽的琥珀,永恒地贮藏在心间。

"就算你喜欢阿泽,我也不想再放手了。"他一字一句地诉说着,像是在说着某种誓言。

第七章

【牵引力】

我把头埋进他的怀里,他胸前的衣服早已一片湿润。

"安藤光,你是个大笨蛋!"

我揉了揉眼睛,抬起头看向安藤光,他的眼神就像融化的牛奶糖,软软的,稠稠的,又无比香甜。

我继续说道:"我才没有喜欢金泽。"

这几个月来一直盘踞在胸口的积雨云一点点地散开了。

知道事情的真相之后,我虽然很开心,却又忍不住生他的气。为什么他不早一点儿告诉我?为什么要瞒着我默默地做这些事情?害得我们差点儿就走远了,再也走不回来了。

我紧紧地咬住嘴唇,无声地落着泪,一直以来都认为自己是坚强的,可是没想到这次哭得这么惨。

他以为我喜欢金泽,所以远离我。

而我以为他喜欢未里,所以远离他。

到底从什么时候开始产生了误会,让我们错过了这么久,差点儿走散,再也找不到彼此?

"你不喜欢金泽?"他松开手,眼里露出迷惘的神色,皱了皱眉头,像是在想什么,不过很快就松开了眉头,睁大眼睛看着我。

看着他开心的样子,我心里的某个地方越发柔软了。

"太好了。"他低喃一句,在我还没反应过来的时候,忽然用力把我抱起来,然后在原地不停地转着圈。

"哈哈哈……"我开心地笑着。

"砰——"

忽然,我眼前的世界变得倾斜了,下一秒,安藤光抱着我朝沙滩上摔去,在落地的前一刻他及时调整姿势,把我护在怀里。

"对不起,好像喝得太多了。"他坐在地上,尴尬地摸了摸鼻子。

"嗯,没关系。"我坐在沙滩上,抿着嘴笑着。

天空和大海连接在一起,那么和谐,乍一看去,完全分不清哪里是天,哪里是海。

"夏初星。"他伸手从后面把我环在怀里,下巴轻轻地抵着我的头顶,声音十分轻柔,"能够遇见你真好。"

近距离地靠在他的怀里,他身上的薄荷味更浓,我贪婪地把身体朝他的怀里靠了靠。他发现我的举动,干脆把羽绒服的拉链拉开,直接把我裹到了里面。

属于他的温度绵延不断地传递到我的身上,我的心里暖暖的,好像喝了一杯热牛奶,嘴里有一股醇香。

"如果不是你,也许我永远都找不到当初对画画的热爱,你让我在混乱的时候找到了方向。"他继续低声说着,同时把我抱得更紧了,"在远离你的这段时间里,我每一天都过得很痛苦,我真的不想再忍受这种痛苦了,它会把我折磨到疯掉的。"

我静静地把头靠着他的胸口上,感受着他强劲有力的心跳,心里觉得无比安宁和满足。

我再也不想远离你了,那样我也会难过得疯掉。

冰冷的海风还在轻轻地吹着,但我并不觉得寒冷,沙滩上,我们的影子被阳光拉得很长很长。

离开海边的时候,太阳已经下山了。坐在公交车上,可以看见外面拥挤热闹的大街,戴着红色圣诞帽的人们,点缀着五彩光芒的圣诞树,平安夜的气氛充斥着整个城市。

我一直看着安藤光映在车窗上的侧影,他正低头摆弄着手机,屏幕发出的光芒照亮了他的脸。

从公交车上下来的时候,天色已经完全暗下来,破旧的小区像往常一样安静,和闹市相比,像是两个不同的世界。

我们从上公交车开始,就再也没有说过一句话。明明心里有很多话想说,我却不知道应该说哪一句,最后只好安静地待在他的身边。

但是,即使什么也没说,我的心里也很甜蜜。

我们拐了弯走进小巷子里,路灯坏了,巷子里十分昏暗,只有地面上的小水洼反射着光亮。

也许因为看不见,所以感官变得更加敏感。

交错响起的脚步声,微弱的呼吸声,清凉的薄荷香,平时微不可闻的所有声音都像是被放大了一百倍。

我侧过头偷偷看着他,昏暗的光线里,虽然只能看见一个大概的轮廓,却足以让我的心里荡起涟漪,一圈一圈地朝心脏最柔软的地方撞去。

"路灯又坏了,不知道什么时候才……"我原本想找个话题,可是右手忽然被他握在温热宽大的掌心里,让我的声音变得僵硬,"有人来修……"

温热的触感从我的指间迅速漾开,我的心脏像乱了节奏似的飞速跳动着。

那一瞬间,似乎整个巷子都亮了起来,我清楚地看见了他柔软的黑发、温柔的眉眼以及含笑的唇角。

时间的齿轮仿佛在这一刻卡住,让眼前这一幕成为了永恒。

"明天你要干什么?"快走到拐角处的时候,我抬头问安藤光。明天是圣诞节,而且又是周日。

他看了我一眼,语气平淡地说道:"你干什么我就干什么。"

他的语气太平淡,以至于过了几秒钟我才反应过来。我仰着脸,开心地看着他:"你是在约我吗?"

"嗯。"

暗淡的光线中，我好像看见了他的笑脸。

"那……"我带着他转过拐角，刚想说话，却意外地看到一个熟悉的身影。

在我家楼前的路灯下，金泽本来低着头站着，听见我们的声音，才抬起头朝我们看过来。

他穿着一件明黄色的羽绒服，背靠着路灯杆，双手插在裤兜里。他静静地看着我们，长长的睫毛在脸上投下一块阴影。

他的四周都被黑暗笼罩着，只有路灯下那一团小小的光亮，显得寒冷而寂寞。

"金泽……"我轻声喊出他的名字，心不自觉地微微一颤。

在他的注视下，原本甜蜜的气氛一点点地消失在这漆黑的夜里。

第八章 > 08
chapter

【我喜欢你】

原本就深藏在心底的情绪，在这一刻破土而出，瞬间长成了参天大树，再也无法隐藏，再也无法忽视，或许是时候告诉他了。

他怎么在这里？来了多久？

看着金泽在黑夜中显得单薄的身影，我担心地皱起了眉头。他的脸上仿佛覆盖了一层冰霜，眼眸好像冬夜里的大海，涌动着汹涌的波涛。

"明天上午10点游乐场门口见，绝对给你一场浪漫的约会！"

"我可从来没有来过这里。"

"扮天才是很花时间的。"

"真的？今天你会一直陪我吗？"

"就从过山车开始吧！我超级想玩这个。"

……

金泽的话忽然在我的耳边回响，我心里一惊，连忙松开安藤光的手，朝金泽走去。

一步，两步，三步……

当我走近之后，却看到金泽微笑地看着我们。

他嘴角上扬的弧度还是和以前一样，只是眼里蒙上了一层雾气。

他怎么了？

虽然他在笑，可是我莫名地觉得心疼。

他静静地看着我，阴影覆盖住他大半张脸，让他脸上的笑容变得模糊起来。

"阿泽，你怎么在这里？"安藤光低声问道。

金泽看了一眼沉默不语的我，然后将视线投向安藤光，嘴角含着笑容说道："散步的时候经过这里，就过来看看，没想到还真的碰见你们了。"

"只是经过吗？"安藤光微微皱起了眉头。

"是啊。"

金泽的声音很轻，像是一声悲伤的叹息。

我沉默地看着金泽，那件黄色羽绒服即使在昏暗的路灯下也很抢眼，那一块可乐污渍在羽绒服上更显突兀。

寂静寒冷的冬夜，寒风无声地吹来，他额前的头发轻轻地飘动，脸上的阴影也随之晃动着，忽明忽暗，好像随时要熄灭的烛光。

我垂下头，不知道为什么不敢再看他。他脸上的笑容像是仙人球的刺，在我的心里扎了很多看不见却密密麻麻的小伤口，带来细微却持续不断的疼痛。

金泽，你到底在这里等了多久？

"初星，今天玩得开心吗？"

金泽忽然把话题转向了我，我慢慢抬起头看向他，这才发现他冻得嘴唇没有了一丝血色。

难道他从游乐场出来之后就一直在这里等我吗？

我缩在衣袖里的双手紧紧地握拳，指甲用力地掐进手心里，愧疚感像是无形的丝线，一层一层地把心脏包裹起来，闷得我透不过气。

"对不起。"

我努力笑了笑，想让自己的脸色不那么难看。

"你开心就好。"金泽的语气轻柔，可整个人像是蒙上了一层黑纱，隐匿在黑暗中。

我急忙把视线移开，不敢看这样的他。

我想要再说点儿什么，金泽的手机突然发出"嗡嗡"的声音。

金泽看了我一眼,从裤兜里掏出手机,脸上勉强维持的笑容终于消失了。

手机振动了好一会儿,他终于接通了电话。

夜很静,可以隐约听见从金泽的手机里传出一个女人的声音:"金泽,你在哪里?"

"干什么?我在外面。"金泽的语气有些不耐烦。

"今天的练习完成了吗?"对方说话的语气似乎很严厉,"一整天都看不到人,能不能让我省点儿心?"

听到这里,我才猜到,大概是金泽的妈妈打来的电话。只是金泽和他妈妈打电话,语气为什么那么不耐烦?

"今天是平安夜,我休息一天行不行?"金泽的脸色难看了许多,手紧紧地抓着手机,像是在努力忍耐着。

"平安夜为什么要休息?"金泽妈妈的语气越来越严厉,"你就不能跟人家小光学习一下?从来就没听小光说过要过平安夜,人家那么厉害都不休息,而你……"

"我怎么了?"金泽打断他妈妈的话,压抑着的愤怒像是找到出口一般爆发出来,他握紧手机低吼道,"反正你们就是觉得我比不上他!"

听不见金泽妈妈又说了什么,我只看到金泽的眼睛变得通红。

"你们所有人都只看得见他的好,都喜欢他!那我呢?我算什么?"金泽愤怒的吼声在这寂静的巷子里回响着,"明明我做了这么多,明明我这么努力,为什么你们总是看不见我?"

他怒吼着,每一字每一句话虽然都是对他妈妈说的,却重重地砸在我的心上,传来一阵又一阵钝痛。

我紧紧地咬着下唇,胸腔里有股莫名的情绪在翻涌着。

金泽的嘴角扬起一抹荒凉又讽刺的笑容,他说:"我真不知道谁才是你的亲生儿子!"

他冷冷地说完,挂断了电话。

一瞬间，所有的声音都消失不见。

冬天的夜里很安静，只有一望无际的黑暗和如潮水般涌来的寒意。

金泽挂了电话之后一直低着头，安静得仿佛和黑暗融为了一体。

"金泽……"

我忍不住喊出他的名字，生怕他会消失在这寒冷的黑暗里。

他像是被冻僵了，在听到我的声音之后，他缓慢地抬起头。我仿佛听见他的心里传来"咔"的一声，好像有什么东西裂开碎掉了。

"阿泽，你还好吗？"看到金泽的异样，安藤光也不由得担心地问道。

听见安藤光的声音，金泽朝他看去，很普通的一个注视，我却隐约看见他的眼底涌动着复杂的情绪。

"很好啊，我跟我妈就是这样，动不动就吵架，估计是八字不合。"金泽故作轻松地笑了笑，可是那笑容让人揪心。

他到底怎么了？

这是我第一次看见这样的他，明明在笑，身上却隐隐散发着浓重的悲伤气息，让我的胸口一阵闷痛。

"嗯，那我们回去吧，你妈也催你了。"安藤光点点头，然后看向我，"初星，你也回去早点儿休息吧，外面冷。"

"好。"我轻声应道，然后担心地看向金泽，今晚他没来由地让我觉得反常。他安静地凝视着我，眼眸如深潭般看不见底，不知道在想什么。

"金泽……"

我张了张嘴，明明有很多关心的话想说，可是到头来不知道应该说什么，忽然想起今天的失约，于是决定跟他道歉。

金泽看着我，慢慢地张开双臂。他的手臂在半空中画出一道弧线后，停留在我的肩上。

在我疑惑的眼神中，他忽然收拢了双臂，把我整个人揽进了他的怀里。

我被他的动作震惊得大脑一片空白,不知道该做什么,金泽他……他为什么会拥抱我?

这是我第一次离金泽这么近,他的怀抱和安藤光的不一样,有一种说不出的悲凉。

被他拥抱后,我朝安藤光看去,他的表情看似平静,那双漆黑的眼眸里却升起了雾气,我赶紧挣扎着离开金泽的怀抱。

"平安夜快乐。"金泽在我的耳边低声说道,往我手里塞了一个东西之后,迅速松开了我。

他跑了十几步,然后站在远处看着我,目光温柔却又带着一丝悲伤。

从金泽身上收回视线,我抬起头看向安藤光,内心十分忐忑,不知道他会怎么想,会不会因为金泽这个突如其来的拥抱而误会什么。

安藤光凝视着我,眼里闪过一丝光芒。他忽然俯下身吻上我的额头,温热又柔软的触感从额头上慢慢漾开,整个世界都静了下来,再也听不见其他声音。

寒风在我们之间穿梭着,空气里弥漫着薄荷般清凉的气息。

他的吻如蜻蜓点水般轻轻一碰就离开,我却觉得好像停留了一个世纪,以至于等我反应过来的时候,他已经朝金泽走去了。

昏暗狭窄的巷子里,他们两人一前一后走着,灯光落在他们身上,给他们镀上一层耀眼的暖色光圈,在这昏暗的环境中如同太阳一般耀眼。无论在什么样的地方,他们都是让人仰望的发光体,让人无法忽视。

等到他们的背影完全消失,我低下头看着金泽塞进我手里的东西,是一个不大却很漂亮的苹果。

"平安夜吃苹果会平平安安。"

这是不知道从什么时候开始流传的说法,在每个地方都盛行着。

金泽在这里等这么久,就是为了把这个苹果送给我吗?被他装在兜里很久的苹果还留着属于他的温度,温暖了我整个手心。

　　面前的巷子里一片黑暗，天空下起了淅淅沥沥的小雨，雨水里还夹杂着许多细小的冰粒。

　　我把领口收紧一些，朝家里走去，脑海里不由得浮现出金泽刚才的样子，这样的他似乎和平时完全不一样。

　　是因为我失约，他生气了？还是因为和家里闹矛盾了？或者是其他什么原因？我不知道他到底怎么了，只是这样的他真的让我很担心。

　　打开家门，我按下开关，暖橘色的光芒瞬间填满了整个房间，驱散了黑暗和寒冷。

　　"嗡——"刚换好鞋，我的手机振动了一下。我疑惑地拿出手机一看，屏幕上出现的名字让我的心跳不由得漏了半拍，额头上似乎还残留着温热的触感，脸颊后知后觉地红了起来。

　　"回去好好休息，明天等我电话。"

　　安藤光发来的一条简单的短信，却被我来来回回看了很多遍，我的嘴角一直挂着笑容。

　　我走到厨房，打开橱柜，从里面拿出面条，熟练地煮好，回到房间安静地吃着，热腾腾的面条让我的身体暖和起来。

　　房间的墙面被我重新贴上了画，从最初如幼稚园小朋友涂鸦般糟糕的画，到后来轮廓稍微准确的画，一幅幅整齐地排列着。

　　最新贴上的一幅画，是我上个星期临摹的，自从找回了对绘画最初的心情之后，我的画似乎也越来越好了。

　　如果我的画技能够恢复，也能离安藤光更近一点儿吧。

　　早晨，我披着外套下床，走到窗户边把窗帘拉开。

　　"哗——"

　　一片刺眼的白色让我眯起了眼睛。

窗外是一个洁白的世界,所有的东西都被覆盖在这一片洁白之下,整个世界显得无比圣洁。

"下雪了。"看着被染白的世界,我的心情也不由得好起来。

"嗡——"放在床头的手机振动起来。

"喂,安藤光。"看见来电人的姓名,我的心情变得更好了,开心得连眼睛都弯成了月牙状。

"起来了?"他的声音显得很精神。

"嗯。"

即使他看不见,在回答的同时,我还是忍不住用力点了点头。

"我们在学校见吧,我在大门口等你。"不知道是不是我的错觉,他的声音似乎比以前柔和了许多。

"好。"

挂了电话之后,我洗漱完毕,换上自己最喜欢的衣服就出了家门。

还没到校门口,我就远远地看到了站在校门口的安藤光,他穿着一件墨绿色的风衣,戴着一条格子围巾,整个人显得更加挺拔和沉稳。

我加快速度朝他跑去,踩在厚厚的积雪上面,发出"嘎吱嘎吱"的声音,就像穿了一双会唱歌的鞋。

跑到他面前之后,看着他温柔又帅气的脸庞,想起昨晚他留在我额头上的印记,我的心加速跳动起来,我急忙低下头,不敢再看他。

忽然我的脖子上多了一条围巾,同时一个低沉却温柔的声音传来:"等一下去楼顶会很冷,你怎么没戴帽子和围巾?"

"我戴了手套!"听着他略带责怪的话语,我把戴着厚厚手套的双手举起来给他看。

他满意地点点头,说道:"幸好你戴了手套。"

第八章

【我喜欢你】

我不懂他的意思，疑惑地问道："我们去楼顶干什么？"

"你跟我来就知道了。"

说完，他转身朝学校里面走去，我赶紧跟在他后面。

走在他的身后，我仔细打量着他，穿上风衣的他显得身材更加修长，只是风衣下摆还有鞋子上都有水渍。

是不小心沾到水了吗？怎么会打湿那么一大块啊？

一路上他什么都没说，神秘兮兮地带着我来到了学校综合楼的天台上。

"到底要干什么啊？"

天台的风比下面更大，吹得我一个劲地缩脖子，幸好系了他的围巾，要不然肯定会冷得直哆嗦。

安藤光朝我露出一个笑容。看着他如阳光般温暖又迷人的笑容，我完全愣住了，傻傻地看着他，被他的笑容迷得晕头转向。

看着我呆呆的样子，他嘴角的笑容加深了。他指了指楼下，说道："你的圣诞礼物。"

我朝他指的方向看去，没来得及说话，就被眼前的景象震撼住了。

那是一个宽广的足球场，上面已经完全被白雪覆盖，白雪上画着一个女生的侧脸。她的头发搭在肩上，穿着最简单的制服，右手握着一支画笔，脸上的神情很认真，嘴角却挂着浅浅的笑容，那是满足、幸福的笑容，让人看着也不自觉地扬起嘴角。

这幅画很大，以至于站得这么高也能看得清清楚楚，也只有站得这么高才能够把整幅画看清楚。

一片白茫茫的景象当中，这幅巨画无比显眼，让人在看见它的第一眼，就再也无法移开视线。

不知过了多久，我终于合上了嘴。这一刻，我终于明白为什么他的衣服和鞋子上有水渍，想来是他在完成这幅画时弄湿的。

　　现在时间还这么早,画又那么大,他是什么时候开始画这幅画的?是怎么忍受着刺骨的寒意画这幅画的?又是花费了多大的精力去完成这幅画的?为了让我开心,他到底默默地做了多少事?

　　我看向他,他嘴角的那一抹笑像是冬天里的阳光,让人贪恋。

　　耳边"呼呼"地刮着风,可是我完全感觉不到任何寒冷,整个人都觉得很暖和,身边像是放了一个火炉,源源不断地散发热量。

　　天空中又飘起了雪花,雪花落在他的头上、肩上。

　　"安藤光。"我轻声喊出这三个字,不是藤光,不是阿光,也不是小光,而是安藤光。我总是喜欢连名带姓地叫他,因为这三个字完整地连起来就是一个魔法咒语,一个会让我觉得幸福的咒语。

　　"怎么了?"他的声音在越下越大的白雪中变得又轻又柔。

　　"谢谢你,我……我很喜欢。"

　　纷纷扬扬的雪花落进眼底,却融化成暖暖的温水,看着面前温柔的他,我忽然生出逗逗他的想法。

　　我眨眨眼睛,故作不满地抱怨道:"你的礼物都没办法保存下来呢。"

　　"看你头发上都是雪,当心着凉。"他没有理会我的抱怨,忽然走近几步,伸手替我扫去头发上的雪花,然后低声问道,"你冷不冷?"

　　感受着属于他的温柔,我的脸颊不争气地红了起来,我垂下头低声回答道:"还好。"

　　"围巾都没系好,怎么会不冷?"我的头顶似乎传来他的轻笑声。他动作温柔地给我整理围巾,等他整理完,我的脖子上忽然多出了一个凉凉的东西。

　　"啊,这是……"我伸手朝那个凉凉的东西摸去,同时低下头,"项链?"

　　这是一条纯银的项链,上面挂着两个晶莹透亮的水晶吊坠,一个是太阳的形状,一个是星星的形状。虽然吊坠的款式都很简单,可是做工非常精致,手轻轻一晃动,它们便折射出七彩的光芒。

第八章

【我喜欢你】

在我捧着项链欣赏的时候，他低声在我耳边补充道："这个可以保存了吧？"

感动的情绪如潮水般涌来，填满了我整个心房。我垂下头爱不释手地再次看着手里的项链，忽然发现了一个特别的地方。

"你叫安藤光，就是阳光，也是太阳；我叫夏初星，是星星……"说着，我抬起头，刚好迎上他温柔的笑容，"所以，这一个代表你，另一个代表我？"

面对我的疑惑，他脸上的笑容更明显，他轻轻地揉了揉我的头发，说道："脑子还算好使，比我想象中的要聪明。"

在这场纷纷扬扬的大雪中，我静静地看着他，仿佛整个世界都在他的身后虚化，我只能看见他的身影。

我喜欢你。

原本就深藏在心底的情绪，在这一刻破土而出，瞬间长成了参天大树，再也无法隐藏，再也无法忽视，或许是时候告诉他了。

冬天的日照时间总是很短暂，明明上一刻太阳还挂在天边，下一刻再看时，天都已经全黑了。

当放学铃声在校园里回响的时候，外面的光线变得暗淡许多。

老师走出教室之后，同学们陆续背着书包朝外面走去，从门外涌进的寒风迅速让室内的气温降低。

一呼吸，就会出现一团白色的雾气。

圣诞节过后，我和安藤光的关系又变好了，会一起画画，一起吃饭，就像从前一样。唯一和以前不一样的是，我们之间多了一种说不出的感觉。

此外，曾经的二人组合现在变成了四人组合，每次我和安藤光都会在教室里边写作业边等未里和金泽过来，再一起去艺术楼。

"冷死了，冷死了。"没多久，金泽的身影出现在门口，只见他一边嚷嚷一边缩着脖子跑过来，被冻得嘴唇都微微发紫。

"谁叫你要风度不要温度!"我无奈地看着他,明明是最冷的时候,可是他的制服外套里只穿了一件衬衫和羊毛衫。

"我是宁可冻死,不能丑死。"他一边跳着取暖,一边凑到我旁边说道,"初星,我们去吃关东煮吧,这个天气吃超爽的。"

"嗯……"离画室上课还有一段时间,于是我指了指坐在身后的安藤光,说道,"安藤光去,我就去。"

听到安藤光的名字,金泽脸上的笑容僵了一下,然后看向安藤光:"阿光,去不去?"

不知道是不是我的错觉,我总觉得,最近金泽在面对安藤光的时候笑容少了很多。

安藤光抬起头,半天没有说话。正当我以为他要拒绝的时候,他却点头同意了。

我疑惑地看着他和金泽,自从圣诞节过后,我就觉得他们之间的气氛变得怪怪的,可是又说不出来哪里不对劲。

"嗡——"此时,我的手机忽然振动起来。我拿起手机一看,原来是未里发来的短信。

"未里说乐队有事,今天不跟我们一起了。"我晃了晃手机,笑着对他们说道,心里却有一种莫名的情绪。

未里这段时间都在忙乐队的事情,很少跟我们在一起,也没有再单独来找过安藤光,她真的有这么忙吗?

还是……为了逃避什么?

放学已经有一段时间了,关东煮的小店里没有什么人,不过剩下的丸子也不是特别多了,幸好大家最喜欢吃的撒尿牛肉丸还剩下好几个。

"这种冷死人的天气,就要吃这种热气腾腾的煮丸子啊!"金泽说着,拿起一串牛肉丸用力咬下去。

第八章

【我喜欢你】

"嗖——"牛肉丸里的汤汁刚好朝我的方向飞来。

幸好我眼疾手快地躲开了,我鄙夷地看了金泽一眼,不满地说道:"你也可以喝白开水,也是热气腾腾。"

"初星……"

金泽一脸哀怨地看着我,我却故意忽视他。

原本怪异的气氛在这个小插曲中渐渐缓和。

"嗡——"

金泽放在桌子上的手机振动起来。

他看了一眼手机,脸色立即变差了。一看他这种脸色我就知道,打他电话的一定是他的爸妈。只要是他们打来电话,金泽的表情就会变成现在这样。

手机一直在振动,可是金泽一点儿接电话的意思都没有。过了一会儿,手机屏幕暗了下去,可是没多久,屏幕又亮了起来。

我们谁也没有说话,也不知道该说什么。金泽和他的爸妈之间似乎有一道看不见的屏障,他们走不过来,金泽也走不过去。

"喂,妈。"最后金泽还是接通了电话,语气冷淡地解释道,"在吃东西,没有听见。"

或许是金泽的态度惹恼了他的妈妈,手机里隐隐传来一阵怒吼声。

"还有没有别的事?没事我挂了。"金泽毫不留情地打断他妈妈的话,然后奇怪地看了一眼正在埋头吃东西的安藤光,嘴角扬起一丝嘲讽的笑容,"我千真万确和你的小光在一起,你要不要和他说两句?"

听了金泽的回答,电话那头的怒吼声停了下来。

金泽的脸色变得更加难看了,握着手机的手用力到青筋都冒出来了。

电话那边不知道还在说着什么,金泽最终彻底爆发了,他对着手机吼道:"有他在就是劳逸结合,我一个人就是偷懒。既然他那么好,你找他做你的儿子吧!"

说完,金泽挂了电话,站起身往外走去。

"金泽,你去哪里?"我急忙站起来叫住他。

他听见我的声音,脚步顿了顿,最终还是打开门走了出去。

"为什么他和他的家人关系这么差?"直到金泽的身影消失在视线里,我才重新坐下,疑惑地看着神情复杂的安藤光,"你们是邻居,又从小一起长大,应该知道吧?"

安藤光没有说话,一直低着头看着碗里剩下的两个丸子,许久才低声回答道:"他的爸妈喜欢拿我跟他做比较,说我有多么好,他又怎么不好。"

"我懂了。"别人家的孩子总是好的,而自己家的孩子总是不争气。就是这样奇怪的激励方式,让金泽和他父母之间的矛盾越来越深。

"真的很可笑,说是为了鼓励我们变好,要是我们也拿他们做比较呢?他们会高兴吗?"安藤光的声音很低,好像在压抑着什么情绪,"总说为我们好,他们知道我们想要什么吗?"

"安藤光……"看着他这个样子,我不由得感到心疼。我知道他一定想起了家里人逼迫他成为画家的事。

真奇怪,在这个年纪,我们和父母之间像是隔着一道看不见的屏障,明明应该是最亲近的人,却生生地分成了两个阵营,经常进行着没有硝烟的战争。

安藤光一直没有说话,只是沉默地看着碗,垂落的头发在他脸上投下大片阴影,像是阻隔了所有的光线,整张脸显得无比落寞。

我咬了咬嘴唇,最终还是鼓起勇气握住他的手,他微凉的指尖触碰我的掌心,我心里的门被彻底打开。

安藤光,我想来到你的身边,我不愿让你再独自一人。

那天金泽没有来画室画画,不知道去了哪里,手机也一直关机。可是第二天再看到他的时候,他还是和平时一样满脸笑容,我们三人也对那天发生的事情心照不宣地保持沉默。

【我喜欢你】

连着一个星期，天空都阴沉沉的，气温也低得可怕，今天的温度更是降到了0℃以下。同学们整天都待在有暖气的教室里，整个学校失去了以往的热闹。

午休的时候吃过饭，安藤光被化学老师叫去准备下午的实验课。我悄悄溜到画室，准备利用中午的时间画一幅很重要的画。

准备妥当之后，我深深地吸了一口气，全神贯注地在素描纸上落下一笔又一笔。构图完成之后，随着我手里画笔的涂抹，素描纸上出现了一个熟悉的身影。

在众人的期待中，一个挺拔的身影出现在门口，他一步一步走了进来，匡威蓝色经典款帆布鞋，藏蓝色制服裤和白色制服衬衣，单肩背着蓝色背包。

他的五官隐藏在阳光中，还没有完全看清，淡漠深沉的气质便通过身上的蓝色先一步涌现出来。

完全不需要去看，闭着眼睛我就能清晰地想起他的眉眼、鼻子、嘴巴，用手里的笔一点一点地把他的五官在素描纸上呈现出来。

"今天，我终于重新找回了当初对画画的热爱，我已经很久没有用心画一幅画了。"他的手慢慢地从我的头顶滑落，细微的摩擦声慢慢漾开，干扰了我心跳的频率，"而让我发生改变的人是你。"

是你。

我的耳边一遍遍地回响着他的声音，血液忽然沸腾起来。

头顶的触感完全消失后，我终于可以抬起头看他。他正看着我，眼里闪烁着无比闪亮的光芒，好像白天所有的疏离、冷漠都在此刻纷纷瓦解。

"谢谢你让我重新找回对画画的热爱。"他的嘴角上扬，声音温柔得像是二月的微风。

我手中的笔几乎没有任何停顿，我仔细地刻画他五官的每一个细节，把自己对他的感受融入这幅画当中。

我看向他，他嘴角的那一抹笑像是冬天里的阳光，让人贪恋。

耳边"呼呼"地刮着风，可是我完全感觉不到任何寒冷，整个人都觉得很暖和，

身边像是放了一个火炉,源源不断地散发热量。

天空中又飘起了雪花,雪花落在他的头上、肩上。

"安藤光。"我轻声喊出这三个字,不是藤光,不是阿光,也不是小光,而是安藤光。我总是喜欢连名带姓地叫他,因为这三个字完整地连起来就是一个魔法咒语,一个会让我觉得幸福的咒语。

当所有的部分都处理好之后,我手里的笔回到了他的眼睛处,放慢速度一点一点地刻画他的眼眸——这双如星空般璀璨又如水般温柔的眼眸。

没多久,他的身影就完整地呈现在素描纸上。

看着眼前的画,我的嘴角不自觉地扬起。

如果没有遇见他,我一定还在泥沼中挣扎,是他把我从泥沼中拉出来,在所有人都否定我的时候,给了我肯定和温暖,给了我继续向前的勇气。

我想,无论以后发生什么事,他在我心里的位置都是不可撼动的,是独一无二的存在,是我最重要的人。

安藤光,我没办法写出多么华丽的辞藻来表达我的心意,所以我只能把自己所有的心意画给你看,希望你能够明白。

"嗡——"手机忽然振动起来,我掏出来一看,原来是金泽打来的电话。

"喂,金泽。"

"初星,你在哪里啊?我刚才去你们教室没看见你。"金泽的声音通过手机传了过来,还是和往常一样爽朗。

"我在画室呢。"我一边回答一边伸了伸懒腰。

"我就知道。"他说完这句话就挂了电话。

很快,虚掩的画室门被人推开,伴随着冷风一起进来的还有一张灿烂的笑脸。

"金泽?"我惊讶地看着突然出现在面前的人,"你怎么来了?"

"看你没在教室,我就猜到你会在这里。"他笑着走过来,冬季深蓝色的制服让他看上去稳重了几分,他一边说着一边走到我旁边,朝我的画板看去,"大中午不好

好休息，跑到这里神神秘秘地画什么呢？"

"啊，不要！"反应过来后，我急忙站起来想用身体挡住画，可是已经迟了，我刚站起来，他就已经走到那幅画的旁边了。

金泽看见那幅画时，脸上的表情瞬间凝固，半天没有任何动作，似乎被冻住了一般。

呼啸的寒风从门外涌进来，他的头发被吹得凌乱。

"你怎么了？"

我伸手在他眼前晃了晃，他终于有了反应，眨了眨眼睛，视线从画上转移到我的身上，脸被寒风吹得发白。

"金泽？"我不安地看着他，他怎么了？

"你喜欢安藤光？"金泽的声音很轻，可是每一个字都很沉重，让人觉得心被重重地捶了几下。

我迟疑地抿了抿嘴唇。

要不要承认呢？虽然他是我和安藤光共同的好朋友，可我还是觉得难为情。他会不会因为我和安藤光之间的差距而嘲笑我呢？还有，他现在的样子让我的心里隐隐有些不安。

可是好朋友应该是要坦诚相待的吧？而且我也决定了要向安藤光传达我的心意，也没有隐藏的必要了吧。

犹豫片刻，最终我还是用力地点点头。

他的头发被风吹起又落下，他用低沉的声音问我："什么时候开始的？"

"很早之前，你还没转学过来的时候。"我回答完他的问题，然后凑到他的面前，担心地打量了他一番之后，问道，"有什么不对吗？"

"没有。"他摇了摇头，脸上浮现出淡淡的笑容，用很轻松的语气说道，"上次在游乐场的时候，你抛下我去找他，我就猜到了。"

虽然他在笑，可是我从他的身上感受不到一丝开心。

"对不起。"不管怎么样，那次爽约都是我的不对，我低下头带着歉意说道，"本来答应了要陪你……"

"没关系。"他打断我的话，像是自言自语地低声重复着，"是啊，没关系。因为是你，所以都没关系。"

"你说什么？"我一头雾水。

"没什么。"他摇了摇头，深深地看着我，眼里流露出我看不懂的神色，"他知道你喜欢他吗？"

他知道吗？

我认真地想了想，我好像从来没有对安藤光说过喜欢他之类的话，但是我也不确定他会不会察觉到，只好摇摇头说道："我不知道他知不知道，但是都没关系。"

想到和安藤光在一起的点点滴滴，想到今天晚上的告白，我忍不住笑了起来："我打算今天晚上跟他表白！"

我的话音刚落，金泽的表情就僵住了。

"你怎么了？"我微微皱起眉头，总觉得他今天很奇怪。

"没事。"过了好一会儿，他的脸上才重新有了表情，视线投向我面前的画，嘴角挂着一丝若有似无的笑意，"我刚才只是在想，你现在画画越来越厉害了。"

"是吗？"听到他提到绘画，我立马来了兴致，开心地点着头，"我好像因祸得福了。"

在手受伤之后，我没有办法很细致地画东西，就把注意力放在了整体构图上，也正是因为这样，才形成了我现在的绘画风格。

他又仔细地看了看我的画，认真地看着我，说道："初星，现在的你已经不比画室里的任何人差了，包括我和安藤光。如果我们一起参加比赛，得第一的人说不定会是你。"

"所以你们要小心了，我现在可是一匹黑马哦！"我开心地和金泽开起了玩笑。

"你啊……"金泽无奈地摇了摇头，说完，他抬起头看着窗外的天空，头发被风

第八章 08
【我喜欢你】

吹得乱七八糟。

冬天的天空很阴沉，只能看见一片灰蒙蒙的云雾。

坐在画室里，我心不在焉地画着画，身边的两个座位都是空的。

金泽还没来，下午就一直没见过他，打他的电话也没人接，到放学再打的时候，他的手机已经关机了。

而安藤光，放学的时候说有事要去一趟办公室，让我帮他拿书包先去画室，可是现在已经过去一个多小时了，他还是没来。

我叹了口气，完全没有心思画画。过去一个小时了，我面前的这幅画连最基本的轮廓都没画出来。

我干脆停下画笔，从画袋里小心翼翼地抽出那张画，悄悄地打量着，看着上面让我心动不已的身影，笑容不自觉地爬上脸颊。

这是我花费一个中午的时间完成的画，也是手恢复之后，我最满意的一幅作品。

只要想到等一下把这幅画送给他，告诉他我的心意，我的心就忍不住加速跳动起来。

他会是什么表情？他会有什么动作？他会接受吗？

无数个念头都在此刻涌上大脑，就像含在嘴里的跳跳糖一样，不停地发出欢快的声音。

眼看时间不早了，我甩甩头，还是要把今天的绘画作业完成，要不然西老师肯定会有意见的。我可不想在这么重要的一天里有不开心的事情发生。

时间一分一秒地过去，没多久就到了下课时间，可是他还没有来，不知道老师到底找他干什么。

慢慢地开始有人离开，我拿着画坐在原地，不知道是不是因为心里有事，所以觉得时间过得格外缓慢。

不断有人从画室走出去，每次一传来门打开的声音，我就欣喜地朝门口看去，可

是一直没有看见那个熟悉的身影。

渐渐地,画室里的人都走光了。我把胳膊支在膝盖上,双手托着腮,一直盯着画室黄色的木门。

他要我在这里等他,他就一定会来。只要和他在一起,即使什么都不做,我也会觉得很开心。

可是……他喜欢我吗?因为长时间的等待,我开始胡思乱想起来。他那么耀眼,会接受这么平凡的我吗?

我轻轻地把手里的画放在一边,垂下头,塞在毛衣里的项链忽然垂下来,纯净晶莹的水晶吊坠在灯光下反射出璀璨的光芒。

忽然,从外面传来一阵熟悉的脚步声。

我紧张地坐直了身体,满心期待地等着那个人出现。

随着脚步声越来越近,其他的声音都在我的耳边消失,整个脑海里只回响着他的脚步声。

"哒哒哒——"

原本飞速跳动的心也随着他沉稳的脚步声而渐渐放缓下来。

你来了,安藤光。

我看着胸前的水晶吊坠,伸手轻轻握住,掌心传来一丝凉意。

所有的忐忑在他熟悉的脚步声中一点点消失不见。

他的心意明明早就告诉我了,为什么我还要胡思乱想?

我带着灿烂的笑容,全神贯注地看着门口,等待着那个身影的出现,我要亲口告诉他那句话——那句我埋藏在心里一直不敢说出口的话。

他已经为我做得够多了,如果我们之间有100步,他已经朝我走了99步,那么剩下的最后也是最关键的1步,就让我来走吧。

曾经一直觉得自己太过平凡卑微,没有资格对像发光体般闪亮的他说出那句话,可是在经历了这么多事情之后,我真的不想再错过了。

第八章 08

【我喜欢你】

我以后会努力让自己更加优秀，优秀到足以有资格站在他的身边。

"咔——"

终于，门被人推开了。

那个期待了一个晚上的人终于在门口出现，他整张脸冻得发白，身上的制服也有水迹，手里还拿着一把湿漉漉的雨伞。

原来外面下雨了啊，怪不得他来这么晚。

从打开门之后，他就一直站在门口没有进来，隔着这么一段距离静静地看着我，头发被雨水打湿，贴在额头上。

雨伞上的水滴落在地上，寒风涌进来降低了室内的温度。

"安藤光。"看他一直静静地看着我却没有任何动作，我疑惑地叫了他一声。他终于有了反应，朝我走来。

"不好意思，让你等了这么久。"他走到我面前，眼底有无数情绪涌动着。

听着他的声音，我终于放心了，他刚才应该是被冻坏了吧。

"你是不是很冷？"

我担心地看着他发白的脸，没有经过思考就伸手握住了他垂在身侧的手，果然冷得像冰。

在我握住他的手的瞬间，他的睫毛猛地颤了颤，身体也僵硬起来，而我不停地搓着他的手给他取暖。

曾经是你温热的手温暖我，现在就由我来温暖你吧。

渐渐地，他的手暖和了许多，我满意地抬起头看向他，却发现他一直紧紧地盯着我。

对视中，他忽然回握住我的手，微凉的手掌把我的手紧紧地包裹住。

我的脸"噌"地一下就红了，我扭捏地垂下头。

夏初星，你到底在干什么啊？明明是要告白的，你却还在拖拖拉拉。

即使对自己没有信心，也要对他有信心啊。

"安藤光。"我迎上他的视线,眼神坚定地看着他,"我有话对你说。"

看着眼前这张深深镌刻在我心里的脸,闻着从他身上传来的清凉的薄荷味道,我用力吸了口气,拿起放在一边的画,在他面前摊开,迅速却坚定地说道:"我喜欢你,我们能不能在一起?"

第九章 > 09
chapter

【告白】

我在心底喊出这个名字,眼泪流得更加汹涌,可是发不出一丝哭声,哭泣声全哽咽在喉咙里,痛得像是插了一根针。

"怦怦怦——"

说完这句话,我的心跳猛地加速,我涨红着脸不敢看他,视线在地面上四处游荡。

画室一下子变得安静下来,我甚至能清晰地听见自己的心跳声。

窗外,光秃秃的树枝随风轻轻晃动,影子投在玻璃窗上,看起来像是一个在翩翩起舞的舞者。

一分钟,两分钟,三分钟……时间一分一秒地过去,他还是没有说话,也没有接过我手里的画。一股清新的薄荷味在我们周围萦绕着,徐徐渗入心间。如果不是闻到从他身上传来的薄荷味,我甚至觉得他不在画室里。

长久的沉默让我变得不安起来,我鼓起勇气慢慢地抬起头,映入眼帘的是他帅气的脸庞。他正凝视着我,眼里泛着柔和的光芒。

对上我的视线,他终于张开嘴,轻轻说出我的名字:"夏初星。"

"嗯?"我笑着朝他点头,满心期待地等着他的回答。

看着我期待的眼神,他眼中的光芒忽明忽暗,声音变得缥缈,他说:"对不起。"

对不起?为什么要跟我说对不起?

我的心里忽然升起一股莫名的不安。

第九章 【告白】

"没关系啦,只是晚到一会儿,没关系。"我努力忽视心里的不安,把手里的画塞向他的怀里,"这个给你。"

安藤光忽然退后了几步,我拿着画的手停在半空中。

"对不起,我不能接受。"

"你不喜欢这幅画吗?"我收回手,心里的不安让我有些语无伦次,"我已经很努力画了……"

"夏初星!"他再次低声喊出我的名字,阻止我往下说,"我的意思是,不能接受你。"

心猛地抽搐了一下,我不敢相信地看着他:"为什么?"

他没有再说话,眼中涌出许多我看不懂的情绪。

"为什么不能接受我?"我走上前轻轻地拉住他的衣角,"明明白天都还好好的,为什么忽然变得这么冷淡?你怎么了?"

他眨了眨眼睛,看了我一眼。我听见他用喑哑的声音说:"我很好,只是想不出接受你的理由。"

我愣住了,脑海里忽然闪过未里在游乐场对我说的话,情急之下脱口而出:"未里说你喜欢我……"

他听了我的话,久久没有出声,视线毫无焦点,移动到窗外,不知道在想什么。

窗外,风变得狂躁起来,发出让人心悸的呼啸声。

不知过了多久,他重新把视线移到我的身上,眼里没有一点儿亮光,像是冬天的夜空,又冷又黑。

他逐字逐句地说道:"她弄错了,我从来没有喜欢过你。"

他的话如同一道闪电在我的脑海里闪过。一道刺眼的光芒闪过后,我什么都看不见了,整个视野里只剩下一片白茫茫的光。

我如同木偶一般呆立在原地,眼睛慢慢地湿润起来。

明明看不见他,可是他的气息不停地钻进我的鼻子里,他的身影随着泪水的流

淌，在我的视线里变得模糊起来。

"对不起。"

我眨了眨眼睛，眼泪滑过脸颊，直直地砸到地上。

"我从来没有喜欢过你。"

我的手指无力地松开，画掉到地上，瞬间被泪水打湿。

从来没有喜欢过我吗？

如果从来没有喜欢过我，为什么当初要对我那么好？为什么圣诞节那天给我那么大的惊喜？

为什么让我温暖了，感动了，表白了，却又残忍地告诉我这一切只是我误会了？

我倔强地盯着他，想要从他的表情里找到原因，他却厌烦地转过头。

安藤光……

我在心底喊出这个名字，眼泪流得更加汹涌，可是发不出一丝哭声，哭泣声全哽咽在喉咙里，痛得像是插了一根针。

"你真的从来没有喜欢过我吗？连一点儿也没有吗？"这是最后一个问题。

"嗯。"他点点头，脸上的线条紧紧地绷着，像是在压抑着什么，"如果我做了什么让你误会的事，我向你道歉。"

"砰——"外面的风忽然变得猛烈起来，身后的门狠狠地关上，发出巨大的声音。

我的心脏像是猛地炸开，连疼痛都来不及感受，所有的感觉就已经消失。

在大脑还没有反应过来的时候，我的身体已经先一步动作——我跑起来了。

外面正下着雨，还夹杂着雪，冰粒和雨水同时砸在我的身上，我却毫无知觉地继续跑着。

等我反应过来的时候，我已经站在了家门口，公交车七站的路程竟然被我一口气跑完了。我整个身体都是湿漉漉的，唯独眼泪已经干涸了。

我哆嗦着将钥匙拿出来打开门，迎接我的依然是一片黑暗。我摸黑换好鞋子，摸

第九章

【告白】

黑进房间，摸黑把湿漉漉的衣服换掉，缩进冰冷的被子里蜷缩成一团。

是被诅咒了吗？永远都只剩下自己一个人。

原来连你也不喜欢我。

"此次的挑战者要挑战抗寒的吉尼斯世界纪录，她将在零下20℃的冰室里待上120分钟……"我的耳边回响起偶然看到的电视节目里的声音。

迷迷糊糊地，我发现自己被关在一个透明的冰室里，到处都是冰块，刺骨的寒气不断地钻进身体。

"时间已经过去一个半小时了，她的头发和睫毛都结上了一层冰霜，她的挑战会成功吗？"随着主持人的声音响起，我忽然觉得很冷，不知道为什么挑战的人竟然变成了我。

"初星，加油，你快打破世界纪录了。"

"夏初星，加油加油，我们支持你。"

……

我费力地睁开眼睛，模糊的视线里，有很多人影在晃动着，他们不断地给我加油打气，叫我坚持下去。

还要坚持吗？我虚弱地眯着眼睛，脑海里浮现出一张熟悉的脸，他面无表情地看着我。

坚持就好了吗？

这样想着，我慢慢闭上眼睛，就要睡过去。

"嗡——"手机振动起来。

我睁开眼睛，发现自己还在房间里，身上冷得发抖，可是脸上有一股滚烫的感觉。

我舔了舔干涩的嘴唇，无力地撑起身体，从衣兜里找出一直振动的手机，按下通话键。

"初星，你怎么还没来上课？"金泽的声音传了过来，"已经上了两节课，你怎么还没来？你们班长说你没有请假。"

"我不太舒服。"我有气无力地回答金泽。

"你怎么了？声音听起来这么没有力气。"金泽着急地问我。

"没什么，可能有点儿发烧。"我眯着眼睛回答他，脑袋一阵眩晕。

"你吃药了吗？你们家有没有人在？"金泽语速急促，抛下一大堆问题，"我马上过来找你，你在家等着我。"

"我没事，你好好上课。"我现在谁也不想见，只想躲在一个谁也看不见的角落里，忘掉所发生的一切。

"我请好假就过来看你。"金泽不理我的话，自顾自地说完就挂断了电话。

我把手机放在一边，又把自己埋进被子里，可是仍然冷得打战。

"我从来没有喜欢过你。"

真的不喜欢我啊。

如果不喜欢我，为什么要送我那么珍贵的项链？

我下意识地朝脖子摸去，脖子上空荡荡的，根本没有项链的影子。

项链呢？

我猛地从床上坐起来，把衣兜和裤兜都翻了一遍，又在地上仔仔细细地找了一遍，可是都没有。

到底丢在哪里了？

我迅速找了一套衣服换上，出门去寻找项链。

外面虽然没有下雨，可地面还是湿漉漉的，寒风吹过，冷得我不停地发抖。

在哪里呢？我弯着腰仔仔细细地搜寻着地面，祈祷着不要被别人捡走。

我沿着昨天回家的路线往学校的方向走，没走多久脑袋就一阵眩晕，世界在我眼前变得朦胧，什么都看不清，什么也听不清。

我用力咬住下嘴唇，疼痛让大脑清醒了许多，我又强撑着寻找项链。

第九章
【告白】

"砰"的一声,我撞到了什么,朝后退了几步。就在我要摔倒之时,一双温暖的手扶住了我。

"初星,终于找到你了!"我定了定神,发现扶住我的人竟然是金泽,他一脸担心地看着我,"不是叫你在家休息等我过来吗?怎么跑出来了?手机也不带!"

"你来了?"我打起精神,对他露出一个微笑。

"你的脸色真差。"金泽伸手摸了摸我的额头,随即大叫道,"烧都没退就跑出来了?"

"我没事。"虽然嘴上逞强地说着,可是我浑身没有一点儿力气,所有的力气都在昨晚消耗干净。

看到我这副样子,金泽的眉头皱了起来,他放低声音说道:"我送你去医院吧。"

"没关系,等一会儿再去,我还有点儿事。"我固执地摆摆手。

那条项链是我和安藤光之间最后一点儿联系了,我真的不想失去它。我又弯着腰继续寻找起来。

"你现在烧得这么严重,不能再拖了。"金泽伸手握住我的手腕,眼底闪过一丝心疼,"现在必须去医院!"

"我不去!"我用力挣扎着想把手抽出来,可是身体虚弱得没有任何力气,只得恳求他,"你放开我。"

"你到底在找什么?你知不知道你现在在发高烧?"他将我的手握得更紧了,脸上带着深深的担忧。

"我的项链不见了,是安藤光给我的项链。"高烧让我的大脑运转不过来,我自顾自地把一切都说了出来。

金泽握着我的手颤抖了一下,随即又紧紧地握住,像是要牢牢地把我禁锢在他的身边一样。

他的声音很低沉:"你发着高烧跑出来,就是为了找安藤光给你的项链?为了那

条项链,你连命都不要了吗?"

我被高烧烧得迷迷糊糊的,脑海里不停地浮现出安藤光的身影。现在的我失去了最基本的思考能力,唯一记得的只有项链。

我不顾一切地用尽全身力气继续挣扎着:"金泽,你别管我!"

金泽失望地闭上了眼睛,再次睁开眼睛时,眼底已是一片漆黑:"安藤光对你就那么重要吗?他送的东西值得你这样寻找吗?"

"你放开我!"我听不进他的话,耳朵里全是嗡鸣声,我觉得好累好累,整个人仿佛随时要跌进黑暗里。

金泽无奈地松开手,脸上的神情很寂寥。

重获自由之后,我转身继续寻找着项链。

尽管脚步变得踉跄起来,尽管耳朵里的嗡鸣声越来越大,尽管世界在眼前不停地旋转着……

"嘀——"马路上行驶的车辆发出刺耳的鸣笛声,让我的脑袋更痛了,脚像是踩在棉花上,没有一点儿力气。

一步,两步,三步……

我眼前的一切被黑暗淹没,身体不受控制地朝地上倒去,在失去意识前我好像听见安藤光在叫我的名字。

刻意压低的说话声,推车发出的金属撞击声,还有从远处传来的哭泣声,交织在一起,好像一首悲痛欲绝的歌。

消毒水的味道涌进鼻子,漫过胸腔,我整个人仿佛被浸泡在消毒水里。

眼皮沉重得像是被人黏上了,几次用力之后,我的眼睛终于一点点睁开。一道白光闪过,映入眼帘的是白色的天花板,紧跟着出现的是一张熟悉的脸,他紧皱的眉头渐渐舒开,惊喜地说道:"初星,你醒了!"

说完,他又伸手摸了摸我的额头:"嗯,没那么烫了。"

看着金泽满是担心的脸,我回想起自己晕倒的前一秒。

那时候我以为我听见的声音是你的,在身体砸向冰冷的地面时,在和这个世界暂时断开联系时,我唯一能想到的人是你,安藤光。

我眨了眨眼睛,眼里像是撒进了细沙,痛得眼泪流了出来。

"初星。"金泽的声音很温柔,他轻轻地擦去我眼角的泪水,"我会一直站在你的身后,只要你回头,就能看见我。"

病房里的光线很暗淡,金泽的表情看不太真切,可是我能清晰地感受到他的温柔。

我抿了抿嘴唇,没有说话。有时候,说出的任何一句话都会变成伤害,伤害到的不是对方就是自己,我唯一能做的只有沉默。

请了两天病假再去学校时,有一种恍若隔世的感觉,好像一切都变了,应该说是和身后的那个人的关系变了,让我觉得整个世界都变了。

因为他就是我的整个世界啊!

放学后,我没有等金泽,也没有去画室,而是在学校里闲逛着。最近我都在尽量减少和金泽在一起的时间,想用行动来表明自己的态度。

冬天的傍晚,天色早早地暗了下去,教学楼隐藏在黑暗之中,只能依稀看见轮廓。整个校园也已经从放学时的热闹恢复到宁静,寒风凶猛地刮着,光秃秃的树枝被吹得摇摇晃晃。鞋子踩在地面上,发出的声音清晰地在校园里回响着。

冬天,放学后的校园有一种死寂般的冰冷。

逛了一大圈之后,我才慢慢朝画室走去。没多久,我就远远地看见了艺术楼前路灯下的两个熟悉的身影。不知道他们在说些什么,两个人看上去都很开心。

暖橘色的灯光斜斜地照在他们身上,如同给他们添上了一种柔光效果,让整个画面看起来更加美好。

寒风钻进我的衣领里,带着刺骨的凉意蔓延到全身。

我刻意放轻了脚步,不去打扰他们,可脚步声还是传进了他们的耳中。他们不约而同地朝我看来,我硬着头皮尴尬地和女生打招呼:"未里。"

"初星,你怎么才来画室?藤光都来了很久了,你们不是在一个班吗?"未里笑着对我说,又拍了拍安藤光的肩膀,"最近你们好像都没有一起来画室呢!"

我不敢看安藤光,视线一直在地面游移着。他会怎么回答?即使到现在,我还是忍不住期盼着能从他的嘴里听到一点儿和我相关的话。

有的感情就像是被大火焚烧过的野草,虽然有着荒芜的表面,可是只要春风一吹,新生命就会破土而出,长成一片绿地。

"我有东西忘在教室了,要回去拿。"安藤光没有回答未里的问题,就像没有看见我一样,和我擦肩而过。

听着他远去的脚步声,我的心里像是被人塞进了一大块冰。

我们已经成为陌生人了吗?

"初星,你们怎么了?"未里挽起我的手臂,关心地问道,"我怎么觉得你们最近怪怪的?"

我勉强笑了笑,看向满眼担忧的未里,低声说道:"你们两个要幸福地在一起啊!"

"啊?"未里一头雾水地看向我,"你在说什么啊?"

我没有回答她,只是苦涩地笑着。

寒风更猛了,我忍不住打了个寒战。

"你不说,我去问他,看你们到底在搞什么鬼!"未里不满地看了我一眼,朝安藤光离开的方向跑去,消失在我的视线里。

我应该祝福吧。即使你不喜欢我,我也应该祝福你和她得到幸福,这样做是对的吗?如果是对的,为什么我的心好像被人紧紧地攥着,疼得无法呼吸?

我站在原地,任由风吹起头发,狠狠地拍打着脸颊。

"你最近为什么一直躲着我?"一个苦涩的声音传了过来。

第九章 【告白】

我回过头,看见金泽从走廊的柱子后走了出来,他的脸上没有了招牌式的笑容,取而代之的是失落。

我紧紧地咬着嘴唇,说不出话。

他慢慢地走到我的面前,凝视着我,声音喑哑却依然十分温柔:"我让你觉得不自在吗?"

"不是的。"我迅速否定,可是不知道接下来该说什么。

"刚才我都看见了,也不是第一次看见了。"他紧紧地盯着我,仿佛我随时都会跑掉。

我垂下头,盯着地面,脑海里却浮现出安藤光冷漠的脸。

"你们两个已经不可能了,对吗?"像是为了让我听得更清楚,他斟酌着慢慢地问出这句话。

我没有回答,因为我只要这样一想,心就痛得厉害。

安藤光,我们真的不可能了吗?

天空忽然飘起了雪花,在黄色的路灯下,雪花像是橘色的羽毛一般纷纷扬扬地飘落下来。

"下雪了。"我呆呆地看着漫天的雪花,一边低喃着一边伸出右手接住落下的雪花。

"初星。"我的右手被一只温暖的手握住,我朝金泽看去,他的声音如雪花一般轻柔,"要不要试着和我在一起?"

雪花无声地落下,他的目光真挚而温柔,眼底的深情像火一般炙热。

"金泽……对不起。"我轻轻地喊出他的名字,满眼愧疚地看着他。

"为什么一定是他?"雪花落在他的睫毛上,慢慢浇熄了他眼底的火光。

"因为他是安藤光啊。"

我的心太小,只能容得下他一个人,从他走进我心里的那一刻起,就没办法再移走了。

"他到底哪里比我好?"金泽的声音像是在极力压抑着什么。

哪里更好?

我眨了眨眼睛,却想不出答案。

我只能轻声回答金泽:"他是独一无二的。"

"你真的连一点儿机会都不愿意给我吗?"金泽的眼里闪过复杂的情绪,"我就那么差劲吗?"

"对不起,并不是谁好谁差的问题。"

感情的事原本就是没有道理可言的。

"嘴上说得好听!"压抑的情绪终于变成了怒火,金泽的语调渐渐升高,"最后你们所有人不都是选择了他?那我呢?我到底算什么?"

"金泽……"看着金泽愤怒的神情,我想要安慰他,却不知道应该说什么。

"夏初星,你不要用这种可怜的眼神看着我!"金泽的脸上闪过一丝恼羞,语气也越来越激烈,"你和我一样!他不喜欢你,永远都不会喜欢你!你不要作践自己了!"

心像是被人狠狠地戳了一下,痛得我说不出话来。没想到金泽会说出这样伤人的话。

我强忍着心痛,看着越来越激动的金泽,像是宣誓般对他说:"也许他永远都不会喜欢我,但我会永远喜欢他!"

"你宁愿被拒绝,也不愿意接受我?"金泽的瞳孔猛地收缩一下,他不敢相信地看着我,"他比我强这么多吗?"

虽然不想伤害金泽,可是我真的想不到两全其美的办法,只能满怀歉意地说出事实:"在我的心里,任何人都比不上他。"

并不是安藤光有多好,只是因为他先住进了我的心里。

"哈哈哈……"金泽大笑起来,眼中最后一点儿亮光也熄灭了,他用嘲讽的语气大声喊着,"你们就是觉得他比我强、比我好,从小到大,你们都这么觉得!"

第九章

【告白】

第一次看到金泽这个样子，我的心里隐隐不安起来。

那个笑容灿烂的金泽，那个张扬洒脱的金泽，那个温柔亲和的金泽，此时已经完全不见了，站在我面前的金泽是陌生的。

"可是你们谁都不知道吧……"金泽停止了大笑，可是脸上的表情扭曲着，"那个什么都优秀的安藤光到底做过什么！"

"他做过什么并不重要。"

我不知道金泽到底想说什么，可是不管他说什么，安藤光在我心里都是无法替代的。

"呵呵，是吗？"金泽忽然冷笑了两声，他的嘴角含着一丝讽刺的笑意，嘴唇一张一合，吐出一句话，"他肇事逃逸！"

我的心猛地一跳，隐隐察觉到什么，却不敢去细想。

"一年前他出过一次车祸。"金泽继续说着，每一个字都重重地砸在我的心上，激起了一波又一波惊涛骇浪，"听说是在美术馆附近的十字路口。"

什么！美术馆附近？

我不敢再想下去，不安的情绪如潮水一般把我整颗心都淹没："你别说了，我不想知道！"

"车祸发生的时间是去年省绘画比赛决赛的早上。"金泽压根没有停下来的意思，"他骑着摩托车撞倒了一个女生……"

"够了！不要再说了！"我猛地打断他的话，强烈的不安堵在胸口，让我快要窒息。

"夏初星。"金泽却紧紧地盯着我，不给我逃离的机会，他脸上讽刺的笑容越发明显，逐字逐句地说着，"当初那个害你受伤的人就是安藤光！"

"砰！"

像是一枚炸弹在我耳边炸开，我的大脑在那一刻变得一片空白，只剩下巨大的嗡鸣声。

金泽在说什么?他说安藤光是害我受伤的人吗?怎么可能!我不相信,也不想相信。

我不住地低喃:"不可能,不会的……"

可是金泽自顾自地大吼着,像是一头发狂的野兽:"你以为他对你好?其实他对你所有的好都只是在赎罪!"

时间像是被人按下了暂停键,我的大脑完全停止了运转,我只能呆呆地看着金泽。

我什么都没有想,也不愿意去想。

冰冷的雪花无声地落在我们的头发上、睫毛上、衣服上,堆起一层浅浅的积雪。世界也渐渐被这一场雪覆盖,让人看不清它原本的面目,只觉得好陌生。

金泽在吼完刚才那句话之后,像是恢复了理智,看着呆滞的我,脸上浮现出担忧的神色。

"你说的是真的吗?"

我静静地看着他,等待着他的回答。

金泽没有回答,嘴唇张了几次,却没说出话来,只是慢慢地点了点头。

"哦。"

我失魂落魄地退了两步,仰起头看着簌簌而落的鹅毛大雪,雪花落在脸上,融化成水珠,顺着脸颊滑下来。

原来真相竟然是这样的。

难过吗?伤心吗?

没有,这些情绪都没有,有的只是绝望——看不见一丝光亮的绝望。

我转过身,一步一步地朝教室的方向走去,沉重的脚步声响彻在寂静的雪夜里。

身后,金泽一直默默地看着我,没有再说话。我一个人走在这冰冷的世界,去确认最残忍的真相。

第九章

教学楼一片黑暗，只有几间教室还亮着灯。

我爬上楼梯，穿过漆黑的走廊，来到了教室门口，咬牙推开了门。

教室里空荡荡的，只有那个熟悉的位子上坐着一个熟悉的人，他正趴在课桌上，右手的手心里好像握着什么东西，反射出一道光芒。

我慢慢地朝他走去，他听见我的脚步声之后，把手里的东西塞进裤兜里，然后疑惑地抬起头。

看见是我，他的眉头微微皱了起来。

还是一头如墨的黑发，还是一双如星空般的眼眸，还是一张毫无表情的俊脸，所有的一切都还是那么熟悉，可是有些东西悄然改变了。

他的视线扫过我身上的积雪，眉头皱得更紧了，眼底浮现出一丝担忧，却又飞快地消失不见。

就是这样的视线，让我觉得他的眼里好像只有我，让我误以为他的心里也有我。

我像一个木偶般机械地朝他走去，在离他还有几步远的地方停了下来，痴迷地看着那张已经镌刻在我心里的脸。

独属于他的薄荷清香若有似无地在四周飘散着。

过了几分钟，他忽然站起身，抬脚朝我走了过来，好像准备说什么。

还没等他说话，我猛地朝他冲了过去，紧紧地抱住他的腰，把头深深地埋进他的怀里，贪婪地闻着他身上的薄荷清香。

他的身体僵了一下，随即就放松下来任由我抱着。

谁也没有说话，我们静静地感受着彼此的体温。我的额头抵在他的胸口上，我紧紧地闭上眼睛，把全世界都隔绝在外，只留那独特的薄荷香还有熟悉的温度在我身边萦绕。

"我昨天不是随便说的，夏初星的画是真的很好，虽然她的画线条画得不好，可

是整体比你们任何人的画都要好……"

"很多人问我技巧方面的问题,却忘了最本质的东西。好的画是具有灵魂的,画出来的水果会让你想吃,画出来的花朵会让你闻到芬芳,画出来的鸟儿让你觉得它在飞翔。如果只是单纯地画得像,用相机拍下来就可以了,何必画画……"

"夏初星的画虽然技巧不好,但是她昨天画出来的水果让人有想吃的感觉,这是你们都做不到的……"

我收紧了双手,默默地在心里念着:喜欢你。

"其实我很讨厌画画,讨厌到一说起画画就觉得厌烦。没想到吧,呵呵,我竟然会讨厌画画。"

"为什么会讨厌画画?我不相信你真的讨厌画画,如果你不喜欢画画,怎么会画出那些好看的画?"

"你啊……一开始我的确很喜欢画画,也很认真地画每一幅画,但是后来我发现了比画画更让我喜欢的事情。"

"但你还是喜欢画画的,对吧?"

"你还记得我第一天转学来的时候,你捡到的那张房屋设计图吧。那张图是我画的,但是我不敢承认……"

"因为我的爸妈只想让我继承他们的事业,成为一名出色的画家,可我的梦想是成为一名优秀的建筑设计师。"

"我努力反抗过,可是都没有用。慢慢地,我越来越不喜欢画画,有时候甚至会觉得画画是一种折磨,每次都是敷衍着去画……"

"后来遇见了你,我感到很好奇。明明右手受伤画不出好看的画,还要忍受周围人的嘲笑和讽刺,可是你仍咬牙拼命地画着。"

"你知道吗?看见你为梦想努力,我忽然觉得自己很幼稚、很可笑。你那么珍惜

第九章
【告白】

每一次画画的机会,我却把自己的怒气和怨气发泄在画画上面。"

"今天,我终于重新找回了当初对画画的热爱,我已经很久没有用心画一幅画了,而让我发生改变的人是你。"

"谢谢你让我重新找回对画画的热爱。"

我把耳朵贴在他的胸口上,听着他强劲有力的心跳,继续默念着:真的好喜欢你。

"夏初星,我好想你。就算你喜欢阿泽,我也不想再放手了。"
"安藤光,你是个大笨蛋!我才没有喜欢金泽。"
"你不喜欢金泽?太好了。"
"夏初星,能够遇见你真好。如果不是你,也许我永远都找不到当初对画画的热爱,你让我在混乱的时候找到了方向。在远离你的这段时间里,我每一天都过得很痛苦,我真的不想再忍受这种痛苦了,它会把我折磨到疯掉的。"

曾经在一起的画面像是按下了重播键,从第一次见面开始慢慢地播放着。

眼泪静静地从我的眼角流淌出来,渗进他的衣服,同时我用尽全身的力气紧紧地抱住他,一遍遍地在心里低喃着:我真的真的好喜欢你。

我害怕以后再也不能这么拥抱他,再也没有机会像这样近距离地诉说我的心意。

就让我在这个怀抱里多待一秒,再多待一秒吧!就让我最后一次沉沦在只有他的世界里,忘记思考,忘记什么叫自欺欺人吧!

"你怎么了?"不知过了多久,头顶上传来他低沉的声音。

"当——"

像是午夜的钟声响起,我从美梦中惊醒,身体一僵。我猛地收回双手,朝后退了两步,离开他的怀抱。

　　一瞬间,属于他的味道消失得干干净净,寒冷重新侵占我的整个身体。我把双手缩进袖子里,想保存一点儿他身上的温度。

　　又过了几秒钟,我抬起头看着他。

　　他帅气的脸庞在白光下泛着晶莹的光芒,美好得不像是这个世界的人。

　　我努力让自己的声音保持平静,可是短短的三个字,我仿佛用尽了全身力气才把它说出来:"是你吧?"

第十章 > 10
chapter

【两个世界】

那是我再也无法进入的世界,或许从一开始我就不曾进入那个世界,如果不是当初他主动接近,我肯定连他们世界的一个边角都无法触及。

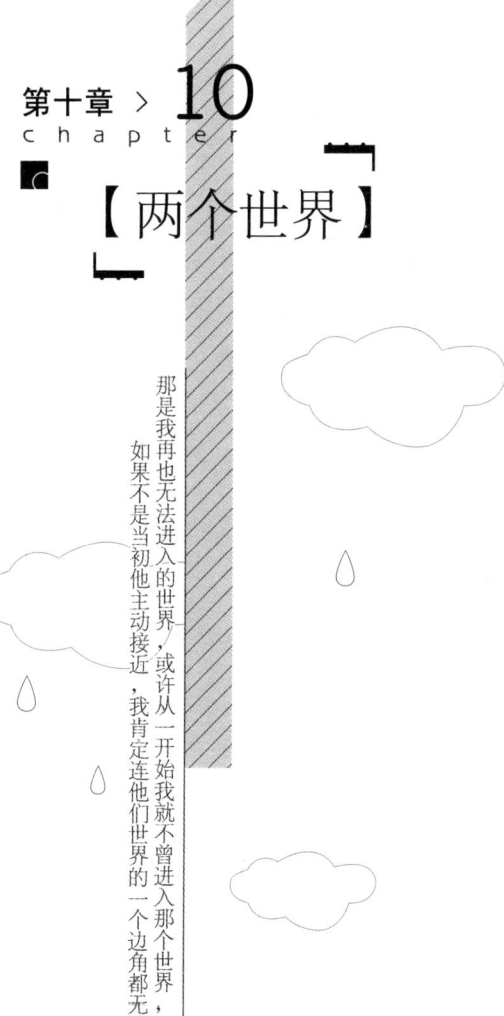

  外面的大雪还在无声地下着,寒风从门口涌进来,教室里异常冰冷。地面上,一串湿漉漉的脚印显得无比突兀。

  "什么?"安藤光的睫毛微微颤了颤。

  我看着他,指甲狠狠地掐着手心,喉咙里像是卡着玻璃碎块,一说话就刺得生疼。

  "是你吗?"我的声音很轻,我害怕声音太大,某些东西就会像泡沫一样破灭,"当初害我受伤的肇事者……"

  安藤光沉默地看着我,嘴唇紧抿着,没有任何解释,只是那死寂的眼神和灰暗的脸色已经说明了一切。

  我的心底涌现出一丝绝望,难道真的是他?

  被雪打湿的衣服传来一阵阵凉意,可更冷的是心,里面仿佛凝聚着一根根尖锐的冰刺。

  "对不起。"沉默了片刻后,他开口说道。

  冰刺忽然变长,戳穿了整颗心脏。

  我慢慢地抬起头,眼里凝聚出泪水,声音不可抑制地颤抖起来:"真的是你……"

第十章 【两个世界】

害得我的手受伤，肇事逃逸，让我跌入地狱的那个人真的是你！

"对不起……"他的声音微微颤抖，脸上带着深深的歉意，"我不是故意瞒着你，只是想慢慢补偿你。"

我定定地站在原地看着他。他说补偿我？所以他一直以来对我的好都是在补偿我？

在大家面前说我的画好，故意送我画画的用具，给我画漂亮的肖像，送给我珍贵的项链……

我的身体不由得微微颤抖，我听见自己的声音变得沙哑："你一直在补偿我吗？"

"我知道这些还不够，可是我不知道还能做什么。"他整个人似乎都被黑暗笼罩，完全找不到一丝"发光体"的影子。

补偿，原来他对我好根本不是因为喜欢我，而是因为内疚。

眼泪迅速涌出眼眶，他的脸在我的眼前变得模糊不清。

难道我就不值得你喜欢？

眼泪大颗大颗地落下，我的喉咙像是被什么卡住了。

"你为什么要对我这么好？"

我呆呆地看着他，呢喃着问出这句话。

为什么在所有人都否认我的时候认可我？为什么要给我温暖？为什么要让我喜欢上你？为什么要让我误会你也喜欢我？为什么让我喜欢上你之后却告诉我这一切都是为了补偿？

"我想让你忘掉过去，过得开心。"看着我汹涌的眼泪，他走上前想为我擦去眼泪，"我会让我爸妈补偿你，供你安心地学画画。"

"啪——"我用力打开他的手。

供我安心地学画画？

哼,不过是因为我家里穷,所以打算用钱来赎罪!

怪不得他会撮合我和金泽,怪不得他会拒绝我的告白。他从来就没有喜欢过我,他对我所有的好仅仅是因为愧疚。

我太傻了,竟然真的以为他喜欢我。

我胡乱地抹了一把眼泪,他的脸在我的眼前重新变得清晰起来。

忍着内心巨大的疼痛,我用沙哑的声音一字一句地说道:"安藤光,我不需要你的同情!"

说完,我走到自己的课桌前,从抽屉最里面拿出一幅画,在他面前摊开,他的瞳孔微微收缩了一下。

这是当初我做画室模特时,他给我画的肖像画。

我用手指轻轻地摸了摸上面的线条,然后抓住画的两端,一狠心,"嘶"的一声,画在我们面前变成两半。

我的视线再次变得模糊起来。

我不停地撕着手里的画,直到它变成一堆白色的小碎片。我朝他用力一抛,碎片像窗外的雪一样,从空中纷纷扬扬地落下,落到他的头上、肩上,还有地面上。

"你就这么恨我?"再次开口说话的他,眼里没有一丝光彩,只剩下一片死寂,"无论我做什么,你都不会原谅我吗?"

寒风涌进来,吹落他身上的白色纸屑,吹起他额前的黑发,他却像是毫无知觉,眼睛一眨不眨地看着我。

是不是从一开始,他来到我的身边,他对我好,都是为了补偿?

"夏初星……"

久久等不到我的回答,他的脸上忽然退去了血色,一片苍白。

他伸手想握住我的手臂,可是不知道想到了什么,手指最终停留在离我一厘米远的位置,不敢再前进分毫。

第十章

【两个世界】

我抽了抽鼻子，任由眼泪大滴大滴地落下，满心悲痛地朝他喊出最后一句话："我讨厌你！"

说完，我转身朝外面跑去。

我清晰地感觉到，我和他之间的距离已经越来越远了。

这一次，要真的放手了。

"初星！"我刚跑出教室，迎面碰见拿着两杯热气腾腾的奶茶的未里，她看到我脸上的泪水时，焦急地追问道，"你怎么了？"

我看着她，嘴角扬起一抹苦笑："未里，祝你们幸福。"

我知道此时我的表情一定很滑稽，明明满脸的泪水，却偏偏还想微笑。

"初星，你在说什么？什么幸福？"

她看着我，脸上又是疑惑又是担心。

"快去吧，他在等你。"

为什么到了这个时候，还在说着这样的话？是因为太喜欢了，所以即使自己受伤难过，也希望他幸福吗？

就像明明知道了他是害我受伤的那个人，可我还是没办法去怨恨他。我在意的是他对我好仅仅是为了赎罪而已。

未里看着我，还想说什么，我朝她摆摆手，迅速朝前跑去。

"初星，初星！"

身后传来未里的喊声，可是我已经没有心思顾及，我唯一想的只是逃离这里，逃离有他的地方。

从今以后，我的世界再也没有光了。

外面大雪还在下着。

我跑出了学校,不想看见任何人,一心只想跑回家,跑到自己的房间,跑进只有我一个人的世界。

"砰——"

在离公交车站不远处的拐角处,我脚下一滑,摔倒在地上。

手、肚子、膝盖都传来一阵剧痛。周围没有人,冷清得让我觉得整个世界只剩下我自己。

我慢慢地爬起来,看着被泥水弄脏的衣裤,悲伤填满了整个心房。我缓缓地在原地蹲下,抱着膝盖,头埋进臂弯里,低声痛哭起来。

我已经很久没有痛快地哭过了,可是这一次,悲伤像是汹涌的潮水,铺天盖地而来,把我整个人都淹没,让我无法呼吸,觉得自己就要死掉了。

我的哭声越来越大,孤寂地在这个寒冷的冬夜里回响着。

即使在知道自己不能再画画时,我也没有哭出声。可是,知道你不喜欢我时,知道我将永远失去你时,我忍不住失声痛哭。

失去你才是最绝望的事。

那天的雪下得很大,大到像是把我整个人冻在雪里。

那天的我哭得很伤心,像是流光了这辈子所有的眼泪。

我好讨厌这个冬天。

我们常常会觉得时间过得太慢,可是当我们回头望去的时候,才发现时间的流逝快得难以想象。转眼间,这个学期已经接近尾声了,而我和安藤光也已经很久没说过话了。

那件事情发生之后,我以离黑板太近影响视力为由,向班主任申请把座位往后调,远离了安藤光的位子。

我永远记得,当我把座位换走时我们最后的对视。那一刻,他的眼眸就像深不见

第十章 【两个世界】

底的深潭,让人心悸。

从那之后,我和他再也没有任何交流,更没有说过话。即使迎面遇到,也如同陌生人般擦肩而过,仿佛从来没有认识过,曾经发生的一切就像一场梦。

现在梦醒,人散了。

我苦涩地勾起嘴角,拿起铅笔继续把未完成的画画完。下个学期又到了省级绘画比赛的时间,为了迎接这次比赛,我把全部身心都投入到了画画练习当中。

"沙沙沙——"手里的铅笔在素描纸上摩擦,发出细细的声音。

我正在认真地临摹着,这已经是今天晚上的第三张画了。

画室里的人都走得差不多了,没有走的人也在整理画具,只有我一个人还在画着。

安藤光的座位早就空了,他一下课就和等在门口的未里走了。画室的座位我没有换,主要是因为画室的杂物、人实在太多,没有地方可换。

"初星,你走不走?"金泽整理完画具,轻声问我。

他已经完成两幅练习了,留到现在,只是为了等我一起走。

"你先走吧,我这幅画才画了一半。"

我没有看他,其实是不敢看他,我怕看见他眼里的温柔,那是我永远无法回应的情感。

"好吧,你也早点儿回去,路上要小心。"金泽的声音里满是无奈。

"嗯,你也是。"我努力装出轻松的样子,可是手里的铅笔从他说话开始就无法再落下一笔。

直到他的脚步声渐远,我才敢抬起头。

他刚好走到门口,身影比以前看起来单薄,身上的黑色外套和门外的夜色融在一起,让他看起来很落寞。

窗外的风忽然变得很大,吹得树枝东摇西晃,偏离了原本的位置。

就像我们一样。

从知道真相的那个晚上开始,我们就变成了这个样子。我和安藤光形同陌路,又一直躲避着金泽,虽然和未里的关系没有什么变化,可是因为隔着安藤光,相处起来也没有以前那样轻松了。

我们的关系就像一个解不开的四元一次方程式。

"嗡——"

刚画好最后一幅画,躺在兜里的手机振动起来。我掏出手机一看,原来是爸爸打来的电话。

"初星啊,你怎么还没回来?"爸爸放柔了声音,话语里带着关心,"学校的课应该结束了吧?"

听着爸爸的声音,一股暖意从我的心底缓缓升起,温暖了心里的每一个角落:"我的画没画完,所以耽误了。"

"那你快回来吧,太晚了不安全。"爸爸担心地嘱咐道,"今天爸爸发工资了,买了好吃的在家里等你。"

"好,我马上回来。"

感受到爸爸的开心,我沉重的心情也渐渐变得轻快起来。

我挂了电话,马上收拾东西往家里赶。

从公交车上下来的时候,忽然下起了雨,我连忙用书包挡在头顶上,朝家里跑去。想到爸爸在家里等我,虽然雨水滴落在身上,心情却没有沾染上一点儿水汽。

没多久,我跑到了家门口,看着熟悉的大门,笑容不由得浮上脸颊。

打开大门,我还没来得及换鞋子,就迫不及待地朝客厅喊了一声:"爸,我回来了!"

第十章

【两个世界】

等了好一会儿也没有回应,我疑惑地换好拖鞋走进客厅,再次大声喊道:"爸,我回来了!"

依然没有任何回应。

人呢?爸爸不是说在家里等我吗?

虽然心里隐隐有了答案,可我还是带着最后一丝希望跑去厨房。

餐桌上,用水杯压着一张字条,上面是爸爸熟悉的字迹:"初星,工厂临时有事叫爸爸去加班,烤鸭在电饭锅里热着。"

果然还是没能等我回来。总是我一个人在家,总是我一个人吃饭,很多时候我都感觉这个家里好像只有我一个人。

可是我没有任何理由去责怪他们,如果不是为了供我画画,他们也不用这么拼命地工作。

窗外的雨"哗哗"地下着,巨大的雨声淹没了一切声音。

我拿着字条走进房间,把它放进一个漂亮的糖果盒子里。盒子里面堆满了很多类似的字条,有爸爸的字迹,也有妈妈的字迹,这好像成了我们之间联络的方式。

我轻轻地拨了拨里面的字条,嘴角慢慢扬起来,笑容一点点浮现在脸上。

或许这也是他们爱我的方式吧。

下了一晚上的大雨,第二天竟然放晴了。

午休的时候我坐在教室里,呆呆地看着窗外蔚蓝的天空,被雨水洗刷过的天空好像比平时更蓝了。

教室里没有什么人,这个时间大家还在食堂吃饭,只有几个同学在看书写作业。

我用外套的帽子把脑袋罩住,趴在桌子上装作睡午觉,视线却朝安藤光的座位投去。

未里正笑容满面地跟他说着话。

"喀喀——"忽然，安藤光咳嗽起来，右手握拳抵在唇前，身体因为剧烈的咳嗽而颤抖着。

听着他咳嗽的声音，我的心不受控制地揪了起来，他已经咳了一上午，是不是感冒很严重？

"你还好吧？"未里担心地皱起了眉头，关心地问他，"怎么好好的忽然感冒了？"

"喀喀……没事……"

虽然他嘴上说着没事，可是咳嗽没有停止。

"是不是发烧了？"

未里说着凑上前，手指贴上他的额头，两人之间的距离很近，近到仿佛就要亲吻一般。

阳光从他们之间照过来，给他们镀上一层浅浅的金边，整个画面美好得仿佛一幅油画。

我的眼眶一点点地变红，我吸了吸鼻子，闭上了眼睛，整个世界一片黑暗。

根本用不着我担心什么，有比我更适合的人在关心照顾着他。

我默默地站起身，看了他们一眼，走出了教室。

那是我再也无法进入的世界，或许从一开始我就不曾进入那个世界，如果不是当初他主动接近，我肯定连他们世界的一个边角都无法触及。

我紧紧地咬住嘴唇，不让哽咽声从喉咙里漏出。

我好希望这个漫长的冬天赶快过去，好想这么悲伤的冬天永远不要再来。

在学校逛了一圈之后，我回到了教室的走廊上，兜里多了几个硬邦邦的纸盒子。原本只是为了避免看到他们在一起的画面，可是经过医务室的时候，我还是忍不住去买了感冒药和止咳药。

第十章 【两个世界】

无论怎么远离他,无论怎么告诉自己他已经与我无关,可还是抵不过内心的想念。

我悄悄探出头朝教室里面看了一眼,发现安藤光的座位空荡荡的,只有一束阳光落在桌面上。

我把右手伸进兜里,捏了捏纸盒子,有点儿后悔刚才的一时冲动。就算我不买药,未里肯定也会照顾好他吧,我何必多此一举呢?

干脆趁他们不在,把药塞进他的抽屉吧,反正暗恋他的女生这么多,他也不会想到是我送的。

想到这里,我走进教室,一步步朝安藤光的座位走去。

离他的座位越近,我就越恍惚,好像穿越时空,看见了许多熟悉的画面。

"安……安同学……"

"嗯?"

"我……我……这……这是你的吗?"

"为什么来问我?"

"因为掉在了你的课桌下面啊。"

"哦。"他淡淡地回应了一声。

"那个……这房子设计得真好看,原来你不光喜欢画画,还喜欢设计房子啊。"

……

第一次对话的画面仿佛被镜头收录,在眼前缓缓地播放着。明明只是几个月前的事情,却遥远得像是过去了一个世纪。

每一个画面都像加了特效的光,明亮美好得不像话。

看着熟悉的画面,我的嘴角不禁浮现出一丝笑容。即使很久没有看见他的正脸,他的样子也能清晰地浮现在我的脑海里,就连他的每一个细微表情,我也能分毫不差地回忆出来。

时光冲淡了一切,却无法模糊你的脸,可是……这又有什么用呢?我们终究是回不去了。

我把药塞进了安藤光的课桌里,转过身准备回座位,眼前突然出现一张脸。

这张脸和脑海里不断浮现的那张脸重合在一起。

室外,阳光灿烂,树叶随风发出"沙沙"声。

室内,幻象和现实重合。

我目不转睛地看着眼前这张脸,过了好一会儿才反应过来,惊呼道:"安……安藤光!"

第十一章 > 11
chapter

【分界线】

天色已经渐渐暗淡下来，可是路灯还没有亮起，光线在这个明暗交替的时刻显得浑浊不清，就像我们之间的关系。

　　仿佛世界上所有的声音都在此刻消失,他身后的一切事物都在此刻纷纷瓦解。阳光从他身后照进来,给他铺上了一层金光灿烂的背景。即使在这样的背景下,他也没有丝毫逊色,反而显得更闪亮,他是比阳光更耀眼的存在。

　　我不知所措地愣在原地,呆呆地看着眼前这张既熟悉又陌生的脸。

　　他的视线从课桌的抽屉里扫过,然后抬起头看向我,漆黑的眼眸中浮现出无数情绪,慢慢地,所有情绪又被他收敛起来。

　　唯一剩下的只有我最讨厌的愧疚。

　　那种眼神就像一盆冰水般猛地从我的头顶泼下,刺骨的凉意顺着血液抵达心脏,把我从呆滞的状态中拉回现实。

　　"你不要误会!"我强忍着内心汹涌的情绪,故作冷淡地看着他,一字一句地说着违心的话,"这是未里让我转交给你的。"

　　"是吗?"他张开嘴,声音微微发颤,"那麻烦你了。"

　　"不客气。"我刻意压低声音,害怕他察觉到我真实的心意。

　　以前总听别人说时间会冲淡一切,可是为什么过了这么久,却没有冲散我对他的心意?

　　我不敢停留太久,快步从他身边走过。在经过他身边的时候,我不小心碰到他手

第十一章 【分界线】

里的塑料袋，发出"嘶嘶"的响声。

就像那天那幅画被撕碎的声音。

永远都回不去了，以那天为界，我们之间已经划分出两个不同的世界。

阳光从窗外照进来，却照不到所有的角落，教室里一边是光明，一边是阴暗——两个对比鲜明的世界。

一个星期，一个月，一个季节，在所有的时间长度前面都必须加上两个字——想他。

想他的一个星期，想他的一个月，想他的一个季节。

最讨厌的冬季在不知不觉中接近尾声，干枯的树枝长出了新芽，冰冷的空气里也多出一份暖意。

短暂的寒假过后，新学期马不停蹄地到来。

放学后，距离专业课开始还有半个小时，可是画室里的人都来得差不多了。新学期的第一节专业课，季然的小团伙就凑在一起开会。

"季然，你的手表真好看！"

"这是我叔叔从意大利给我带回来的。"季然一边拨弄着手表，一边头也不抬地回答道。

"你叔叔在意大利？"

"嗯，他在佛罗伦萨住很多年了。"季然的语气虽然很平淡，却有着掩饰不住的优越感。

"哇，那你以后不是可以去那边留学？佛罗伦萨美术学院超厉害呢！"

"不知道，看我爸妈怎么安排吧，我才懒得管。"

听着她们的对话，我一边准备画画的用具，一边回想在网上看到的关于佛罗伦萨美术学院的信息，那所学校好像是世界顶级的四大美院之一。

去那里读书对于我来说是想都不敢想的事情，可是对于别人来说，好像是一件轻而易举的事情。

"对了，季然，今年的省绘画比赛要开始报名了。"有人用讨好的语气对季然说道。

"所以呢？"早就安排好出路的季然漫不经心地问道。

"听说这次比赛的奖金比以前多很多，冠军的奖金……"女生刻意停顿了一下，神秘兮兮地继续说道，"有一万块！"

"这么多？"

所有人惊呼起来。

"季然，我们也去报名吧。我们学校有两个名额，万一运气好呢？"

……

在她们的欢呼声中，我默默地放下手里的铅笔和小刀，看着远处沉思着。

要去申请吗？可是整个学校只有两个名额，我可以申请吗？

奖金有那么多啊！就算得不到第一名，只要拿到名次，也可以给家里减轻负担。

想到这里，我一咬牙，朝老师办公室走去。

离办公室大门还有两步远的时候，门从里面打开了。

开门的是留着一脸络腮胡须的西老师，他没想到我会在这里，惊讶地看着我，问道："初星，你怎么在这里？"

"我……"我犹豫着，不知道要怎么跟西老师说申请名额的事情。

"你先进来吧，我正准备去找你呢。"西老师没注意到我脸上的神色，带着我走进了办公室。

他走到办公桌旁，从一堆画作中抽出一沓画，低头翻阅着。

我着急地看向西老师，紧紧地咬着下唇。

要怎么开口呢？每个年级都有这么多学画画的人，我要怎么说服他，把仅有的两

个名额给我一个呢？

"初星。"还没等我开口，西老师已经抬起头，脸上带着和蔼的笑容，"今年的绘画省赛，你和金泽一起参加吧。"

西老师的话音刚落，我惊讶得张大嘴巴，他是说我可以参加今年的省赛吗？

看到我惊讶的神情，西老师脸上的笑意更浓了，他挥了挥手里的画："你现在的水平完全有资格参加省赛了。"

我眨了眨眼睛，终于回过神，笑容不自禁地浮现出来："西老师，您放心，我一定会努力的！"

"我相信你一定能取得好的成绩。"西老师满意地点点头，把手里的画放回桌上，视线不经意落在桌子上的一张画上，叹了口气，又说，"幸好还有你在啊。"

我好奇地探过头，发现这张画的右下角写着三个字——安藤光。

"本来学校是安排金泽和安藤光参加比赛的。他们一个是上届的冠军，另一个画画的实力有目共睹，可是不知道安藤光那小子搞什么鬼，死活都不愿意参加比赛。"西老师一边整理桌子上的画作，一边向我解释道，"当然，以你现在的水平，也完全可以代表我们学校参赛了，只是……"

西老师迟疑了一下，没有继续往下说，但我明白了他的意思。

只是比起我，金泽和安藤光拿到名次的希望更大。

我神色黯然地垂下眼帘，脑海里不由得浮现出那双满是愧疚的眼眸，胸口仿佛被什么东西重重地压住，喘不过气来。

你是故意的吗，安藤光？

又是在补偿我吗？故意把参加比赛的机会让给我吗？你知不知道你越是这样做，我就越难过？

我宁愿你什么都不做，也好过你因为愧疚而对我好。

我不想再有任何误会，也不想接受你的同情。

  天色已经渐渐暗淡下来，可是路灯还没有亮起，光线在这个明暗交替的时刻显得浑浊不清，就像我们之间的关系。

  第二天。

  阳光透过窗户落在我的手上，没有一丝温度。

  我一边听老师讲课，一边看着远处的安藤光。他如墨般的黑发在阳光下泛着一层淡淡的光圈，明明穿着普通的深蓝色制服，却比任何人都要好看。

  就是这样的他，让我无限眷恋却又永远无法企及，酸楚的情绪积聚在胸口，隐隐作疼。

  从头发到肩膀，我的视线一遍遍地描绘着他的轮廓，舍不得移开分毫。可是，心里有个声音清楚地在说：夏初星，无论你多么不舍，他永远都不会属于你，你只是他赎罪的对象。

  于是，视线里的那个身影一点点地模糊起来。

  没多久，午休铃声响起了，老师宣布下课后，班上的同学马上朝食堂冲了过去。我也站了起来，走到外面的走廊，等待着某个身影出现。

  大概过了一刻钟，安藤光才出现在后门。

  我长长地吸了一口气，走到他面前，抬起头看向他。

  深蓝色制服里面露出白色的衬衫领子，万年不变的冰山脸，与记忆中不同的是，头发比以前更长了。

  看着眼前熟悉的脸庞，我的喉咙仿佛被堵住了，原本想说的话一时想不起来。他看着我，眼里闪过一丝惊讶。

  我们谁也没有开口说话，温暖的风在我们之间穿梭着，他身上的薄荷味轻轻飘进我的心底。

  "夏初星。"他率先开口打破了沉默。

第十一章 【分界线】

他的声音仿佛从宇宙传来，绕过无数星球，穿过大气层，才终于抵达我的耳边。

我的心微微一颤，鼻尖忽然泛酸，有多久没有听见他喊我的名字了？

在他叫出我名字的那一瞬间，埋藏在心底的情愫如海绵遇水般迅速膨胀，占满了我整个心房。

见我一直没说话，他皱起眉头，像是在斟酌着什么，很久之后，才用很轻的声音确认道："找我有事？"

看着他闪烁的眼神，苦涩的情绪如藤蔓般紧紧地缠住我的心。

"安藤光，你为什么要拒绝参加省绘画比赛？"我故作镇定地看着他。

是为了把名额让给我吗？

"是因为……"他的眉头越皱越紧，像是想起了什么不开心的事情，"我想试着按照自己的想法生活，而不想按照父母铺好的路继续走。"

只是这样吗？

我微微皱着眉头，紧紧地盯着他的脸。

"我已经决定了，我要成为一名建筑设计师。"不知道是不是察觉到我探究的眼神，他犹豫了一下，还是继续说道，"我会按照自己的选择一直走下去。"

"你爸妈……同意吗？"我不由得为他感到担心。我记得以前他说过，他爸妈是希望他成为一名画家的。

听到我的问题，他眼神一暗，用低沉却隐含着力量的声音回答我："不管怎么样，这是我自己的人生，我会做自己喜欢的事情。"

他凝视着我，感叹道："这是我从你身上学到的，对自己喜欢的事应该坚持，不要放弃……"

他的声音如羽毛般轻轻地从我的心里拂过，却激起一层层涟漪。

原来我也能帮到他吗？

想到这个可能性，我的心里有一种从未有过的满足感。

我看着他，仿佛走廊上所有的声音都消失了，只有清新的薄荷味流动在这个无声的空间里。

"嗡！"他的手机振动起来，他掏出手机看着屏幕，却一直没有接听。

怎么了？

我担心地看着他，最终他的手指从屏幕上轻轻滑过，振动声便彻底停了下来。

是谁打来的？是他的爸妈吗？在这样的年纪违抗父母的决定，他一定承受着很大的压力吧！

他沉着脸把手机放回裤兜里，我的视线追随着他的动作，无意中一瞥，忽然看见他的裤兜边挂着一条银色的项链，链子上的吊坠不断晃动，折射出七彩的光芒。

这是……

我猛地睁大眼睛，紧紧地盯着那条项链，这是他圣诞节送给我的礼物！

察觉到我的视线，他低头看了一眼，把项链拿出来，递到我的面前："一直想还给你，却没有找到机会，不知道你还要不要？"

我抿了抿嘴唇，伸出手接过项链，慢慢合上手指，把它紧紧地攥在手心里。

项链怎么会在他这里？和他对质的那个晚上，在我跑开之后，难道他一直跟在我身后吗？那么长的一段路，他竟然一直跟着我，一直就在我的身后？这是不是代表着，其实他还是有那么一点点在乎我？

我静静地看着他，他没再说什么，脸上的冰霜因为我的举动而慢慢融化。

这样温柔的他，为什么会肇事逃逸呢？我第一次对这个问题产生了怀疑，当这个想法出现在脑海里时，就越发难以抑制。

因为站在面前的这个人，我的心完全乱了。我努力让自己冷静下来，尽量用平静的语气问他："你能不能告诉我，车祸那天到底发生了什么？"

他没有马上回答我，阳光照在他的脸上，把他的脸照得有些苍白。

"那天我在发烧，又刚吃完药，头昏昏沉沉的，于是发生了事故……"沉默了很

久,他才再次开口,"车祸之后我也昏迷了很久,当我醒过来的时候,已经躺在家里了。"

原来他并不知道后来发生的事情啊……

"我爸妈告诉我,事故他们已经处理好了,被我撞到的人……"说到这里,他忽然停了下来,垂下头看着我的右手手腕,"很幸运地只有一点点皮外伤,他们也赔偿了一大笔医药费。"

说完,他没有再抬起头,视线久久地停留在我的手腕上。

"直到遇见了你,我才知道事情根本不是这样。"他看向地面,身上的光芒早已消失不见。

原来是这样……

原来他并没有逃避责任的意思,只是被爱他的爸妈善意地欺骗了。

那么他究竟有没有喜欢过我呢?他对我的那些好,是不是因为愧疚呢?

到底是因为想补偿,还是喜欢呢?

"你是什么时候知道我就是被你撞伤的那个女生的?"我纠结地咬了咬唇,开口问道。

过了一会儿,他才回答道:"约你在公园见面的时候,你跟我说了你出车祸的经过,我才知道是你。"

原来这么早就知道了……

那么,至少在他点评我的画的时候,送给我画画工具的时候,为我画肖像画的时候,他对我的肯定和好都是真心的,这样我就觉得很满足了。

也许是见我一直没说话,他的脸色又苍白了几分:"对不起,是我弄伤了你的手,如果不是我,你的生活肯定会比现在好得多。"

"其实都是一样的,没什么改变。"我轻声反驳他,"遇见了你和金泽之后,我才明白,当年我就算参加了比赛,也赢不了其他人。"

听我这么说，安藤光的眼里亮起了一丝微弱的光。

"可是现在，从受伤中恢复过来的我，就算和你或者是和金泽比赛，也不一定会输给你们哦。"我故意朝安藤光挥了挥拳头。

"你真……真的这么想？"

我没有回答，只是静静地看着他，看着面前这个因为我的话而眼眸发亮，连说话都变得结巴的男生。

其实我从来都没有恨过他。

我在意的只是他有没有喜欢过我，哪怕只是一瞬间。

"小光。"正当我准备回答安藤光的时候，一个中年大叔忽然出现在我的视线里，他的神态看起来很疲惫，好像很久没休息的样子。

不知道为什么，我总觉得他有点儿面熟，可是又想不起在哪里见过。

看着走到我们面前的大叔，安藤光惊讶地回应了一声："金叔叔？"

金叔叔？我一下子明白过来，他是金泽的爸爸，怪不得我觉得有点儿面熟。

我还在惊讶的时候，金爸爸忽然看向我，和蔼地笑着说道："你是夏初星吧？听班上的同学说，你和金泽是要好的朋友，我有一件事想拜托你帮忙……"

第十二章 > 12
chapter

【积雨云】

一直笼罩在我心头的那朵积雨云毫无预兆地下起了大雨，雨水填满了整颗心，从眼底溢了出来。

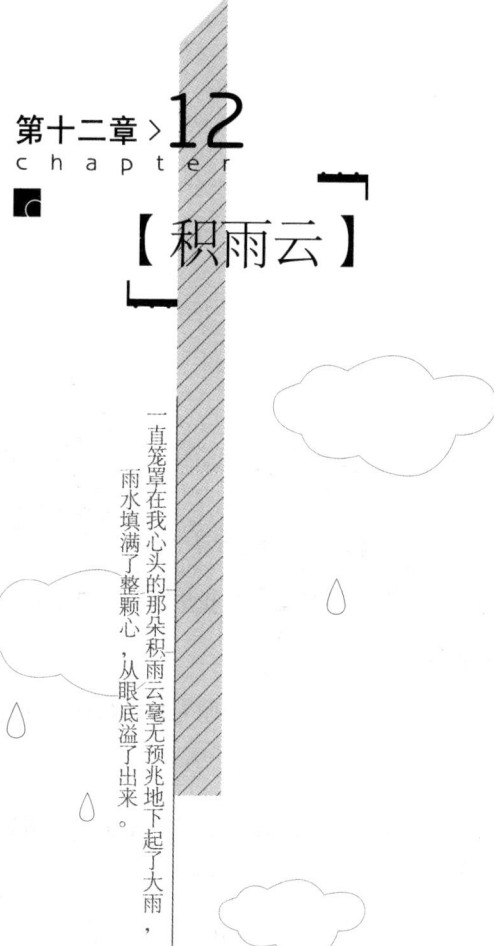

找我帮忙？

我诧异地瞪大眼睛，我能够帮上什么忙？

"唉，金泽那小子和他妈妈吵架了，我想请你帮我劝劝他。"金爸爸叹了口气，眉宇间有着浓浓的担忧。

听了金爸爸的话，我更加疑惑了，明明安藤光和金泽更熟，为什么不找他反而来找我呢？

我疑惑地看了一眼安藤光，他摇了摇头，似乎也不知道怎么回事。我只好硬着头皮继续问："金叔叔，金泽为什么要跟金阿姨吵架啊？"

"他妈妈听说这次省绘画比赛的优胜冠军能得到去佛罗伦萨美术学院学习的机会，但是因为小光参加了……"金爸爸说着看了安藤光一眼，停顿了好一会儿才继续说道，"所以……他妈妈担心阿泽赢不过小光，就四处托关系，替阿泽争取到了一个名额。"

原来是这样啊，他应该还不知道安藤光拒绝参加比赛的事情吧。

"阿泽知道这件事情之后，就跟他妈妈大吵了一架。两个人脾气都很倔，都已经两个星期没说话了。"金爸爸继续说着，眼里是隐藏不住的担心和关爱，"其实有什么好吵的呢，他妈妈还不是为了他好？"

第十二章

【积雨云】

听了金爸爸的话，我皱起了眉头，大概明白了为什么金泽会这么生气。连他的爸妈都不相信他能赢过安藤光，还有什么比这个更伤人的呢？

"其实我们也不是不相信他，我们只是想给他最好的学习条件。"金爸爸叹了一口气，视线从安藤光的身上扫过，"原来是需要竞争才能抢到的机会，现在变成百分之百确定的机会，难道不是更好吗？"

"但是没有你们的信任，金泽会很难过啊。"我抿了抿嘴唇，决定把心里的想法说出来，"明明还没开始的事情，你们却已经认定他输了，认为他比安藤光差，他心里会多难过，毕竟你们是他最爱的爸妈啊！"

父母不是说我们是独一无二的宝贝吗？为什么总是要拿我们和别人比较呢？

金爸爸听了我的话，很久没有说话，皱着眉头若有所思，过了一会儿才苦笑道："是我们不对，没有考虑过他的感受。"

听到金爸爸这么说，我不由得为金泽感到开心，以后他应该可以生活得更加轻松自在了吧。

"但是他妈妈为了拿到这个名额，付出的代价是被公司派去美国工作两年，这两年都不会在金泽身边了。"金爸爸忽然说道。

"什么？"我惊讶得张大嘴巴，过了几秒才回过神，"那金泽知道这件事吗？"

"还没来得及告诉他。"金爸爸缓缓地摇了摇头，满眼期待地看着我，"他妈妈订了今天晚上7点的机票，你能帮我劝劝那小子去送他妈妈吗？毕竟他妈妈也不容易。"

看着眼前一脸为难的金爸爸，我明白其实金爸爸金妈妈都很爱金泽，只是不会表达而已，否则金爸爸不会特意来找我帮忙，而金妈妈更不会离开自己的家人，远赴国外工作两年。

"叔叔，您放心，我一定会叫金泽去送阿姨的。"想到同样很爱我的爸妈，我暗自下定决心。

"真的吗？那太好了！"

金爸爸在得到我再三的保证后，开心地走了。

我看着他远去的背影，忽然觉得，其实我的爸妈也是一样，用他们的方式默默地爱着我。虽然他们没有经常陪伴在我的身边，但是不辞辛苦地工作着，只为了让我去做自己喜欢的事情。

天下所有的父母都是一样的吧。

答应了金爸爸之后，我一个下午都在想着要怎么劝金泽。

金泽虽然表面看起来很好说话，可事实上一旦是他认准的事情，不管旁人怎么说都没有用。

我发短信要金泽放学后在校门口等我。算起来，自从那次大病一场之后，我跟他已经很久没有单独相处过了。

时间匆匆流逝，没多久放学时间就到了。

一放学，我就迅速拿起书包朝校门口走去，还没到校门口，就远远地看见了金泽。

他低着头背靠着校门口的一棵大树，夕阳的余晖透过树枝的缝隙在他身上洒下一层薄薄的暖光。

"金泽。"

我走过去叫了他一声。

他马上抬起头，下一秒笑容就出现在他的脸上。

他语调轻快地开着玩笑："初星，今天突然约我，是想我了，还是想我了啊？"

微风吹起他额前的头发，露出一双温柔的眼眸。

"我有事想跟你说……"我抿了抿嘴唇，试探着说道，"今天金叔叔来找我了。"

"什么？"他脸上的笑容瞬间消失，脸色变得阴沉，"竟然还找上你了！"

"金泽……其实叔叔阿姨都很担心你。"我没想到他的反应会这么大，看来他和他爸妈的误会真的已经很深了。

"担心我？"他的嘴角勾起一个讽刺的笑容，"是担心我比不过安藤光吧！不管我多么努力，她从来都没有夸过我一句，在她的心里，我永远比不上'小光'！"

原来金泽是这样想的。可是，我相信在父母心里，自己的孩子一定是最好的，这是天底下所有父母都会有的心情。就像我的爸妈一样，在他们的心里，我一直都是他们的骄傲。

"金泽，你还记得你以前送我回去的时候，看见我的爸妈在为钱吵架吧？"我看向西方的天际，"他们经常吵架，也经常把我一个人留在家里，但是他们也辛苦地赚钱供我画画，总是尽最大的努力让我去做自己喜欢的事情。"

想到爸妈为我做的事情，我的笑容不自觉地在嘴角绽放。

我看着金泽，逐字逐句地说道："虽然有时候他们会顾及不到我们的心情，可是他们真的很爱我们，把所有好的东西都给了我们。"

"你的爸妈和我的爸妈不一样。"虽然嘴上这样说着，可是金泽脸上的怒气已经消散了许多。

"我确定在这一点上，天底下的父母都是一样的。"我笑着摇摇头，决定把金叔叔告诉我的事情说出来，"我知道你还在怪阿姨不相信你能赢安藤光。"

金泽紧紧地抿着嘴唇不说话，头发被风一吹，在空中不停地翻飞着。

"但是你知道她为了给你抢这个名额，付出了什么代价吗？"金泽微微眯起眼睛，等待着我接下来的话，"她要去美国工作两年。"

"真的吗？你说的是真的？"

金泽不敢相信地看着我。

"嗯，你爸爸亲口告诉我的。"我非常肯定地点点头，接着又说，"其实阿姨和

叔叔真的很爱你,这个世界上哪有不爱自己孩子的父母?"

金泽没有再说话,微微垂下头。

天色已经完全暗了下来,旁边的马路上,一辆辆车如同深海里的鱼不停地穿梭。

"现在已经快6点了,阿姨乘7点的飞机走,你再不去就赶不上了。"见他一直沉默,我着急地提醒他。

他抬起头,嘴唇微微张开,像是想说什么,却又什么都没说出来。

他忽然握住我的手,拽着我来到马路边,刚好有一辆出租车开过来。他拉着我上了出租车,直奔机场而去。

到了机场,我跟着金泽跑得上气不接下气,好不容易才跑到了登机口。

他松开我的手,四处打量着,额头上冒出一颗颗小小的汗珠,可是他看了半天,也没找到他妈妈。

还是晚了一步啊……

周围人来人往,大家都步伐匆匆地行走着,行李箱的轮子与地面摩擦发出"嗡嗡"的声音,而金泽一直呆呆地站在原地。明明大厅里光线明亮,可他的身上像是覆盖了一层黑纱,显得灰蒙蒙的。

我想安慰他,却不知道应该说什么。他一定很难过吧,毕竟金妈妈这一走要两年后才会回来。

"阿泽?"

忽然,一个悦耳的女声传来。

出声的是一个三十多岁的女人,头发整整齐齐地盘在脑后,化着精致的妆容,不苟言笑,看起来很精明严厉。不过仔细一看,她和金泽有几分相似,难道是……

"妈!"

金泽像是触电一般猛地抬起头。

第十二章

【积雨云】

果然是金泽的妈妈,和金爸爸比较起来,金泽和他的妈妈长得更像呢。

看见金泽,金妈妈的眼里闪过一丝温柔的神色,可是很快,她就板着脸,语气严厉地说道:"你怎么在这里?这个时候你不应该在上专业课吗?"

金泽似乎并不在意他妈妈严厉的口吻,他深吸一口气,轻声说道:"到了美国,要好好照顾自己。"

金妈妈惊讶地睁大眼睛,刻意装出来的严厉神态似乎难以维持下去了。

金泽微微扬起嘴角,笑容在脸上慢慢浮现出来:"一放假我就会过去看您,不用太想我。"

金妈妈眼里隐藏的温柔在此刻如潮水般涌了出来。

金泽忽然伸手抱住金妈妈,低声说道:"妈,您要相信您儿子,我不比任何人差。"

被抱住的金妈妈一开始有点儿错愕,但听到金泽的话之后,眼圈忽然红了。

她伸出手拍着金泽的背,肯定地说道:"阿泽,你一直都是妈妈的骄傲,一直都是。"

看着这一幕,我笑了起来,退后几步,向远处走去,不想再打扰他们。

大厅里也许有上百盏灯,却比不上这对相拥的母子身上发出的光芒,那么耀眼,那么温暖,就像冬日的阳光。

等金泽送金妈妈登机后,我看到他笑容满面地走回来,此时的他 脸灿烂,好像走在阳光里。

"幸好没有错过。"

看着金泽开心的样子,我也打心底为他感到开心。

"初星,这次真是谢谢你了。"

他走到我的面前道谢,眼里闪烁着光芒。

"不用客气啦。"我笑着朝他眨眨眼,"也让我给你当一次骑士嘛。"

金泽没有再说什么,不知道为什么,他的眼里闪过一丝痛苦的神情。是我看错了吗?又或者是他舍不得妈妈?

外面天色很暗了,但是机场各处都亮着明亮的灯,打破了凝重的夜色,为人们照亮了未来的方向。

吃过午饭,安藤光被老师叫走了,未里去忙乐队排练的事情,我和金泽拿着速写本来到旧校区写生。

不知不觉已经到了初夏,阳光比春天的时候更加明亮灿烂,落在身上也让人觉得炎热起来。幸好旧校区这里的树木茂盛高大,把大部分阳光遮住了,只有少量阳光透过树叶间的缝隙落下一地的光斑。

画完一幅画,我停下手里的画笔,朝一旁正在认真画画的金泽看去。他的头发在阳光下泛着淡淡的红光,长长的睫毛安静地垂下,侧脸干净而美好。

我忽然想起最近班上的女生对金泽的评价。

"好像比以前更亲切了。"

"笑起来简直要让人心跳停止。"

"整个人都在闪闪发光呢!"

我不禁笑了笑,自从打开了心结之后,金泽真的像是变了一个人,就连画画都比以前更厉害了。

或许是感觉到我的视线,他抬起头来,刚想说什么,"嗡"的一声,他的手机振动起来。

他看了我一眼,然后掏出手机。看到来电人的名字后,他嘴角上扬的弧度逐渐扩大。

"妈,您怎么大半夜不睡觉?想我了啊?"

第十二章 12

【积雨云】

"嗯,我挺好的,你也要好好照顾自己哦。"

……

等到他结束通话,我笑着朝他眨了眨眼:"看来你现在和金阿姨感情很好呢,太好了!"

"多亏了你。"金泽笑着回答道,眼里满是温柔之色。

"你别这么说。"我轻轻地摇摇头,认真地说道,"以前你总是帮我,一直照顾我,我才帮了你一次,根本不算什么。"

听了我的话,金泽脸上的笑容僵了僵,像是想起了什么可怕的事情。

怎么了?

我疑惑地看着他,是我说错什么了吗?

风忽然变大,树叶被风吹得簌簌而落,他额前的头发被风吹起,露出紧皱的眉头。

"初星。"他的眼里覆着一层薄薄的水雾,"对不起。"

对不起?

我茫然地眨了眨眼睛,伸手碰了碰他的额头:"没发烧啊,你在说什么胡话?"

他总是默默地陪在我的身边,在我需要的时候给予我帮助,像个骑士一样守护着我,这样的他有什么对不起我的?

"初星,我不能再骗你了。"斑驳的阳光在他的脸上晃动着,落进他的眼里,"其实很早以前我就知道撞伤你的人是阿光。"

他早就知道当初撞伤我的人是安藤光?

我一愣,笑容僵住了,问道:"你是怎么知道的?"

"我知道他在参加比赛的路上撞伤了一个女生。"他看着我,眼里的光芒一点一点地熄灭,"无意中又听西老师说起,你的手受伤也是因为那天发生一场车祸,我稍微一调查就知道了……"

"初星。"金泽轻轻地唤着我的名字,继续往下说,"你知道那一次阿光为什么会拒绝你的表白吗?"

我的心微微一颤,他为什么会突然提到这个?

虽然表白的事情已经过去好几个月了,可是每次想起那一幕,我的心还是揪得发疼。

我努力挤出一丝笑容,装作毫不在意地说道:"还能为什么?因为不喜欢我啊。"

我故作轻松地说,可每一个字都像是一把锋利的刀,狠狠地从心上划过。

"其实在你表白之前我找过他。"金泽始终没有看我,脸色凝重得就像下雨前的天空,"我不准他答应你的告白。"

我诧异地睁大眼睛,原来金泽在那之前找过安藤光啊,可是……金泽凭什么要求安藤光不答应我的告白呢?

"我跟他说,如果他答应的话……"

我隐约察觉到什么,感到不安起来。

"我会告诉你,他就是当初害你受伤的那个肇事者。"金泽的声音很轻,却在我的心里掀起了巨浪。

明明是再熟悉不过的声音,此刻却变得如此陌生。

原来是这样,难怪那天安藤光的神情那么反常。可是金泽为什么要这么做呢?

我呆呆地看着金泽,心里说不出是什么滋味,只觉得胸口闷得发慌。

"夏初星,我喜欢你。"

金泽短短的一句话,却让我的心微微一颤,我不知道如何回应,只能沉默地看着他。

"可你喜欢的人是他。"他的睫毛轻轻扇动着,目光毫无焦点地看着远处,"从小到大,我总是输给他,连我喜欢的女生也喜欢着他,我一时气昏了头,才做出这种

卑鄙的事情。"

我定定地看着金泽，他的脸上已经看不见一丝血色，在阳光下，有一种近乎透明的苍白。

我不知道要说些什么，大脑完全处于空白的状态，我需要时间好好想一想。

"我先回教室了。"

说完，我转身朝教室的方向走去。

"初星……"

身后传来他几不可闻的声音。

我的眼睛被风吹得泛酸，我也不想让他那么难过，可是……

我没办法装作毫不在意地说"没关系"，如果不是他，我和安藤光现在或许就是另外一番模样了。

阳光被树枝切割成一道道细小的光束，斜斜地落在地面上。风轻轻吹过，光斑像是海浪般不停地流动着，相似的情景忽然让我想起当初他带我去看未里表演时的场景。

明明相似的场景，明明相同的人，却再也找不回当时的心情。

下午最后一节课是物理课，老师说到了以前学过的知识点："力的作用是相互的，是指物体B施加给物体A一个力的作用的同时，物体A也会施加给物体B，比如你打别人一下，你们两人都会感觉到疼痛。"

如果力的作用是相互的，那么伤害呢？如果伤害也和力的作用一样是相互的，那么金泽在伤害了我们的同时，是不是同样也伤害了自己？

一个下午，我都在一遍遍地回忆着和金泽在一起的点点滴滴。如果当初不是他带着我去寻找所谓的答案，我也许还没有找回对画画的初心，更不会这么快提高画画的水平。

他对我的好,我从来都没有忘记过,也不会忘记。

当太阳缓缓从地平线落下的时候,预告着今天的课程已经结束。老师一宣布下课,班上的同学便迫不及待地冲了出去。

"走吧。"

我还在整理书包的时候,安藤光已经走到我的课桌旁等我了。

教室的灯没有打开,他站在过道上,背靠着课桌,正低头摆弄着手机。

他额前的头发随风摆动着,手机发出的柔光照在他的脸上,把脸部的轮廓渲染得柔和起来。

这样的他比平时更吸引人,让我完全移不开视线,只想永远留在他的身边。

班上的女生都不由自主地放慢了整理书包的动作,直勾勾地看着他。

"怎么了?"

他感受到周围的视线,侧过头来看我。

我摇了摇头,脑海里却回想起中午金泽说的话。

安藤光是因为不想让我知道他就是肇事者,才被迫拒绝了我的表白吗?那么在他的心里,到底有没有一点儿喜欢我呢?

太阳已经从地平线上消失,留下大片的红霞静静地浮动着,让原本暗淡的天空变得鲜艳起来。

"初星!"

刚走出教室,我就远远听见了未里的声音,只见未里正从走廊尽头的楼梯口朝这里跑过来。

"出……出事了!"

未里跑到我的面前,因为剧烈的运动而大口地喘着气。

"怎么了?"

我拍着她的背给她顺气。

未里深深地吸了一口气,脸色凝重地看着我:"我刚听班上的人说,金泽要退出这次的绘画比赛!"

"怎么可能?"我惊讶得张大了嘴巴,金泽明明答应了他妈妈会努力比赛,怎么可能突然退赛?

"是有人经过西老师的办公室亲耳听见的,应该不会错。"未里的眉头紧紧地皱起,眼里是满满的担忧。

我的心一沉,金泽到底怎么了?

他要退赛,是和中午说的事情有关吗?想到这里,我懊恼起来,早知道就直接说不在意好了。

"不管怎么样,先找到他再说!"我还在内疚的时候,安藤光第一时间做出了决定,"我知道阿泽心情不好的时候喜欢去天心公园,我们去那里找找看吧。"

"好。"

我和未里马上答应道。

天色渐渐暗下来了,原本艳丽的红霞也消失了,只有各处商铺的霓虹灯闪烁着,让人眼花缭乱。

到了天心公园之后,我们开始分头寻找金泽,可是找了快一个小时,也没看到他的影子。

小腿已经酸痛起来,我走到路边的椅子上坐下稍作休整。看着寂静的公园,我不由得叹了口气,金泽,你到底在哪里啊?

忽然,我的视线中出现了未里的身影,她正站在前方不远处的路灯下四处张望着。

"未里!"我大声朝她喊道。

看见是我,未里马上跑了过来,焦急地问道:"怎么样?找到金泽了吗?"

我失落地摇了摇头,指了指旁边的椅子,说道:"我们先休息一下吧。"

她犹豫了一下,最终还是点点头,坐了下来。

"不知道安藤光那边有没有金泽的消息。"我自言自语地说道,头枕着椅背看着天空,今晚的夜空没有一颗星星,月亮也被厚厚的云团笼罩住,"那么多年的好朋友,应该能找到吧。"

未里没有说话,低着头不知道在想什么,脑后几缕头发倔强地朝上翘着,左耳上的耳钉在昏黄的灯光下显得光彩夺目。她穿着一件红色V领T恤,搭配一双红色马丁靴,耀眼得让人第一时间就会把目光集中在她的身上,仿佛她在哪里,哪里就是舞台。

她天生就具有吸引观众目光的气场。

"初星。"

忽然,她抬起头看着我,眼里流露出复杂的神色。

"怎么了?"

我疑惑地眨了眨眼睛。

她凝视着我,没有开口,像是在积蓄着某种力量。过了好一会儿,她才终于开口问我:"你和安藤光之间打算怎么办?"

我的脑海里浮现出那张熟悉的脸,酸楚的情绪填满了整个胸腔。我苦涩地说道:"不知道,也许就这样了吧。"

"是吗?"她把视线从我的身上移开,看向矗立在远处的大厦,声音很轻地说,"记得我说过喜欢安藤光吧?"

我点点头回应道:"我记得。"

"以前我总觉得只要我再努力一点儿,他就会喜欢上我。"未里收回视线看向我,眼中弥漫着淡淡的雾气,"可是我努力了很久也没有结果……"

看着这个样子的未里,我忽然觉得心疼。她应该像在舞台上那么自由自在,而不是现在脆弱的样子。

"他心里早已有了喜欢的人。"她的声音就像海面上的泡沫,轻轻一碰就会碎,"所以无论我多努力都没有用。"

喜欢的人?

难道未里还认为安藤光喜欢的人是我吗?

"感情的事情本来就没办法勉强。"没等我说什么,未里又继续说道,"所以即使再不舍,我也知道应该放手了。"

她看着我,嘴角勾起一个美好的弧度。

她张开嘴,声音好听得就像是在唱歌:"你和他都是我喜欢的人,所以不要辜负我,要好好地在一起。"

她的这句话落在我的心里,激起一圈圈涟漪。我明明觉得很温暖,眼圈却忍不住泛红。

她真的是一个很好的女生,有多少人能够像她这样勇敢地去爱、洒脱地去爱?

能够认识她,我真的觉得很幸运,可是我要让她失望了。

"未里,安藤光对我好只是因为内疚,并不是喜欢我。"我看着地上自己的影子,从脚下延伸出去。

未里没有再说话,若有所思地看着我,不知道在想什么。她的头发随风翻飞着,发尾被路灯染上一层红棕色。

"我去找金泽了。"

不知过了多久,她站了起来。等我反应过来的时候,她背对着我,懒洋洋地挥挥手,朝前走去。

看着她的背影消失在远处,我也站了起来,用力摇了摇头,把她刚才说的话先放在一边,毕竟现在找到金泽才是最重要的。

我又在公园里找了快半个小时，依然没有结果。大家决定再找半个小时，如果还没有找到，就只好另想办法了。

眼看时间越来越晚，我对金泽的担心也成倍增加着。

金泽，你到底在哪里？

忽然，从前方的岔路口走出一个熟悉的身影——暗红色的短发，英俊的侧脸，高挑的身材。

我的心猛地跳到嗓子眼，连呼吸都停了几秒。我急忙朝前跑去，用力抓住他的手臂，惊喜地喊道："终于找到你了！"

被我抓住的人慢慢地回过头，映入眼帘的是一张陌生的脸。他看着被我抓住的手臂，眉头微微皱起，低声问道："你是谁？有事吗？"

我松开手，抱歉地说道："对不起，认错人了。"

我失落地站在原地，心里涌起一股挫败感。

"初星，你怎么在这里？"

我的肩膀被人拍了一下，同时传来熟悉的声音。

我屏住呼吸，慢慢地回过头。

暗红色的短发闪着耀眼的光泽，眼里涌动着复杂的情绪。

真的是他！

周围空荡荡的，整个公园已经被黑暗笼罩，唯一的光源是路旁昏黄的路灯。微风轻轻吹过，树叶发出"沙沙"的声音。

反应过来后，我第一时间给安藤光和未里发了短信，然后看着已经安静地坐在椅子上的金泽，低声问道："金泽，你为什么要退赛？"

他没有马上回答，视线投向荡漾着涟漪的湖面，过了好一会儿才开口回答："我没资格和你一起参加比赛。"

没资格？为什么？

第十二章 【积雨云】

我不懂他的意思，难道是因为中午他说的那件事？他觉得对不起我们，所以想惩罚自己吗？

"金泽。"看着他的身影，我有些不忍，在他旁边坐下，柔声说道，"中午你说的事情，我已经不在意了。"

他紧紧地抿着嘴唇，脸部的线条也绷得紧紧的，像是在压抑着什么。

"反正都过去了，我们都别再提了好吗？"我拉了拉他的衣袖，朝他露出一个微笑，"陪我一起去参加比赛吧。"

他终于侧过头看着我，眼里流露出复杂的神色。

"喂，你不跟我一起比赛，我会很寂寞啦！"

他还是没有说话。

"你也知道我不认识什么人，你就当陪我去参加嘛。"我继续劝说着，可他还是没有反应。

不知道过了多久，像是下定了决心似的，金泽开口说道："除了要挟阿光的事情，还有一件事，如果你知道了，一定会恨死我，更别说原谅我了。"

"什么事？"

不知道为什么，我的心里隐隐觉得不安。

可是他紧紧地抿着嘴唇，不再说话。

"你说啊。"

他脸上愧疚的神情让我有些紧张，可他依然没有说话。

"喂，别闹了。"

我想笑，可是笑不出来，胸口憋闷得喘不过气来。

"初星，对不起，害你受伤的那场车祸……其实是我造成的。"昏黄的路灯下，金泽的眼里一片灰暗。

我的大脑一片空白。

这是什么意思？肇事的人不是安藤光吗？

"虽然出事故的人是阿光，可我才是罪魁祸首。"金泽的脸色一片死灰，看不见一丝生机。

"到底是怎么回事？"

我紧紧地盯着他，极力控制着自己的情绪。

"那次比赛之前，阿光感冒了。"金泽的语气很苦涩，每说一个字，声音就低沉一分，"而我一直想赢他，向我爸妈证明我不比他差……"

冰凉的夜风徐徐吹来，吹起他额前的黑发不停地在眼前扫动着。

"所以，我在帮他泡感冒冲剂的时候，故意放了两倍的量，那药会让人犯困。"

我的心一颤，猛地睁大眼睛，那天安藤光会发生事故，是因为吃了过量的感冒药？

"我不知道他会骑摩托车，不知道会发生车祸。"金泽的声音越来越低沉，似乎每一个字都需要耗费他极大的能量，"我只是单纯地想，让他比赛的时候发挥差一点儿……"

我静静地看着眼前这个为我做了很多事情的男生，内心涌起汹涌的波涛，所有的一切都是他造成的吗？

"初星，真的对不起。"金泽慌乱地站起来，愧疚地看着我，"是我害得你的手受伤，这样的我根本没资格留在你的身边……"

怎么会这样？不管是安藤光还是金泽，我都不希望他们因为那场车祸背上负担，因为对我来说，他们都是很重要的人。可是现在我不知道应该说什么，大脑因为接收了过量的信息已经死机了。

风从我的脸上拂过，带来冰凉的气息。

"阿泽，事情的真相并不是这样。"

不知道什么时候安藤光和未里已经赶过来了，站在不远处的花圃后面看着我们。

第十二章 【积雨云】

安藤光的出现让我松了口气，他的身上有一种让我安心的东西，似乎只要他在，我就什么都不担心，什么都不怕。

他和未里走到我们面前，朝我露出一个安心的笑容，然后看向金泽，眼睛微微眯起，眼里闪着复杂的光芒。

"阿泽，事情的真相不是你说的那样。"安藤光伸手摸了摸我的头发，嘴角含着温暖的笑容，继续说道，"这件事我一直没有告诉你。"

"阿泽。"他把视线重新投向金泽，脸上覆盖了一层薄薄的暖色，"在你给我泡感冒冲剂的时候，我就已经看见了。"

"那你喝了吗？为什么看见了还要喝？"未里诧异地问道。

"因为我不想参加比赛。"安藤光无奈地叹息着，"当时的我已经厌烦透了画画，我想成为一名建筑设计师，所以想找个借口退出比赛。"

金泽听了安藤光的话，眼里的光忽明忽暗，他沉声问道："明明我当初用这件事威胁过你，你为什么还要替我解释？"

"因为你是我最好的朋友。"安藤光看了我一眼，长长的睫毛在眼睑上投下一块阴影，"而且车祸本来就是我造成的，那天我的摩托车刹车失灵，这也是发生事故的原因之一……"

"对不起。"金泽的眼里闪过无数种情绪，最后所有的情绪都凝聚成一句诚挚的道歉。

不知道什么时候，遮住月亮的云团已经散开，皎洁的月光落在湖面上，一片波光粼粼，像是撒满了璀璨的碎钻。

"我曾经恨过造成那场车祸的人。"我平静地看着他们，忽然开口，"可是现在我有点儿感谢那场车祸，如果不是因为它，我怎么可能认识你们？"

我真的不在意了，所有的事情都已经过去了，我现在更在意眼前这三位朋友。

比起已经失去的东西，眼前的东西更值得我们去珍惜。

"夏初星……"

安藤光温柔地看着我。

"或许这是上天注定的一次磨难。"我扬起灿烂的笑容看着他们,"只是为了让我认识你们。"

安藤光没有再说话,他看着我的眼神就像黄昏时漫天飞舞的蒲公英,带着柔和的暮色,柔柔地、软软地飘进我的心间。

月色更浓,月光落在我们身上,给每一个人涂抹上一层柔和的色彩。树叶随风轻轻摇曳着,发出欢快的细语声。

几个月后。

"干杯!"一家装修简洁的餐厅里,未里举着杯子,笑意盈盈地对我们说道。

我们彼此对视一眼,配合地举起杯子,聚在一起碰杯。

"喝果汁真没意思。"金泽喝了一口果汁,撇撇嘴不满地说道,"这是小女生喝的东西。"

"你可以喝牛奶,那个比较适合你。"未里瞪了金泽一眼,故意调侃他。

"我不是这个意思!"金泽气得脸颊泛红。

"那你说的是什么意思?"未里一边吃着东西,一边皱着眉头看着他,故作无奈地说道,"大男生的心思怎么比小女生的还难猜啊!"

"你……"

金泽气结,却不知道该说什么,只能红着脸瞪着未里。

不知道从什么时候开始,未里变得爱和金泽唱反调了,对此,我和安藤光都没任何意见。因为我们看得出,他们的感情越吵越好,就像一对欢喜冤家。

安藤光瞥了一眼两个"活宝",视线移到我的身上。

他举起杯子,声音轻柔得好像天空中的云:"初星,恭喜你获得省赛第一名。"

第十二章 【积雨云】

"谢谢。"感受到他的温柔,我的心跳毫无预兆地加速,脸也忽然发热,局促地拿起果汁一饮而尽。

"喀喀喀——"

下一秒,我被呛得猛咳起来。

安藤光一边给我拍背,一边拿纸巾给我擦嘴巴。他微凉的指尖从我的嘴唇上轻轻擦过,却像是一个火源一样让我的脸比刚才更热了。

"我自己来。"

我急忙抢过纸巾,再这样下去,我的心都会跳出来了。

"喂,你们干什么?"金泽不满地看向安藤光,"我也是省赛第一名,你干吗不恭喜我?"

安藤光看了金泽一眼,淡淡地说道:"你之前就拿过一次冠军了,有什么好恭喜的?"

金泽瞬间像被闪电劈到一般僵在原地。

那个消失了很久的毒舌安藤光似乎回来了。

今年的省级绘画比赛在上周结束,昨天刚刚公布了比赛成绩,我和金泽并列第一名,今天是周六,大家一起找了个地方来庆祝。

窗外的天空无比湛蓝,洁白的云团缓缓地飘动,美好得像是笔下的画。阳光落在翠绿的树叶上,树叶闪烁着如绿宝石般的光泽。

看着眼前三张朝气蓬勃的脸,我忍不住勾起嘴角。

一年前,我还在苦难的沼泽中挣扎着,一边忍受着画室同学的嘲讽,一边还要面对父母的争吵,就像有一团团黑压压的积雨云堆在胸口,遮住了所有的阳光。

可是没想到一年后,学校最耀眼的三个人都聚在了我的身边,用他们的双手把我从泥沼中拉出来,用他们的光芒为我驱散了黑暗。

"今天天气这么好,我们等一下去海边玩吧。"金泽兴奋地建议道,在大家点头同意后看向安藤光,"我是骑摩托车来的,刚好载一个人,你的摩托车呢?"

安藤光咽下嘴里的食物,指了指窗外,随口说道:"停在那边了。"

我一边夹菜一边朝他指的方向看去,当视线从他的摩托车上扫过时,心猛地一颤,菜从筷子中间掉下来,落在了桌上。

安藤光看见我的样子,忽然想到什么,脸色一变,愧疚地说道:"对不起,我不应该骑摩托车过来,害你又想起过去的事情……"

"不是的,你误会了。"我的内心早已掀起了惊涛骇浪,我没想到竟然是这样,原来真相竟然会是这样。

"初星,你还好吗?"金泽担心地看着我,"你的脸色看起来不太好。"

我用力深呼吸,努力让自己冷静下来。

我看向他们三个,小心翼翼地说道:"我要跟你们说一件事,车祸的事情……其实我也有份。"

"什么!"

他们三人异口同声地惊呼,脸上满是惊讶。

"上次你说过的摩托车刹车失灵可能是我造成的。"我看向安藤光,在他诧异的眼神下,鼓起勇气把这件事说出来,"那天早上我不小心撞倒了你的摩托车,扶起来的时候发现可能摔坏了,但是因为害怕赔偿不起,所以我逃跑了。"

随着我的诉说,他们脸上的表情变得异常丰富起来。

"造成车祸我也有份。"我朝他们笑了笑,心情前所未有的轻松,"所以,你们两个再也不用内疚了!"

他们三人都没有说话,完全被峰回路转的"剧情"惊呆了。

过了许久,未里才反应过来,眨了眨眼睛说道:"你们身上发生的这件事简直可

第十二章

【积雨云】

以写成小说了。"

这一刻，我觉得这一切都是上天的安排。安排我去经历这一场车祸，只是为了让我能够认识他们——我生命中最重要的三个人。

"对了，藤光，说起车祸，我想到一件事情。"未里忽然看向安藤光，眼里闪过一丝狡黠，语气略显狭促地问道，"初星一直很介意，你对她这么好，到底是因为内疚，还是因为你喜欢她？"

"咯咯——"

正在喝可乐的我被呛得咳嗽起来。

为什么未里每次说这些尴尬的话时，都好像在说"今天天气真好"一样轻松？

安藤光的嘴角含着一丝宠溺的笑意，他帮我拍着后背，却也没有忘记回答："夏初星很早就住进我的心里了。"

一直笼罩在我心头的那朵积雨云毫无预兆地下起了大雨，雨水填满了整颗心，从眼底溢了出来。

"你怎么哭了？"

安藤光慌张地看着我，手忙脚乱地拿起纸巾给我擦眼泪。

"扑哧——"

看着他狼狈的样子，我忍不住笑了。

别担心，这是幸福的泪水啦！

"初星。"安藤光再次喊出我的名字，逐字逐句地说道，"做我的女朋友吧！"

时间仿佛在此刻停止，整个世界都在他的身后被虚化，我的眼里只有他那张温柔的脸，还有他嘴角那抹比阳光还温暖的笑容。

我的鼻尖微微泛酸，眼圈红了起来。

这句话我等了很久，如今终于听到了。

"这一回我们堂堂正正地竞争一次！"还没等我说什么，金泽猛地站起来，停止

的时间再次流动起来。

我疑惑地看向他,他的脸颊微微泛红,脸上的神情异常认真。

他说出的每一个字都铿锵有力,也饱含着无限柔情:"夏初星,做我的女朋友吧!"

(完)